El viento de la Luna

Biblioteca Antonio Muñoz Molina
Novela

Antonio Muñoz Molina

El viento de la Luna

Seix Barral

Obra editada en colaboración con Editorial Planeta – España

Diseño de la portada: Booket / Área Editorial Grupo Planeta
Ilustración de la portada: Cortesía de la NASA
Tratamiento digital: © Michael Light, 1999
Composición: La Nueva Edimac, S. L

Bajo el sello editorial BOOKET M.R.
Avenida Presidente Masarik núm. 111,
Piso 2, Polanco V Sección, Miguel Hidalgo
C.P. 11560, Ciudad de México
www.planetadelibros.com.mx

Primera edición impresa en España en Booket: abril de 2017
ISBN: 978-84-322-3233-6

Primera edición impresa en México en Booket: julio de 2025
ISBN: 978-607-39-2980-6

Impreso en los talleres de Impregráfica Digital , S.A. de C.V.
Av. Coyoacán 100-D, Valle Norte, Benito Juárez
Ciudad de México, C.P. 03103
Impreso en México – *Printed in Mexico*

Biografía

Antonio Muñoz Molina nació en Úbeda (Jaén) en 1956. Ha reunido sus artículos en volúmenes como *El Robinson urbano* (1984; Seix Barral, 1993 y 2003) o *La vida por delante* (2002). Su obra narrativa comprende *Beatus Ille* (Seix Barral, 1986, 1999 y 2016), *El invierno en Lisboa* (Seix Barral, 1987, 1999 y 2014), *Beltenebros* (Seix Barral, 1989 y 1999), *El jinete polaco* (1991; Seix Barral, 2002 y 2016), *Los misterios de Madrid* (Seix Barral, 1992 y 1999), *El dueño del secreto* (1994), *Ardor guerrero* (1995), *Plenilunio* (1997; Seix Barral, 2013), *Carlota Fainberg* (2000), *En ausencia de Blanca* (2001), *Ventanas de Manhattan* (Seix Barral, 2004), *El viento de la Luna* (Seix Barral, 2006), *Sefarad* (2001; Seix Barral, 2009), *La noche de los tiempos* (Seix Barral, 2009), *Como la sombra que se va* (Seix Barral, 2014), el volumen de relatos *Nada del otro mundo* (Seix Barral, 2011) y el ensayo *Todo lo que era sólido* (Seix Barral, 2013). Ha recibido, entre otros, el Premio Príncipe de Asturias de las Letras, el Premio Nacional de Literatura en dos ocasiones, el Premio de la Crítica, el Premio Planeta, el Premio Liber, el Premio Jean Monnet de Literatura Europea, el Prix Méditerranée Étranger, el Premio Jerusalén y el Premio Qué Leer, concedido por los lectores. Desde 1995 es miembro de la Real Academia Española. Vive en Madrid y Nueva York y está casado con la escritora Elvira Lindo.

www.antoniomuñozmolina.es

In memoriam *Francisco Muñoz Valenzuela.*
Y para Elvira, que tanto lo quiso.

«Sólo recuerdo la emoción de las cosas.»

Antonio Machado

1

Esperas con impaciencia y miedo una explosión que tendrá algo de cataclismo cuando la cuenta atrás llegue a cero y sin embargo no sucede nada. Esperas tumbado sobre la espalda, rígido, las rodillas dobladas en ángulo recto, los ojos al frente, hacia arriba, en dirección al cielo, si pudieras verlo, detrás de la curva transparente de la escafandra, que te sumergió en un silencio tan definitivo como el del fondo del mar cuando terminaron de ajustarla al cuello rígido del traje exterior. De pronto las bocas de quienes estaban más cerca se movían sin producir sonido y era como encontrarse ya muy lejos sin que el viaje hubiera empezado todavía. Las manos sobre los muslos, los pies juntos, dentro de las grandes botas blancas con un borde amarillo y una suela muy gruesa, sujetas para el despegue por unos cepos de titanio, los ojos muy abiertos. No escuchas nada, ni siquiera el rumor de la sangre en el interior de los oídos, ni los latidos del corazón, que unos sensores adheridos al pecho registran y transmiten, hondos, regulares, con resonancia de tambor, pero mucho menos exactos en su cadencia que la pulsación de los cronómetros. El número de tus latidos por minuto quedará registrado, como el de los corazones de tus dos compañeros, cada uno tan inmóvil y tenso como tú, los tres corazones golpeando en el interior del pecho con un ritmo distinto, como tres tambores no sincronizados. Cerrarás los ojos, esperando. Los párpados son casi la única parte de tu cuerpo que puedes mover a voluntad y te recuerda tu frágil naturaleza física, la desnudez escondida en el interior de tres trajes sucesivos, hechos de nailon, de plástico, de algodón, tratados con sustancias ignífugas. Cada traje, en sí mismo, es ya un vehículo espacial. Hace unos años, durante más de una hora, flotaste en el vacío a una distancia de doscientos kilómetros sobre la Tierra, unido a la nave tan sólo por un largo tubo que te permitía respirar: no recuerdas miedo ni vértigo, tan sólo una sensación de perfecta quietud, moviéndote sin peso, extendiendo brazos y piernas en medio de la nada, golpeado imperceptiblemente por las partículas del viento solar. Con los ojos cerrados me imagino que soy ese astronauta. No veo estrellas, sólo una oscuridad en la que nada existe, ni cerca ni lejos, ni arriba ni abajo, ni antes ni después. Veo la curvatura inmensa de la Tierra, resplandeciendo azul y blanca y moviéndose muy despacio, las espirales de las nubes, la frontera de sombra entre la noche y el día. Pero ahora no quiero estar flotando en el espacio. Ahora cierro los ojos y alimento con datos minuciosos la imaginación para encontrarme en el interior de la nave Apolo XI, en el segundo mismo del despegue. Controlas parcialmente el movimiento de los párpados, membranas tan delgadas deslizándose sobre la curvatura húmeda del ojo, y los músculos que mueven los globos oculares, y que por mucho que los fuerces no te dejan ver nada ni a derecha ni a izquierda. A tu derecha y a tu izquierda están los otros dos viajeros, tan rígidos como tú en el interior de sus trajes y de sus escafandras, tendidos en la misma posición, atados por los mismos cinturones elásticos y cepos de titanio, encerrados contigo en el espacio cónico de una cámara rica en oxígeno y llena de cables, interruptores, conexiones eléctricas, una trampa explosiva, que se puede convertir en una bola de fuego si saltara la chispa nada improbable de un cortocircuito. Otros han muerto así, en un espacio tan estrecho y tan sofocante como este, en esta misma posición que ya tiene de antemano algo de funeraria. El que estaba más cerca de la escotilla intentó desbloquear la palanca que la mantenía cerrada y no pudo, y un instante después todo el oxígeno explotaba en una sola llamarada. Láminas de metal retorciéndose al rojo vivo, humo tóxico de aislantes y fibras sintéticas, plástico derretido que se adhiere a la carne quemada y se mezcla con ella. La cápsula está situada en el pináculo de un cohete veinte metros más alto que la estatua de la Libertad, cargado con siete mil toneladas de hidrógeno líquido tan inflamable que su superficie exterior está cubierta por láminas de hielo artificial que han de mantener baja su temperatura en el calor húmedo de los pantanos de Florida. Pero no tienes sensación de calor, a pesar del traje, de la escafandra, de los tres cuerpos tumbados uno junto a otro en la estrechura cónica, cada uno con su pulso secreto, con sus parpadeos, la sangre de cada uno fluyendo a una velocidad ligeramente distinta. Una red capilar de tubos delgadísimos permite que un flujo permanente de agua fría circule por el interior del traje espacial y lo mantenga refrigerado. Aire fresco, ligeramente oloroso a plástico, circula con suavidad sobre la piel, roza la cara, los dedos en el interior de los guantes, las yemas de los dedos que golpean de manera instintiva, con impaciencia controlada, que también registran los sensores. Pero no es aire exactamente: es sobre todo oxígeno, el sesenta por ciento, y el cuarenta por ciento nitrógeno. Cuanto más oxígeno haya mayor será el peligro del fuego. El aire olía a sal y quizás a algas y a cieno de pantanos incluso desde la altura de la pasarela que conducía a la escotilla abierta, a ciento diez metros sobre el suelo. No había un punto más alto en toda la amplitud de las llanuras y las ciénagas que se prolongan hasta el horizonte del mar. El olor marino del aire quedó cancelado justo al mismo tiempo que el ajuste de la escafandra al ancho cuello rígido del traje espacial abolió todos los sonidos. En la claridad del amanecer blanqueaba a lo lejos la línea recta de espuma rompiendo silenciosamente contra la orilla del Atlántico. Desde la distancia la llanura pantanosa y las playas rectas y desiertas eran un paisaje primitivo y todavía no explorado por seres humanos, un territorio virgen muy anterior a las genealogías más antiguas de los homínidos, más próximo a los episodios originarios de la vida animal sobre la Tierra, a las primeras criaturas marinas todavía con branquias que se aventuraron a arrastrarse sobre el limo. Un poco antes, todavía de noche, se veían hogueras en las playas y constelaciones de faros de coches en las autopistas donde el tráfico se había detenido, una ingente peregrinación humana aproximándose desde muy lejos a esa cegadora luminosidad blanca de la pista de despegue, donde la luz de los reflectores resalta la verticalidad del cohete rodeado de nubes de vapor y el rojo andamio metálico al que está sujeto, y cuyos anclajes se desprenderán uno tras otro en el momento del despegue entre las llamaradas y las nubes de humo. La noche era honda y lejana al otro lado de los ventanales, y había una luz blanca de clínica en los corredores y en las grandes salas de control donde nadie parecía haber dormido desde mucho tiempo atrás: caras pálidas, camisas blancas, corbatas estrechas y negras, columnas de números parpadeando en las pequeñas pantallas abombadas de las computadoras. Miércoles, 16 de julio, 1969. Esperas tendido boca arriba, inmóvil, con los ojos abiertos, igual que has esperado en la oscuridad de un dormitorio en el que has despertado antes de que te llamara nadie, volviendo la cara hacia la mesa de noche y la esfera del reloj donde los números todavía no marcaban las cuatro de la madrugada. Las hogueras de los que han venido de muy lejos y han esperado despiertos el amanecer, los faros de los coches que no pueden seguir aproximándose por las autopistas congestionadas: verán de lejos, en el horizonte plano y caliginoso de la mañana de julio, la inmensa deflagración y la cola de fuego ascendiendo muy lentamente entre las nubes negras de combustible quemado. Pero esa lentitud es un engaño visual causado por la altura y el volumen del cohete: ningún artefacto humano ha alcanzado nunca esa velocidad. Oirán el largo retumbar de un trueno y sentirán bajo sus pies el estremecimiento de la tierra, dentro de un instante, quizás en el próximo segundo. La onda expansiva del despegue les golpeará el pecho con la violencia de una pelota de goma maciza. Quizás tú estarás muerto entonces, quemado, pulverizado, disuelto en la torre de fuego de la explosión de miles de toneladas de hidrógeno líquido: quizás dentro de un segundo no habrás tenido tiempo de saber que estabas a punto de dejar de existir. Eres un cuerpo joven que palpita y respira, un organismo formidable, en el punto máximo de su salud y su poderío muscular, una inteligencia fulgurante, servida por un sistema nervioso de una complejidad no inferior a la de una galaxia, con una memoria poblada de imágenes, nombres, sensaciones, lugares, afectos: y un instante después no eres nada y has desaparecido sin dejar ni un solo rastro, te has esfumado en ese cero absoluto que acaba de invocar la voz nasal y automática de la cuenta atrás.

Pero después del cero no sucede nada, sólo el rumor del aire que no es exactamente aire en los tubos de respiración, sólo los golpes acelerados del corazón dentro del pecho, los puntos rítmicos de luz en una pantalla de control en la que alguien tiene fijos los ojos, registrados y archivados en una cinta magnética que quizás alguien consultará después del desastre para saber el instante justo en el que la vida se detuvo. El cerebro muere y el corazón sigue latiendo unos pocos minutos, o es al revés, el corazón se para y en el cerebro dura espectralmente la conciencia como una brasa a punto de apagarse bajo la ceniza que se enfría. Lava helada y ceniza es el paisaje que estarán viendo tus ojos al final del viaje que ahora mismo no sabes si llegará a empezar, atrapado en este segundo que viene después del cero y en el que no retumba la explosión deseada y temida. Con una explosión en medio de la nada comenzó el universo hace catorce o quince mil millones de años. La onda expansiva aún aleja entre sí a las galaxias y su rumor lo captan los telescopios más poderosos, como el estruendo de esos trenes de carga que cruzan de noche las amplitudes desiertas de un continente tan inmenso que a la mirada humana le parece ilimitado. Un rumor sordo, el galope de una estampida en una llanura, percibido desde muy lejos por el oído de alguien que ha pegado la cara a la tierra. Un rumor tan poderoso que viene retumbando desde la primera millonésima de segundo de la existencia del universo, el eco del caudal de la sangre en el interior de una caracola, el tren de carga que viene desde muy lejos y que te despierta en mitad de la noche de verano. El rumor se convierte en estremecimiento y luego en sacudida, y el corazón da un vuelco al mismo tiempo que empiezan a parpadear unas luces ámbar en el panel de instrumentos y se pone en marcha con un chorro de cifras que empiezan por un cero y marean por su velocidad, marcando el comienzo del tiempo del viaje, la explosión que acaba de suceder a más de cien metros de distancia, muy abajo, en el fondo del pozo de combustible ardiente. No hay sensación de ascenso, mientras el cohete se alza con una apariencia de lentitud imposible sobre el fuego y el humo, un fulgor que se estará viendo contra el horizonte plano y el azul de la mañana desde muy lejos: no hay miedo, ni vértigo, sólo una pesadez enorme, manos y piernas y pies y cara y ojos convertidos en plomo, atraídos hacia abajo por la gravitación de toda la masa del planeta, multiplicada por cinco a causa de la inercia en los primeros segundos del despegue: el corazón de plomo y los pulmones y el hígado y el estómago presionando en el interior de un cuerpo que ahora pesa monstruosamente casi cuatrocientos kilos. Jamás un artefacto tan enorme ha intentado romper la atracción de la gravedad terrestre. Y mientras tanto el rumor continúa, pero no se convierte en estruendo, no llega a herir los tímpanos protegidos por la esfera de plástico transparente de la escafandra. Se hace más hondo, más grave, más lejano, el tren de carga perdiéndose en la noche, a la vez que los segundos se transforman en minutos en el panel de mando que está casi tan cerca de la cara como la tapa de plomo de un sarcófago. Todo tiembla, vibra, el panel de mandos delante de tu cara, el aluminio y el plástico de los que está hecha la nave, todo cruje como a punto de deshacerse, tan precario, de pronto, tu propio cuerpo se sacude contra las correas que lo sujetan y la cabeza choca contra la concavidad de la escafandra. Pero doce minutos después el temblor se apacigua y cesa del todo, y la sensación de inmovilidad es absoluta. Ya no sientes el corazón como una bola maciza de plomo en el interior del pecho, ni la zarpa de las manos sobre los muslos doblados en ángulo recto, ni los párpados como losas sobre los globos oculares. La respiración, sin que te dieras cuenta, se ha hecho más fácil, el olor a plástico del oxígeno más tenue. Algo sucede, en el interior hueco del guante de la mano derecha, y también en la punta del pie derecho: la uña del dedo gordo del pie choca contra la superficie interior acolchada de la bota, los dedos se mueven dentro del guante, sin que tú los controles. No pesas, de pronto, has empezado a flotar dentro del traje, como si te abandonaras boca arriba en el agua del mar, oscilando en el lomo de una ola. Con una sensación absoluta de inmovilidad has viajado verticalmente a once mil pies por segundo. Y algo pasa ahora delante de tus ojos, navega, entre tu cara y el panel de control, como un pez raro moviéndose muy lentamente, el guante que se acaba de quitar quien yacía a tu lado, libre de la gravedad, en la órbita terrestre que la nave ha alcanzado a los doce minutos del despegue, a trescientos kilómetros de altura sobre la curva azulada que se recorta con un tenue resplandor contra el fondo negro del espacio. El guante flota deslizándose como una criatura marina de extraña morfología en el agua tibia de un acuario.

2

Encerrado en mi cuarto una tarde de julio escucho las voces que me llaman, los pasos pesados que suben en mi busca por las escaleras de la casa. Van a encontrarme pronto y van a darme órdenes que no tendré más remedio que obedecer, sumiso y hosco, con el bozo oscuro y los granos en mi cara redonda agravando mi aire de pereza contrariada, de honda discordia con el mundo. Pero mientras suben los pasos y se acercan las voces yo permanezco inmóvil, alerta, echado en la cama, sin más ropa que los bochornosos calzoncillos de adulto que mi madre y mi abuela cortaron y cosieron para mí y han sido mi vergüenza cada vez que tenía que cambiarme en el vestuario del colegio. Menos yo, todos los demás llevan calzoncillos modernos comprados en las tiendas, slips les llaman, que se ajustan a la ingle y a la parte superior del muslo y no se prolongan hasta casi la mitad de la pierna. Nadie me ve ahora, por fortuna, nadie ve mis piernas que de pronto se hicieron tan largas y se llenaron de pelos y nadie va a burlarse de mí cuando no sepa dar una voltereta ni trepar por la cuerda ni saltar sobre ese aparato de tortura que llaman apropiadamente el potro, apoyando las palmas de las manos sobre el lomo de cuero y a la vez extendiendo las piernas hasta una horizontalidad gimnástica inalcanzable para mí. Estoy a salvo, hasta cierto punto, o lo estaba hasta que hace un momento empezaron a sonar las voces y los pasos en el hueco de la escalera: estoy tumbado en la cama, sobre las sábanas húmedas por el sudor en la siesta de verano, tan inmóvil como un animal asustado en el interior de su madriguera, como un astronauta sujeto al camastro anatómico de la cápsula espacial, con un libro abierto en las manos, *Viaje al centro de la Tierra*, leído tantas veces que ya me sé de memoria pasajes enteros, igual que puedo ver con los ojos cerrados sus ilustraciones de grutas tenebrosas iluminadas por lámparas de carburo y de ingentes saurios peleándose a muerte entre las espumas rojas de sangre de un mar subterráneo. En el desorden de la cama y en la mesa de noche hay varias de las revistas ilustradas que he hurtado en casa de mi tía Lola, y en las que vienen reportajes sobre la nave Apolo XI, que despegó exactamente hace dos horas y dentro de cuarenta y cinco minutos romperá su trayectoria circular en torno a la Tierra con la explosión de la tercera fase del cohete que va a propulsarla hacia la Luna. En los dos primeros minutos del despegue el Saturno V alcanzó una velocidad de nueve mil pies por segundo. En pies por segundo y no en kilómetros por hora se miden las velocidades fantásticas de este viaje que no pertenece a la imaginación ni a las novelas, que está sucediendo ahora mismo, mientras yo sudo en mi cama, en mi cuarto de Mágina. En el momento del despegue el ingeniero Wernher von Braun, a quien llaman en los noticiarios el padre de la Era Espacial, rezó un padrenuestro en alemán. El cardenal católico de Boston ha compuesto una plegaria especial para los astronautas, ha dicho el locutor del telediario. Se especula con la posibilidad de que puedan traer algún tipo de gérmenes que desencadenen en la Tierra una trágica epidemia. A veinticinco mil pies por segundo viaja ahora la nave Apolo, en la órbita de la Tierra, pero los astronautas tienen una sensación de inmovilidad y silencio cuando miran por las ventanillas: es la Tierra la que se mueve, girando enorme y solemne, mostrándoles los perfiles de los continentes y el azul de los océanos, como en la bola del mundo que hay en mi aula del colegio salesiano. El océano Atlántico, las islas Canarias, los desiertos de África, con un color de herrumbre, la larga hendidura del Mar Rojo. El enviado especial de Radio Nacional a Cabo Kennedy decía arrebatado que los astronautas distinguen perfectamente el perfil de la Península Ibérica por las ventanillas de la cápsula. ESPAÑA ES MARAVILLOSA VISTA DESDE EL ESPACIO. Consulto el reloj Radiant que me regaló mi padre el año pasado para mi santo: tiene una aguja para medir los segundos y una pequeña ventana en la que cada noche, exactamente a las doce, cambia la fecha. A las dos horas, cuarenta y cuatro minutos y dieciséis segundos del despegue empezará de verdad el viaje a la Luna, cuando se mezclen de nuevo en los depósitos del cohete el hidrógeno y el oxígeno líquidos y una larga llamarada en medio de la oscuridad libere a la nave Apolo de la órbita de la Tierra, impulsándola a una velocidad de treinta y cinco mil quinientos setenta pies por segundo. Los cronómetros de las computadoras lo miden todo infaliblemente: el combustible de los motores ha de arder durante cinco minutos cuarenta y siete segundos para que la nave adquiera una trayectoria de encuentro con la Luna. En la televisión, a la hora de comer, el despegue se vio en blanco y negro: en las páginas satinadas de las revistas que compra mi tía Lola se ve el cohete Saturno iluminado por resplandores amarillos y rojizos en las noches previas al despegue, sujeto a una especie de altísimo andamio de metal rojo: y luego la incandescencia del encendido en el momento en que la cuenta atrás llegó al cero, la cola de fuego entre la deflagración de nubes blancas cuando todavía parece imposible que esa nave colosal cargada con miles de toneladas de combustible altamente explosivo pueda desprenderse de la gravedad terrestre emprendiendo un vuelo vertical. ¡ERA ESPACIAL! ¿SABÍA USTED QUE EL VIAJE A LA LUNA ESTÁ DIRIGIDO PRINCIPALMENTE POR COMPUTADORAS ELECTRÓNICAS? He coleccionado revistas y recortado fotografías en color de los tres viajes que han precedido al del Apolo XI y conozco de memoria los nombres de los astronautas y de los vehículos, los hermosos nombres en latín de los mares de polvo y de los continentes y cordilleras de la Luna. En las revistas el cielo sobre Cabo Kennedy es de un azul más puro y más lujoso que el que nosotros vemos cada día, y en él los cohetes Saturno acaban perdiéndose como puntas casi invisibles sobre una nube blanca, curvada, que casi parece una nube cualquiera en el cielo del verano. USTED PUEDE LLEVAR AHORA EL RELOJ CRONÓMETRO OMEGA QUE USAN LOS ASTRONAUTAS DEL PROYECTO APOLO. Mi tía Lola le regaló a su marido un reloj cronómetro Omega para el día de su santo y antes de entregárselo vino a casa para que lo vieran mi madre y mi abuela, y abrió la caja y separó con sus dedos de uñas pintadas el papel de gasa que lo envolvía con tanto cuidado y misterio como si abriera el cofre de un tesoro. Ahora mismo, la nave viaja en silencio, no en el cielo azul, sino en el espacio oscuro, y los astronautas se han liberado de la fuerza de la gravedad y flotan lentamente en la estrechura de la cápsula, girando con el impulso de un brazo o de una pierna, como si nadaran, como yo quisiera flotar para librarme del tacto pegajoso de las sábanas en las que mi sudor forma manchas más visibles y menos duraderas que las manchas amarillas que aparecen todas las mañanas, cuando me despierto por culpa de una sensación de humedad y frío en las ingles y recuerdo el sueño que ha provocado como una descarga eléctrica el breve estertor de la eyaculación.

La polución, dice el padre confesor, la polución nocturna, involuntaria y sin embargo no exenta de pecado. No exenta, dice el confesor en la penumbra, mientras yo, arrodillado, las manos juntas, los codos en el marco de madera ancha del confesonario, mantengo la cabeza baja y los ojos entornados y sólo veo el brillo del tejido negro de la sotana y la gesticulación de las manos pálidas, que son suaves como manos de mujer pero tienen nudillos gruesos y pelos fuertes en el dorso muy blanco. De la penumbra sale un olor a colonia y a tabaco, un olor a aliento demasiado cercano.

—Padre, me acuso de haber cometido actos impuros.

—¿Solo o con otros?

—Solo, padre.

—Cuántas veces.

—No me acuerdo.

—¿Aproximadamente?

Los pasos se han detenido, en el rellano del piso inferior, pero las voces son más fuertes, retumbando en el eco de la escalera, exageradas por el malhumor de no haber obtenido respuesta, repitiendo mi nombre. Es mi abuelo quien me llama, y no habría necesitado escuchar su voz para reconocerlo, me habría bastado el sonido fuerte de sus pasos en los peldaños de baldosas con los filos de madera. Tan distintos como las voces son los pasos, su resonancia, su cadencia, su ritmo mientras suben, el grado diverso de esfuerzo, el peso corporal que cada uno descarga sobre los peldaños, la energía o la fatiga. Los tacones altos de mi tía Lola repican con un ritmo festivo cada vez que viene de visita a nuestra casa, y enseguida se oye el rumor de sus pulseras y llena el aire la fragancia de su agua de colonia, que disuelve transitoriamente los olores habituales, el del estiércol en la cuadra, el del grano almacenado, el olor a trabajo y fatiga con que mi padre y mi abuelo vuelven del campo al final del día. Los astronautas esperan el momento de la ignición de los motores de la tercera fase. De nuevo tendrán que atarse las correas, de nuevo sentirán el plomo de la inercia, antes de volverse ingrávidos del todo, quizás con náuseas, por el desconcierto de moverse sin arriba ni abajo. Durante los cinco minutos que dure la explosión el peso de sus cuerpos, ahora tan liviano, multiplicará por cuatro el que tenía en la Tierra. Imagina que pesaras de pronto doscientos cuarenta kilos. Los pasos de mi abuelo retumban fuertes y seguros, tan recios como su voz, delatando su estatura grande y su peso fornido, que excluye la prisa igual que la fatiga. Mi abuelo tiene los pies muy grandes y el empeine levantado, y ahora, en verano, calza unas alpargatas de lona con la suela de cáñamo, que amortigua y hace más grave el sonido de sus pasos. «Dónde se habrá metido», le oigo murmurar después de repetir otra vez mi nombre, y por un momento pienso que va a desistir si consigo quedarme inmóvil y no dar señales de mi presencia, como acabaría desistiendo el cazador si el animal perseguido permaneciera el tiempo suficiente paralizado dentro de la madriguera. Pero después de pararse en el rellano ha empezado a subir otra vez, el último tramo de escaleras que lleva directamente al pajar y a mi cuarto. Ahora sí que he de contestar, para que no abra la puerta y me encuentre tirado en la cama en calzoncillos, como un zángano:

—¿Qué? —grito desde la cama.

—¿Cómo que qué? ¿Es que no me oías?

—Estaba dormido.

—Pues espabila y baja, que te están buscando.

Mejor que no suba y no vea la cama en desorden y los libros y las revistas en ella, que no perciba el olor húmedo que quizás todavía inunda el aire y que sin duda se superpone al del sudor y al de la falta general de higiene, porque en esta casa no hay ducha ni lavabo ni cuarto de baño, y ni siquiera agua corriente. Aproximadamente cuántas veces, pregunta el padre confesor, el padre Peter, que es también el encargado de las proyecciones de cine. Yo me quedo en silencio, sin saber qué contestarle, incapaz de hacer el cálculo. Cuántas veces me he despertado en mitad de la noche con una sensación de frío y humedad en el vientre y con el recuerdo fragmentario de un sueño de turbia y pegajosa dulzura. Cuántas veces, recién acostado, de noche, o en la penumbra de la siesta, he recordado una imagen, una cierta postura, el hueco de un escote, he empezado a pensar en una escena de una película o en un pasaje de un libro y me he ido dejando llevar, con una excitación tan intensa como el remordimiento anticipado que no llega a malograr del todo la delicia del primer espasmo. Y luego el tacto mojado, el olor, la mancha que al secarse se volverá amarilla. Si hubiera un lavabo, un grifo de agua fría, una pastilla de jabón para borrar rastros y olores, como en casa de mi tía Lola. A mi tía Lola le debo la primera emoción precoz de la belleza femenina, cuando ella era aún más joven y todavía faltaba mucho para que saliera de nuestra casa vestida con un largo traje de novia. En su cuarto de baño, cuando voy a visitarla, hay pastillas de jabón que huelen como ella, aunque también frascos de loción de afeitar que desprenden el olor masculino y agresivo de su marido, mi tío Carlos. Pero aquí sólo nos podemos lavar sacando un cubo de agua helada del pozo y volcándolo en una palangana desconchada. El agua corriente es un sueño tan lejano como el de la lluvia puntual y abundante en nuestra tierra áspera. El agua caliente y fría, inagotable, siempre dispuesta, tibia cuando se desea, es un milagro que fluye de los grifos cromados en casa de mi tía Lola, igual que sale un frío intenso en lo más ardiente del verano cuando se abre la puerta de su frigorífico, o que en invierno un calor delicioso brota de los radiadores de su calefacción.

He ido asistiendo a las bodas de mis tíos desde los tiempo más borrosos de la infancia, y cada vez que uno de ellos se ha marchado esta casa parecía volverse más oscura y más grande. Mi tío Luis, mi tía Lola, mi tío Manolo, mi tío Pedro, el más joven, el último de todos. El año pasado, antes de casarse, cuando mi tío Pedro aún vivía con nosotros, llegó un día con la gran idea de que iba a instalar una ducha, «como las de las películas», dijo. «Pero cómo va a haber ducha, si ni siquiera hay grifo», dijo mi padre, con una punta de sarcasmo que hasta yo distinguí y que contrarió hondamente a mi madre. Su marido, pensaría, siempre quitándole mérito a la familia de ella, desdeñoso de las ideas y de los méritos de sus hermanos. «¿Y quién dice que haga falta un grifo para poner una ducha?», dijo mi tío, que poco tiempo atrás había entrado como soldador en el taller de carpintería metálica y miraba ya con cierto desdén a los que aún seguían trabajando en el campo. «Mañana a estas horas estaremos tan frescos como si nos hubiéramos ido todos a la playa.» «Qué talento», dijo mi madre, mirando de soslayo a mi padre, con reprobación y alivio de que su hermano fuese a prevalecer en la disputa, «si el pobre no hubiera tenido que dejar la escuela tan pronto, adónde habría llegado».

Al día siguiente, atado con una cuerda al sillín de la moto que se había comprado a plazos al poco tiempo de entrar en el taller, mi tío trajo un bidón de metal ondulado, grande, como de cuarenta litros, dijo, que al quitarle la tapa despidió un ligero olor a gasolina, o a esos productos químicos que a veces le manchaban el mono azul de trabajo cuando los sábados lo traía a casa para que mi abuela lo lavara. Mi tío ya no se vestía como los otros hombres de la casa, mi padre y mi abuelo, ni olía del todo como ellos. Era el hijo pequeño de mis abuelos, el último que aún seguía viviendo con ellos en la casa, pero desde que había entrado a trabajar en el taller actuaba con una seguridad nueva, y cuando se dirigía a mi abuelo, su padre, ya no le hablaba con la misma deferencia. Ahora ganaba un sueldo, un tesoro inaudito que traía a casa todos los sábados dentro de un sobre amarillento con su nombre escrito a máquina, sin depender de la lluvia o de los contratiempos de las cosechas, sin trabajar más horas que las estipuladas en su contrato, no de sol a sol, como la gente del campo. Y si echaba horas extras se las pagaban aparte, y además estaba aprendiendo el oficio de soldador, que le permitiría ascender en la empresa al cabo de no mucho tiempo. Ahora la vida era buena para él, que había trabajado desde niño en el campo, sometido a su padre, sin ninguna esperanza de ser algo más que un aparcero sin tierra propia. En menos de un año, ahorrando cada semana la parte del sobre que no entregaba a su madre, había cambiado su ruda bicicleta por una moto reluciente, y había podido fijar por fin la fecha de su boda. Cada día, a la caída de la tarde, yo escuchaba desde el cuarto que aún compartía con él el rugido de su moto entrando en nuestra plazuela, incluso lo distinguía mucho antes, cuando mi tío enfilaba con ella la calle del Pozo desde el paseo de la Cava. Entraba en casa, la cara tiznada, las manos oliendo a gasolina o a grasa, al carbón quemado de la soldadura, y sus pasos resonaban más poderosos y decididos. Había engordado, se había vuelto más corpulento, o quizás era sólo la seguridad nueva del trabajo, del sobre semanal con su nombre mecanografiado, de la moto que él aceleraba al llegar a los callejones de nuestro barrio por el puro gusto de oír el motor, de sentir la vibración entre las piernas. Sacaba del pozo un cubo de agua y se lavaba en el corral a manotazos, en camiseta, doblado poderosamente sobre la palangana, frotándose con mucho ruido el agua contra la cara y el cuello. Yo escuchaba luego otra vez sus pasos, ahora taconeando, el ruido de las monedas en los bolsillos de su pantalón, y de nuevo la moto alejándose, ahora en dirección a casa de la novia de mi tío. Ya no reparaba mucho en mi presencia: él había dado una gran zancada hacia una vida plena de hombre, y yo me había quedado de pronto muy lejos, en un limbo todavía muy próximo a la niñez. Entraba en el cuarto, apresurado, para ponerse la camisa limpia y la americana, la corbata de visitar a su novia y discutir con los padres de ella los detalles de la boda inminente. Recién afeitado, se mojaba el pelo con brillantina, se peinaba delante de un trozo de espejo, donde me veía, yo quizás leyendo en la cama o sentado junto a mi mesa de estudio, y me decía:

—No leas tanto, que no es bueno. Lo que tienes que ir haciendo es echarte una novia.

Y se iba, escaleras abajo, adulto, emancipado, dejando tras de sí el olor masculino del jabón y la colonia, saltando los peldaños, despidiéndose al pasar de mi madre y mi abuela, excitado por la segura inminencia de la tarde que le aguardaba, el ruido vigoroso de la moto, las miradas entre admirativas y asustadas de las vecinas que se apartarían para dejarlo pasar en la calle demasiado estrecha. Cuando volvía, si yo aún estaba despierto, me contaba con detalle desde su cama la película que había ido a ver con su novia. Era una película de palabras que yo escuchaba, casi veía en la oscuridad, un misterio resuelto por algún detective, una aventura de guerra, o de viajes por los mares, de cabalgadas y tiroteos y peleas a puñetazos y acosos de indios hostiles en el Lejano Oeste. Algunas veces, mi tío regresaba decepcionado y empezaba a desnudarse en silencio, sin preguntarme si estaba todavía despierto. Era porque había visto alguna película que no le había gustado, «una de llorar», como decía él, despectivamente, sin comprender por qué eran precisamente esas películas —dramas mexicanos en blanco y negro— las que preferían las mujeres. No le gustaban las películas de llorar, ni los pastelazos lentos en los que nada sucedía, pero lo que le indignaba de verdad eran las películas en las que moría el protagonista, le parecían ultrajes inauditos contra el orden natural de las cosas.

—Es una mierda de película, una vergüenza. Al final muere el artista.

Algunas veces, yo me dormía escuchándolo, y sus palabras se disgregaban en el sueño como las imágenes invocadas por ellas en la oscuridad del dormitorio. Otras era él, mi tío, quien bostezaba y hablaba más lentamente y se quedaba dormido antes de revelarme el final que yo anhelaba saber.

Fue el último verano que vivió con nosotros cuando mi tío Pedro decidió que iba a instalarnos la ducha, el verano anterior al viaje del Apolo XI a la Luna.

Yo tenía doce años y había terminado el curso con un suspenso vergonzoso en Gimnasia. En el vestuario mis compañeros se reían de mis calzoncillos y en la sala de aparatos el profesor de Educación Física me humillaba junto a los más gordos y torpes de la clase cuando no sabía saltar el potro ni escalar por la cuerda y ni siquiera dar una voltereta. Esa mañana de julio —hasta principios de septiembre yo no tendría que enfrentarme a la renovada humillación y el íntimo suplicio de un nuevo examen de gimnasia—, mi tío Pedro sacó el bidón metálico al corral y nos mostró todas las cosas que había comprado en la ferretería o conseguido en su taller de carpintería metálica, donde estaba a punto de que lo ascendiesen a soldador de primera: una alcachofa de ducha, varios tubos de cobre de distintas longitudes y grosores, una manguera remendada con parches de bicicleta. Mi madre y mi abuela lo miraban con admiración y algo de alarma, sobre todo cuando me pidió que le acercara la escalera de mano y la apoyara contra el muro de la caseta exterior donde estaba el retrete. Se echó el bidón al hombro, subió por la escalera sujetándose con una sola mano, fornido, enérgico, en camiseta, con su pantalón azul de soldador, la cara y los brazos muy blancos, porque ya no le daba el sol sin misericordia del trabajo en el campo. Yo sujetaba la escalera y mi madre y mi abuela le hacían advertencias asustadas, agárrate bien, no mires para abajo, que te puede dar mareo, no vayas a caerte. Mi tío se pasó la mañana al sol, atareado en el tejadillo, ajustando el bidón con anclajes metálicos, soldando junturas, la cara protegida por su careta de metal con una mirilla como de morrión de película, la pistola de soldadura soltando chorros de chispas que dejaban un olor muy acre en el aire y caían al suelo como tenues plumas de ceniza. Con su careta de soldador mi tío se parecía al Hombre de la Máscara de Hierro. Yo permanecía alerta al pie de la escalera, dispuesto a alcanzarle lo que él me pidiera con sus ademanes recién adquiridos de experto: un destornillador, un martillo, un tubo de cobre. Mi tío sudaba en la ofuscación del sol de julio, bajo un sombrero de paja que mi abuela me había hecho alcanzarle, no fuera a coger una insolación, y que ya era incongruente con su mono azul de experto en soldadura y en carpintería metálica.

—Ya casi ha terminado mi hermano la ducha —le dijo mi madre a mi padre cuando llegó él del mercado a la hora de comer, y le señaló el bidón ya instalado en el tejadillo del retrete, por encima de las hojas tupidas de la parra—. Dice que mañana podremos ducharnos.

—¿Y el agua? —dijo mi padre, con su mirada escéptica y el aire entre reservado e irónico que tenía siempre en casa, y que podía oscilar fácilmente hacia el malhumor y el silencio—. ¿De dónde pensáis traer el agua para ducharos?

Al día siguiente, domingo, mi tío se levantó temprano y salió del cuarto con sigilo, como temiendo despertarme. Desde la cama yo escuchaba cada mañana los aleteos y el piar de las golondrinas que anidaban todos los años en el hueco de mi balcón. Oía también los pregones de los vendedores ambulantes y los cascos de los caballos y los mulos, las ruedas de los carros retumbando sobre el empedrado. Distinguí de lejos, todavía sin desprenderme por completo del sueño, los martillazos que daba mi tío sobre la chapa del bidón, en el corral, y luego el gruñido de la polea del pozo, y el del agua pasando de un recipiente a otro. Con la ayuda de mi madre, mi tío sacaba agua del pozo, la trasvasaba a otro cubo, subía con él la escalera y vaciaba el agua en el bidón del tejadillo. Había procurado no despertarme y no me había pedido que le ayudara: quería que al levantarme me encontrara la sorpresa. Oí sus pasos jóvenes y fuertes, subiendo por la escalera hasta el primer rellano, y luego su voz gritando mi nombre.

Bajé al corral, y allí estaba mi tío, junto a la caseta del retrete, en calzoncillos, unos calzoncillos blancos y rudimentarios de tela idénticos a los míos, y a los de mi padre y mi abuelo, peludo y musculoso, la cara y el cuello muy morenos y el torso muy blanco, con un estropajo y un trozo de jabón en la mano, triunfal.

—Venga, prepárate, que vamos a ducharnos. ¿Tú cuántas veces te has duchado en tu vida?

—Yo, ninguna.

—Pues esta va a ser la primera.

Me quedé en calzoncillos, igual que él, porque no tenía bañador y no sabía que uno pudiera ducharse desnudo. Mi madre y mi abuela nos miraban, maravilladas, asustadas, las dos frotándose las manos sobre los delantales, nerviosas, examinando el interior del cobertizo del retrete, que ahora tenía en el techo, saliendo de un agujero taladrado en el yeso y el cañizo por mi tío, un tubo de cobre que acababa en la alcachofa de una ducha, y del que colgaba un largo trozo de alambre terminado en un gancho.

—Tengo que poner un grifo —dijo mi tío—, pero por ahora nos arreglaremos tirando del alambre.

—A ver si os vais a escurrir y os vais a caer y os hacéis daño —dijo mi abuela, medrosamente asomada al cobertizo donde no había más que la taza del retrete.

—¿Y si os mojáis y se os corta la digestión? —dijo mi madre.

—Ni que fuéramos a tirarnos de cabeza al mar —mi tío, jovialmente, ya se había situado exactamente debajo de la alcachofa de la ducha, y sujetaba el alambre—. ¿Preparado?

Dije que sí, casi pegado a él, en el espacio escaso del cobertizo, y entonces mi tío tiró del alambre, cerrando los ojos, y al principio no pasó nada y volvió a abrirlos. El mecanismo debía de haberse atascado. Mi tío tiró otra vez, con más fuerza, y se quedó con el gancho de alambre en la mano, pero entonces el agua empezó a caer sobre nosotros, fría, en hilos muy finos, como una lluvia desconcertante y gozosa, y mi tío llamó a gritos a mi madre y a mi abuela y abrió la puerta de tablones del cobertizo para que las dos vieran la maravilla de la ducha que caía sobre nosotros y chorreaba en el suelo. Recibíamos el agua con las bocas abiertas y los párpados apretados, como una lluvia benévola que se pudiera manejar a voluntad. Mi tío me hacía cosquillas, me frotaba su trozo áspero de jabón por la cara, me apartaba para recibir él todo el chorro, y mi madre y mi abuela se reían tan escandalosamente al vernos que pronto llamaron la atención de las vecinas en los corrales próximos.

—¿A qué vienen tantas risas?

—Los vecinos, que han puesto una ducha.

—¡La ducha! —dijo mi tío, a voces—. ¡El gran invento del siglo! El día que me case me daré una gran ducha antes de vestirme de novio...

Entonces, tan bruscamente como había empezado, aquella lluvia suave y fría se interrumpió, y mi tío y yo nos quedamos mirándonos, las caras y el pelo llenos de jabón, los pies chapoteando en agua sucia, junto a la taza del retrete, una o dos gotas escasas, con color de óxido, cayendo despacio de la alcachofa de la ducha.

Ya no volvimos a usarla. Era un trabajo agotador para un recreo tan fugaz: ir sacando uno por uno los cubos de agua del pozo, vaciar el agua en otro cubo, subirlo por la escalera hasta el bidón. Lo intentamos otra vez, pero resultó que el interior del bidón se había cubierto de óxido, y los agujeros de la ducha se cegaban, dejando salir nada más que unos hilos mezquinos, de un color rojizo. El día en que iba a casarse, mi tío se lavó a conciencia en la palangana, como había hecho siempre, a manotazos, en medio del corral. Se fue de viaje de novios a Madrid y al principio me costó mucho acostumbrarme a su ausencia. Él y su novia nos mandaron una postal en la que se veía el estanque del Retiro. Yo pensaba que el Retiro no era un parque sino el nombre de un mar. Nuestra casa parecía más silenciosa, más llena de penumbra, sin los pasos de mi tío resonando por las escaleras cuando las subía o las bajaba de dos en dos, sin el estrépito de su moto y el olor a grasa de máquinas y a gasolina y soldadura de su ropa de trabajo. Cuando volvió del viaje de novios me trajo un libro con fotos en blanco y negro de la superficie de la Luna y de las misiones Gemini y Apolo.

—Yo no entiendo de libros —me dijo—, pero en cuanto vi este en el escaparate pensé que iba a gustarte.

Ya parecía otra persona, regresado de un viaje tan largo, alejándose hacia una vida adulta que para mí era tan extraña como la casa en la que desde entonces iba a vivir con su mujer, pero cuando me dio el libro tuvo un gesto de complicidad hacia mí que me hizo acordarme con gratitud de cuando yo era mucho más pequeño y él me compraba tebeos, o de cuando volvía por la noche, se desnudaba en la oscuridad, se metía en la cama y empezaba a contarme la película que había visto esa noche en el cine.

3

Me he vestido —la camisa, el pantalón largo, las sandalias— y he bajado hacia el mundo de ellos, desde la planta más alta de la casa, donde sólo yo vivo desde que mi tío Pedro se casó. Cruzo la planta en penumbra de los dormitorios de los mayores, en la que también están las vastas cámaras en las que se guarda el grano y en las que se extienden a secar los jamones y las grandes lonchas de tocino envueltos en sal después de la matanza y se alinean las orzas de barro con manjares conservados en aceite: tajadas de lomo, costillas, ristras de chorizos reventones y rojos. Bajo hacia los portales, hacia donde sucede la vida diurna de los adultos y del trabajo, donde está la cocina, la habitación de invierno que llaman el despacho, la cuadra de los mulos, el corral con la parra y el aljibe, con la caseta del retrete. En el corral también está el pozo de donde sacamos el agua salobre que sirve para lavarse y para regar las plantas y dar a los animales, y al fondo del todo las jaulas para los conejos y los pollos, la cuadra más pequeña en la que están los cerdos y alguno de los becerros que cría mi padre. En esa cuadra, olorosa de estiércol, hay un rincón mullido de paja en el que ponen sus huevos las gallinas y en el que se sientan a veces con ademán augusto para empollar. Antes de cenar me mandan a ver si hay huevos recién puestos, y yo voy a la cuadra que hay al fondo del corral y me quedo un rato inmóvil hasta que mis ojos se habitúan a la sombra. Muge el becerro, el cerdo gruñe y hoza en su pocilga, algún ratón furtivo se desliza entre los montones de leña de olivo, y en el rincón, sobre la paja caliente, una de las gallinas acaba de depositar un huevo, un huevo de cáscara rubia, grande, con su forma tan precisa como una elipse planetaria. Cuando lo tomo con mucho cuidado entre mis dedos y luego lo cobijo en la palma de mi mano el huevo está caliente, tiene una temperatura ligeramente superior a la de mi piel, casi con un punto de fiebre.

—¿Dónde te habías metido? —dice ahora mi madre—. Tu abuelo estaba harto de llamarte.

—Estaría mirando por el balcón para ver en el cielo a esos extranjeros que dicen que van a subir a la Luna —dice mi abuela—. Ahora que es de día y la Luna no se ve, ¿cómo encuentran el camino?

—Cómo lo van a encontrar, pues con esos aparatos que llevan —dice mi madre, que se fija mucho en las películas y ha visto en el cine algunas de astronautas—. Son gente muy lista, que ha hecho muchos estudios.

Mi madre y mi abuela cosen en la cocina, cerca de la puerta entornada, por donde entra un poco de aire fresco del corral. La una frente a la otra, sentadas en dos sillas bajas, inclinadas hacia la costura en la que relumbra la claridad exterior, filtrada por el dosel de ramas y hojas de la parra. Desde una cierta distancia parece que madre e hija se inclinan la una hacia la otra para mantener una conversación en voz baja, llena de complicidades y secretos. Siempre tienen algo en lo que ocupar sus manos cuando no están cocinando o lavando o tendiendo las camas: zurcen calcetines, repasan cuellos de camisas, cortan tela de prendas demasiado usadas para darle otros fines, para seguir aprovechando cada cosa hasta que casi se deshaga. Así miden, cortan, discuten sobre patrones, sobre estrategias ínfimas para coser mejor los bajos de un pantalón y que no se note lo gastado que está, sobre una camiseta demasiado vieja para seguir remendándola que aprovecharán para trapo de cocina, sobre el gran lienzo blanco que acaban de comprar y no saben todavía si van a convertirlo en sábana bordada o en un surtido de calzoncillos humillantes para los tres varones que quedamos en la casa, mi abuelo, mi padre y yo.

Mientras cosen escuchan novelas y anuncios en la radio, programas de discos dedicados o consejos sentimentales. Escuchan un serial que se titula *Simplemente María* y se les humedecen los ojos en los momentos de más drama y de mayor desgarro amoroso, pero del ensimismamiento novelesco pasan sin transición a sus preocupaciones de orden práctico, y mueven la cabeza con los ojos fijos en la costura como descartando la pasajera debilidad que las ha llevado a acongojarse por los infortunios de gente que no existe. Escuchan, casi al final de la tarde, cuando el calor se apacigua porque ya no da el sol en el corral y comienza sobre los tejados el vuelo cruzado y vertiginoso de los vencejos, el consultorio sentimental de una señora de voz severa y afirmaciones imperiosas que dice llamarse Elena Francis, a la que le prestan más atención que a los personajes de las novelas, porque, a diferencia de ellos, están convencidas de que Elena Francis existe de verdad, y dedica su vida a leer las cartas que le escriben mujeres atribuladas, y cada tarde se pone unas gafas como de abogada o de maestra y lee respuestas en las que siempre hay una mezcla de comprensión bondadosa y de amenazante seriedad moral, con la que ellas —mi madre y mi abuela— están plenamente de acuerdo.

—Cállate, que ahora vienen los consejos.

—A ver qué le contesta a esa tunanta que se quiere ir con un casado.

—Mujer, tunanta no, que ella se ve que lo quería —mi madre es más indulgente con las debilidades amorosas, porque le recuerdan las películas que le gustan tanto—. Qué culpa tiene la pobre, si él no le había dicho que tenía otra familia.

Cada tarde, en la radio, la señora Francis emprende una cruzada moral inflexible, reprendiendo sin miramiento —aunque no sin una cierta clemencia maternal— a todas las alocadas y confundidas que le escriben, a las madres solteras, a las embarazadas de un hombre que no es su marido, a las que le confían la tentación de ceder a las insinuaciones de un vecino o un compañero de trabajo, a las que le piden consejo porque viven solas y van cumpliendo años en un pueblo y alimentan el sueño de irse a vivir a la capital. Otra locutora, de voz suave, entre desvalida y quejumbrosa, lee las cartas, que suelen venir firmadas con pseudónimo —«Amapola», «Flor de Pasión», «Enamorada», «Una desesperada», «Una soñadora», «Acuario»— y que terminan siempre con la súplica de una respuesta iluminadora de la señora Francis. *Yo soy una chica fea. Nunca tuve suerte en el amor. Cuando voy a alguna fiesta siempre quedo relegada al último plano. Y veo ahora con tristeza que el único ideal de mi vida, ser madre, quedará reducido a una ilusión. Señora Francis, ¿cree que todavía puedo tener esperanza?* Y la señora Francis, después de escuchada la carta, considerado sombríamente el problema, mientras suena una blanda sintonía coral, se aclara la voz, y se diría que se cala las gafas, porque seguro que lleva gafas, y que tiene el pelo entrecano y es atractiva, aunque ya hace tiempo que dejó de ser joven, y empieza siempre diciendo, en un tono que parece afectuoso y es amenazante: «Querida amiga», o bien «Querida Amapola» o «Mi querida Soñadora» o «Estimada Acuario». *La belleza física, contra lo que pueda parecer, no es el don que más estiman los hombres en sus futuras esposas, ni la mejor garantía de un matrimonio duradero y feliz...*

Hoy faltan todavía varias horas para que se atenúe el calor y suenen los silbidos de los vencejos y la sintonía del programa de la señora Elena Francis. La nave Apolo lleva viajando dos horas y veintiún minutos. En la hora ciento dos exactamente el módulo lunar se posará en esa llanura que llaman Mar de la Tranquilidad. Un mar sin agua erizado por olas minerales que desde lejos parecerían levantadas por un viento que no existe. En la radio está hablando un enviado especial a Estados Unidos que ha seguido en directo el despegue del Apolo XI.

Poca gente sabe, queridos oyentes, que junto a Armstrong, Aldrin y Collins, viaja un cuarto tripulante silencioso. Se llama Computador de Programa Fijo. Vino al mundo predestinado fatalmente para desempeñar la función de navegante. Es frío como el mármol, implacable, recto, contundente; pero también sencillo, simple, eficaz, perfecto. Jamás se niega a obedecer...

En el año 2000 los computadores y los robots harán todos los trabajos fatigosos o mecánicos, conducirán los coches y los aviones, barrerán y fregarán las casas, cultivarán la tierra. «Algún día las máquinas dominarán el mundo», dijo un día en casa mi tío Carlos, con aplomo de experto, porque al fin y al cabo tiene una tienda de electrodomésticos. Lo dijo también con cierto sarcasmo, porque mi abuelo acababa de llegar con la noticia asombrosa de que en algunas tabernas y cafés de Mágina iban a instalarse máquinas expendedoras de tabaco y de bolsas de pipas de girasol. Se echaba una moneda por una ranura como la de una hucha, se apretaba un botón y aparecía al final de un tubo el paquete de tabaco que uno hubiera elegido. Mi madre apenas aparta los ojos de la costura y sigue absorta en ella, mi abuela me examina de arriba abajo, con penetrante ironía, adivinando mi galbana, preguntándose risueñamente —y sabiendo la respuesta— por qué me paso tantas horas encerrado en mi cuarto, por qué he tardado tanto en dar señales de vida y responder a las llamadas de mi abuelo, al que ahora oigo atareado en la cuadra, quizás preparándose para sacar a la burra diminuta sobre la que va cada mañana y cada tarde a sus tareas en el campo. Algún día las máquinas dominarán el mundo y habrá coches voladores y viajes turísticos al planeta Marte, pero por ahora mi abuelo disfruta saliendo a los caminos montado en su burra, animándole el trote con una vara flexible de olivo, cantando por lo bajo coplillas flamencas. Mi abuelo es tan grande y la burra tan menuda que cuando se monta sobre ella tiene que extender las piernas para evitar que sus pies rocen con el suelo. Mi abuelo saca a la burra a la calle, le pone la albarda, le ata bien la cincha, ata el ronzal a la reja de una ventana baja, se sube al primer tramo de la reja y desde él alza una de sus piernas de gigante y la pasa por encima del lomo de la burra, y a continuación se aposenta plenamente sobre ella con un ademán episcopal, la boina echada hacia la nuca, como un rústico solideo. En cuanto recibe su peso enorme, la burra gime, parece que se queja, «igual que si fuera una persona», dicen ellos, aficionados siempre a atribuir rasgos de inteligencia y afectos humanos a los animales. Mi abuelo, muy recto sobre ella, sujeta las riendas, le fustiga las corvas pardas con su vara de olivo, y la burra echa a andar con un trote cansino y obediente, sus cascos resonando en el empedrado de la calle. Mi abuelo, cuando sale al campo montado en su burra, por las veredas despejadas entre los olivares, se arranca a cantar coplas flamencas de antes de la guerra, en las que siempre hay mujeres perdidas y jacas blancas atadas a las rejas, tan feliz como un monarca benévolo. De joven dicen que tenía una voz delgada y melódica y que cantaba con mucho arte por Pepe Marchena y por Miguel de Molina.

Ahora me mira, mientras le pone la albarda a la burra, me interroga con los ojos, preguntándose por qué en vez de estar en el campo ayudando a mi padre, ahora que se ha terminado la escuela, sigo pasándome la mayor parte de las mañanas y las tardes en la casa, como un zángano, leyendo libros, pálido como un enfermo, cuando a mi edad los hombres de otra época menos reblandecida por la abundancia ya se ganaban el jornal, en vez de ser una carga inútil para sus padres.

... Jamás se niega a obedecer este computador —sigue el locutor en la radio, sin que mi madre o mi abuela le presten atención—. *No habla. No siente. Se expresa mediante cifras que aparecen en una pequeña pantalla...*

Yo comprendo confusamente que he perdido el estado de gracia que me duró toda la infancia, el dulce privilegio de recibir la atención sin reproche y la benevolencia incondicional de todos los adultos, que no me exigían nada nunca y me hacían el destinatario de todas sus historias y también de todos sus austeros y valiosos regalos: tebeos, sacapuntas, estuches de lápices de colores, pelotas de goma, monedas de chocolate envueltas en papel dorado o plateado, cartuchos de castañas calientes, de cacahuetes recién tostados que traían de noche al volver de la calle. El hijo único durante mucho tiempo, el nieto único, el sobrino preferido.

—Te llamo y te llamo y no contestas —dice muy serio mi abuelo, mientras levanta la albarda con sus dos manos poderosas y la planta sobre el lomo de la burra, que se tambalea un poco sobre sus patas flacas y gime suavemente, con mansedumbre, con paciencia—. ¿Cómo es que hoy tampoco vas al campo?

—Mi padre me ha dado permiso para quedarme. Tengo que estudiar.

—¿Pues no está cerrada la escuela en verano? Menuda vida se dan los maestros...

—Estoy estudiando Inglés y Taquigrafía por correspondencia.

Nada más hablar me doy cuenta de la parte de tonta presunción que hay en mi respuesta: mi abuelo no ha oído nunca esa palabra que a mí me gusta tanto, Taquigrafía, y es probable que si intentara repetirla se enredaría en sus sílabas. Quizás ese enviado especial de Radio Nacional que pronuncia los nombres americanos con un acento tan raro consiguió ese puesto porque entendía inglés y porque es capaz de recoger declaraciones de astronautas y científicos trazando urgentes signos taquigráficos sobre un cuaderno de reportero. Mi vanidad precoz, la arrogancia íntima de saber ya muchas cosas que ellos no saben, siendo adultos, queda neutralizada por su indiferencia, por el fondo campesino de burla y recelo hacia todo lo que no sea tangible.

—¿Ahora se estudia a domicilio, tirado en la cama?

No contesto nada. No vale la pena: una vez perdido el estado de gracia ya no se recobra, igual que no se recobra la voz aguda de la niñez ni la cara lisa sin granos ni bozo ni las piernas sin pelos, ni el risueño derecho a no hacer nada mientras todo el mundo se rinde a las obligaciones agrias del trabajo. Hace sólo unos años mi abuelo me habría levantado en volandas y me habría montado con grandes fiestas sobre la burra y me habría hecho la broma de quitarse la boina y pedirme que le diera golpes en la calva, para comprobar que estaba hueca como una botija, o habría sacado por sorpresa la lengua por debajo de la sonrisa enorme de sus dientes postizos y apretados, la lengua del mismo color rosa suave que sus falsas encías. Ahora me mira como si no me reconociera, advirtiendo indicios desalentadores o alarmantes en casi todo lo que hago, en mi estatura desgarbada que de un año para otro ya se mide con la suya, en mi poca disposición para el trabajo, que él imagina agravada por la indulgencia y la falta de autoridad de mi padre.

—Tienes que ir a casa de Baltasar —dice gravemente mi abuelo—. Ha mandado razón de que quiere verte.

—¿Pero no estaba muriéndose?

—A ese no lo mata ni un rayo —dice mi abuelo, murmura más bien, sin dirigirse a mí, apretando la cincha de la burra, que lanza un suspiro quejumbroso. Luego cambia el tono y me mira con una expresión muy seria en su boca grande y apretada, en sus ojos muy claros—. Dice que quiere que le ayudes a hacer unas cuentas.

—¿Pues no tiene un administrador?

—Dice que no se fía —ahora mi abuelo le pone la jáquima a la burra, que ladea la cabeza, molesta, y parece mirar a su dueño con resignación y rencor—. Parece que ha venido un manchego a venderle unos quesos y como está algo mareado por las pastillas y las inyecciones tendrá miedo de que se aprovechen y lo engañen.

—Más le valdría pedirle perdón a Dios en vez de hacer tantas cuentas —mi abuela está ahora de pie, en el quicio de la puerta que separa la cocina del portal, y todavía lleva su costura en las manos. Ha aparecido sin que ni mi abuelo ni yo nos diéramos cuenta, y estoy tan poco acostumbrado a oírla hablar sin ironía que hay algo en ella, en su seriedad, que no reconozco, igual que en el tono de su voz—. A un paso de la tumba y en lo único que sigue pensando es en los dineros. Dios lo está castigando ya. Dios castiga sin cuchillo ni palo.

La casa de Baltasar fue la primera en todo el barrio de San Lorenzo que tuvo televisión. Era un aparato muy grande, de pantalla abombada, con una antena doble sobre la parte superior que le daba un cierto aire de satélite artificial o de escafandra de marciano, con botones y ruedas plateadas que amedrentaban de antemano por su complicación. Se encendía apretando uno de los botones y decían que era preciso esperar hasta que se calentara, y que había que apagarla de inmediato si empezaba una tormenta, porque la antena del tejado podía atraer los rayos. Algunas familias se habían carbonizado íntegramente por no guardar esa precaución, estatuas de ceniza congregadas en torno a un televisor que había estallado por la fuerza eléctrica del rayo atraído por la antena. Se apretaba el botón y parecía que fuera a ocurrir algo, una irradiación nuclear fluyendo desde el otro lado del cristal en millares de puntos luminosos, y poco a poco esa niebla se disipaba y aparecían las imágenes, la presencia de una cara cercana que miraba hacia el interior de la habitación como si pudiera ver a quienes la miraban. Aparecía una locutora, una mujer rubia con un raro maquillaje y un peinado que la hacían muy distinta de las mujeres de la realidad, pero también de las del cine, como si perteneciese a una tercera especie con la que aún no sabíamos familiarizarnos, a medio camino entre la cotidianidad doméstica y la fantasmagoría. La locutora decía «Buenas tardes», y todos los que estaban reunidos frente al televisor le contestaban al unísono, «Buenas tardes», como si contestaran a una jaculatoria del Santo Rosario. La pantalla del televisor de Baltasar estaba cubierta en toda su anchura por un papel de gasa azulado.

—Es para que no dañe a los ojos —decía su mujer, Luisa, con cierto aire de ilustración. Era la única mujer de la plaza, quizás de todo el barrio, que se echaba cremas en la cara y llevaba anillos y pendientes dorados, y en vez de cejas verdaderas tenía unas cejas pintadas sobre la piel brillosa y tirante—. Si se mira el aparato sin ese filtro uno puede quedarse ciego.

A nosotros, los vecinos de enfrente, la mujer de Baltasar nos invitaba de vez en cuando a su casa a ver la televisión. Estaba en una sala pequeña, con una ventana que daba a la calle. Mi hermana y yo nos sentábamos en el suelo, delante del aparato, hechizados, pero los mayores nos decían que nos echáramos hacia atrás, que el brillo de la pantalla nos haría daño a los ojos, que nos quemaríamos vivos si de pronto estallaba. Mi padre, siempre reservado, prefería no unirse a nosotros. Se quedaba en casa escuchando la radio, o se iba a acostar muy pronto, porque madrugaba siempre mucho para ir al mercado. Decía que aquel invento no tenía ningún porvenir: quién iba a conformarse con aquella pantalla tan pequeña, con las imágenes confusas en blanco y negro, cuando era tan hermosa la lona tensa y blanca de los cines de verano, tan vibrantes los colores en ella, el cielo inmenso de las películas del Oeste, el mar color de esmeralda de las aventuras de piratas, los rojos de las capas y los oros de los cascos de los centuriones en las películas de romanos en tecnicolor. Pero mi madre, mi hermana, mis abuelos y yo, cruzábamos los pocos pasos que nos separaban de la casa de Baltasar como si fuéramos a asistir a una fiesta o a un espectáculo de magia, tomábamos asiento y esperábamos a que el televisor, después de encendido, «se fuera calentando». Cuando las imágenes ya se veían bien definidas Baltasar ordenaba con su voz grave y pastosa, «¡Apagad la luz!», y su sobrina, la contrahecha que vivía con ellos —Baltasar y su mujer no habían tenido hijos—, daba una cojetada hasta la pared y giraba el conmutador de porcelana blanca, y la habitación quedaba sumergida en una claridad azul, como teñida de los mismos tonos azulados de la pantalla, en una irrealidad acogedora y submarina. Veíamos películas, veíamos concursos, veíamos sesiones de payasos, veíamos melodramas teatrales, veíamos noticiarios, veíamos anuncios, veíamos transmisiones de la santa misa, veíamos partidos de fútbol y corridas de toros, veíamos series de espías o de viajes espaciales o de detectives que hablaban siempre con un extraño acento que era vagamente sudamericano, pero que para nosotros era, sin más, la manera de hablar de los personajes de las películas y de las series y de los monigotes de los dibujos animados. Pero viéramos lo que viéramos los adultos no se callaban nunca: porque no entendían un detalle de la trama y preguntaban en voz alta quién era alguien, o quién había cometido un crimen, o quién era la mujer o el padre o el marido o el hijo de un personaje; o porque se indignaban por las canalladas de un malvado, o porque le advertían a una joven inocente del peligro que representaba para ella esa suegra de aspecto benévolo o ese pretendiente atractivo y de bigotito fino que en realidad quería asesinarla o quedarse con su herencia; o porque un torero culminaba un buen pase y le aplaudían y le gritaban olé como si estuvieran en la plaza y el torero pudiera escucharlos; o porque un delantero centro metía un gol o un portero lo paraba tirándose en diagonal hacia la esquina más alejada de la red; o porque se morían de risa con las bromas más burdas de los payasos o lloraban —las mujeres— escandalosamente si al final una novia llegaba al altar con el hombre de sus sueños, logrando escapar a las maquinaciones de la suegra falsa y malévola y del individuo torvo de bigote fino, o peor aún, de perilla. Respondían a las buenas tardes de las locutoras y a las buenas noches al final de los programas, y sólo si salía el general Franco con su aire de viejecillo desvalido, su traje mal cortado de funcionario y voz de flauta se quedaban callados, muy serios, como en misa, como temiendo que si se movían desconsideradamente o no prestaban la debida atención o hacían un comentario a destiempo el Generalísimo los vería desde el otro lado de la pantalla y haría inmediatamente que cayera sobre ellos la desgracia tan sólo con un movimiento clerical de su mano temblona. Miraban la televisión y se sentían mirados, vigilados, hechizados por ella. Si aparecía uno de aquellos conjuntos de música moderna cuyos miembros llevaban el pelo largo se dejaban llevar por la indignación y les llamaban maricones, especialmente Baltasar, que siendo el dueño del televisor y de la casa y de la voz más tronante ejercía su privilegio gritando más que nadie. Aquellos mariconazos de melenas largas y camisas de flores iban a ser la ruina de España. Cómo se notaba que el Caudillo ya no tenía la edad ni el vigor necesarios para meterlos a todos en cintura, para raparles las cabezas como se las rapaban a las mujeres rojas después de la guerra y mandarlos a picar piedra al Valle de los Caídos. Y cuando salía una locutora guapa, de pelo rubio y liso, o una cantante con la falda muy corta, Baltasar le decía requiebros soeces con su voz grave y pastosa, «tía buena, que se te ven las bragas, ven aquí que te hurgue». Mi madre, mi abuela, mi abuelo se quedaban callados, invitados que sienten la incomodidad ante una grosería del anfitrión que no pueden reprobar en voz alta. Su mujer, su sobrina le reñían, pero a él le daba la risa, despatarrado y rebosando el sillón de mimbre donde se sentaba para ver la televisión o para tomar el fresco por las noches, la cara y la gran papada rojiza temblando con las carcajadas, los ojos muy pequeños, entornados, brillando bajo los párpados muy carnosos que no tenían pestañas.

—Pero Baltasar, qué va a pensar la muchacha de esas cosas que le dices.

—Si no me oye, so tonta.

—Y tú qué sabes si nos oye o no nos oye.

—Cómo va a oírnos, si no está aquí.

—Tampoco estamos nosotros donde está ella y bien que nos mira y nos habla y oímos lo que dice.

—Porque tiene micrófono. ¿Tenemos nosotros un micrófono?

—¿Y qué es un micrófono, tío?

—Para qué hablaréis, si no sabéis nada.

Nos quedábamos hasta el final del último programa, mi hermana a veces dormida sobre mis rodillas, la mayor parte de los adultos roncando, con las bocas abiertas, salvo la sobrina coja, mi madre y yo, que no nos cansábamos de ver películas ni sabíamos apartar los ojos de la pantalla, del resplandor azul que irradiaba de ella a través del papel de gasa transparente que la cubría y llenaba la habitación de una penumbra acuática. Al final salía un cura de sotana negra rezando un padrenuestro, y después la bandera de España ondeante con un águila negra en el centro y la fotografía del general Franco, vestido de uniforme, y de pronto la pantalla se quedaba en negro, y luego aparecía como un temblor de copos de nieve o de puntos luminosos que también nos hechizaba. Nos quedaba una sensación rara, de fraude o congoja, como si no pudiéramos aceptar que el mundo en el que durante horas habíamos tenido fijados los ojos y ocupada hipnóticamente la atención ya no tuviera nada más que ofrecernos. Se espabilaban los adultos, Baltasar bostezaba abriendo las dos ranuras de sus ojillos y tal vez se volvía de costado y se tiraba un pedo brutal, porque al fin y al cabo era el dueño de la casa, del televisor y del sillón de mimbre, así como de varios miles de olivos y no se sabía de cuántos miles de duros guardados en el banco, y hacía en sus dominios lo que le daba la gana. Nosotros, los invitados menos prósperos que él, los que habíamos recibido el favor de que nos dejaran ver la televisión, nos quedábamos callados, haciendo como que no habíamos escuchado ni olido nada. Apagaban el aparato y de la pantalla cubierta con papel azulado se desprendía un tenue chisporroteo de electricidad estática. Había que apagar la televisión, desde luego, pero también el transformador con su piloto rojo, y hasta desconectaban el enchufe de la corriente, no fuera a ser que el rayo temido acabara cayendo, que saltara una chispa y se provocara un incendio. Decíamos buenas noches, salíamos a la realidad conocida de nuestra plaza, a la penumbra mal iluminada por la bombilla de la esquina, cruzábamos unos pasos y ya estábamos en nuestra casa. Yo advertía entonces que nuestro llamador era de hierro, no de bronce dorado ni de oro macizo, como me parecía el de Baltasar, y que nuestro portal, en vez de baldosas relucientes, tenía guijarros de empedrado, y en nuestro zaguán no había un zócalo de azulejos, y ya se notaba el olor del fuego de leña y la ceniza enfriada y del estiércol de los animales en la cuadra. Observaba con ojos atentos esos detalles, pero no sentía amargura, ni hubiera deseado cambiar mi casa por la de Baltasar, aunque me diera envidia su televisor: me intrigaba la docilidad y el silencio de mis abuelos en cuanto entraban en aquella casa, y cuando volvíamos a la nuestra espiaba adormilado sus conversaciones. Escuchaba sus voces llenas de cautela al mismo tiempo que sus pasos cuando subían las escaleras hacia los dormitorios.

—Qué vergüenza, ya no pienso volver más a esa casa.

—Mujer, si nos invitan, no vas a tener la mala educación de no ir.

—Mala educación la de ellos, que sólo les falta escupirnos. Y los humos de la buena señora, «hay que ver la mala suerte que vosotros no hayáis podido comprar una televisión, con lo que se ve que os gusta».

—Tienen dinero y nosotros no.

—Tienen dinero porque se lo han robado a otros.

—No empieces con lo mismo.

—Dile que te devuelva lo que era tuyo. Lo que me habría hecho falta para que comieran nuestros hijos.

—También nosotros tuvimos hijos y ellos no. ¿Es que eso no es desgracia?

—Dios castiga. Aunque parezca que tarda o que no se da cuenta, Dios acaba dándole a cada uno lo suyo.

4

Después del sol de las cinco de la tarde en la plaza y del aire ardiente, denso del olor húmedo de la savia en los álamos, el portal de la casa de Baltasar, cuando empujo la puerta entornada, es un pozo fresco de sombra: como cuando me inclino sobre el pozo en nuestro corral y miro al resplandor líquido del fondo y siento en la cara la penumbra fresca en la que resuenan tan nítida y poderosamente el golpe del cubo de estaño contra el agua al hundirse y luego el agua que lo desborda cuando es izado por la soga. A una cierta hora, en las noches de luna llena, se ve la luna exactamente repetida en el fondo del pozo, en el centro de una negrura húmeda más densa que la del cielo. Así verán quizás los astronautas ahora mismo la Tierra por las claraboyas de la nave Apolo XI, redondas como el brocal del pozo y como el espejo móvil del agua en el fondo. La Tierra azulada, alejándose, envuelta parcialmente en remolinos de nubes, tapada a medias por la noche que cubre un gajo de su esfera, deslumbrada de sol en su hemisferio diurno, girando despacio, mientras nuestro vecino Baltasar agoniza, igual de lentamente, echado en su gran sillón de mimbre, los ojos entornados y la boca entreabierta, en un cuarto que huele a sudor viejo, a cañería y a heces, y en el que las cortinas echadas sólo dejan entrar una tenue raya de la claridad cegadora de julio. En la superficie de la Luna la radiación solar no filtrada por ninguna atmósfera eleva la temperatura a ciento diecinueve grados: en las zonas de sombra hace un frío de doscientos treinta grados bajo cero.

No he llamado a la puerta, porque en nuestra plaza las puertas sólo se cierran a la caída de la noche, y en verano mucho más tarde, cuando se disuelven los grupos de vecinos que sacan las sillas al fresco de la calle y conversan huyendo del calor de las habitaciones cerradas, cuando ha acabado la última sesión en el cine de verano y el barrio se queda desierto y en silencio. He empujado la puerta, que es más pesada que la nuestra y tiene una sonoridad más rica al abrirse, y al principio parece que nadie advierte mi llegada. También los golpes del reloj que hay en la pared suenan más profundos que en el de nuestra casa. Faltan dieciocho minutos para la ignición de la tercera fase del cohete Saturno. Cuando los motores de cada una de las fases y los depósitos de combustible que los alimentan han cumplido su tarea se desprenden de la nave principal y se quedan flotando como satélites de chatarra. Mientras mis pupilas se habitúan a la penumbra me quedo quieto en el portal, esperando a que alguien aparezca, con el miedo a que me vean de pronto y me tomen por un intruso. Pero la trayectoria de la nave no la lleva en línea recta hacia un objetivo inmóvil, sino hacia el punto de su órbita en el que se encontrará la Luna el sábado que viene por la tarde, según el cálculo infalible de las computadoras.

Mis ojos empiezan a distinguir los contornos de las cosas al mismo tiempo que algunos sonidos se precisan en el pesado silencio y algunos olores familiares y otros extraños llegan a mi olfato. Sobre los olores conocidos de casa opulenta y espacios anchurosos —cuero, cobre bruñido, ropa limpia en profundos armarios, trigo en las cámaras, aceite en las tinajas del sótano— ahora prevalece, infectando el aire, un olor de medicinas y de algo que se parece a un principio adelantado de putrefacción.

Yo nunca he olido la muerte humana ni el sudor de miedo en la ropa usada de un enfermo. Conozco el hedor de los animales que llevan muertos varios días y el del estiércol y el del agua estancada y el de las patatas que se han podrido dentro de un saco y manchan los dedos de una sustancia blanda y casi líquida como carne descompuesta. Pero nadie a quien yo quisiera se me ha muerto. Nunca he escuchado una respiración agónica. Cuando mi padre oye un redoble fúnebre de campanas o ve pasar un entierro hace siempre la misma broma: «Se ve que era alguien que venía de familia de muertos.» Ahora, en el gran portal embaldosado, según voy distinguiendo las figuras en las estampas de las paredes, la madera pulida de los muebles, también escucho y huelo, oigo un rumor lejano de pasos, de voces murmuradas, una respiración que suena como esos fuelles de cuero áspero con los que se aviva un fuego declinante. La plaza soleada y ardiente se ha quedado muy lejos, aunque esté sólo a unos pasos. Los sonidos de la calle me llegan tan débilmente ahora como si la penumbra en la que he ingresado fuese un forro de guata envolviendo las cosas. Por eso me sobresalta la voz cercana de alguien que ha venido hacia mí sin que yo lo advirtiera.

—Mi tío te está esperando. ¿Por qué tardabas tanto? ¿No sabes la mala espera que tiene?

La sobrina diminuta y tullida se seca las manos enrojecidas con el delantal, o tan sólo se las frota con él en un gesto nervioso. Tiene la cara grande, de color oliváceo, el pelo rizado y muy oscuro, las piernas y los brazos muy flacos, las rodillas protuberantes y torcidas. Mi abuelo dice que es leal como un perro a sus tíos porque la salvaron de la miseria cuando murieron sus padres de hambre o de enfermedad al final de la guerra y no tenía más porvenir que el orfanato y una muerte segura y temprana, tan enfermiza como era. Según mi abuela Baltasar y su mujer la recogieron para tener una criada y hasta una esclava sin pagar un salario. Cuando yo era muy pequeño la sobrina se acercaba a mí para abrazarme y darme besos y yo me echaba a llorar espantado y corría a refugiarme en las faldas de mi madre. No porque fuese fea o contrahecha, sino porque era inexplicable a mis ojos simples de niño: arrugada y adulta y a la vez de estatura infantil, la cabeza tan grande y el cuerpo desmedrado, la joroba en la espalda, los párpados enrojecidos sin pestañas.

—Tú cada día más alto —dice, con una media sonrisa en su cara entristecida—. Tú cada día más alto y yo más enana.

Levanta la cabeza para mirarme y ve todavía al niño que he sido hasta hace muy poco. Camina delante de mí, a cojetadas, arrastrando unas zapatillas viejas, vestida con un mandil más bien andrajoso que revela todas las penurias y fatigas del trabajo doméstico, como sus manos enrojecidas de lavar y fregar y sus rodillas amoratadas de tanto doblarse sobre ellas para fregar los suelos. La mujer de Baltasar dice que para qué van a comprar ellos una lavadora, si su sobrina deja la ropa más reluciente que cualquiera de las que anuncian en la televisión. «Le quito el entretenimiento de lavar a mano en la pila del corral y le doy un disgusto.» Camino tras ella por un pasillo que sé adónde conduce: a la sala donde tantas veces nos sentábamos para ver la televisión. La sobrina pesa tan poco que sus pasos no suenan sobre las baldosas, tan sólo se oye el roce de sus alpargatas viejas. La huella de cada paso que den los astronautas sobre el polvo de la Luna permanecerá indeleble durante millones de años. En la Luna no hay viento ni lluvia ni tampoco un núcleo de metales candentes como el que hierve en el centro de la Tierra. La Luna es un satélite muerto, una isla desierta de rocas y polvo en medio del espacio.

Ahora el aire se vuelve más cálido y denso, y

más profundo el olor a cerrado. En la sala donde está Baltasar, de espaldas al gran televisor apagado, hay un olor a retrete y a cuadra, a orines rancios: también a aceite y a queso. Si los astronautas vomitan mareados por la ingravidez sus vómitos quedan flotando en el aire. Si no controlan las náuseas cuando tienen puesta la escafandra podrían ahogarse con los vómitos. Hay una pila de grandes quesos encima de la mesa, sobre un lienzo blanco. Un hombre gordo, rojizo, con un blusón negro, está pesando un queso en una romana, frente al sillón de mimbre en el que al principio me parece que no hay nadie. Otro hombre, más al fondo, recoge un fonendoscopio, un termómetro, utensilios acerados de médico, y los va guardando en un maletín. Los dos me miran cuando entro con una curiosidad remota, como si la habitación fuera mucho más grande y apenas pudieran distinguir mi presencia.

—Tío —dice la sobrina, en voz baja, acercando la cara al sillón de mimbre—, aquí lo tiene usted.

Pero ese hombre no parece Baltasar: aún no está muerto y ya se ha vuelto un desconocido, en los pocos días que han pasado desde la última vez que lo vi. Ha sufrido una transformación como las de los seres monstruosos de las películas, como el hombre que se convierte en Hombre Lobo delante de un espejo o la Momia terrosa que se disgrega en polvo en un sarcófago. Su cara es ancha y grande, como siempre, pero ahora parece un odre viejo que se ha quedado vacío. En vez del color cobrizo de la piel, quemada por tantos años de sol y amoratada por el vino y los atracones de comida, ahora veo una sustancia amarillenta y agrisada del color de las vejigas de cerdo que los niños hinchan como pelotas de goma después de las matanzas. El cuerpo entero se ha desmadejado, ha encogido y a la vez está descoyuntado, y ya apenas rebosa de los brazos y del respaldo del sillón de mimbre, que antes crujía bajo su peso enorme. Las manos no las reconozco: más pálidas que la cara, los huesos resaltando bajo la piel y las uñas que ahora son enormes. Una mano se mueve débilmente en el aire hacia mí. Me acerco al olor, a la respiración, al sudor viejo, al aliento podrido.

—No le conviene hablar, ni irritarse —dice la voz del médico, al fondo, en una zona donde la penumbra es más densa—. Tiene que ahorrar las fuerzas que le quedan.

Pero no parece que le hable a Baltasar, ni a la sobrina que se ha retirado en silencio, y menos aún al hombre del blusón negro que sostiene en la mano una balanza, como esas estatuas de la Justicia. El médico enuncia algo en el tono de quien sabe que no va a ser obedecido, ni siquiera escuchado, como formulando un principio que no necesita dirigir a nadie. Ahora el médico mira la escena, desde fuera de ella, con los brazos cruzados, con una actitud de indulgencia en la que yo también estoy incluido. Tiene el pelo gris, muy pegado a las sienes, y viste un traje claro y una pajarita. Pertenece a otro mundo, no a nuestra plaza, ni a nuestro vecindario. Ni siquiera parece que le afecte el calor. Lleva un pañuelo blanco en el bolsillo superior de la chaqueta y huele suavemente a loción o a colonia.

—Quieren engañarme —dice Baltasar, separando muy poco los labios, con los ojos casi cerrados, y el gesto de su mano abarca más allá del hombre del blusón y del médico—. El muerto al hoyo y el vivo al bollo. Creen que me voy a morir ya mismo y vienen para robármelo todo.

Respira más fuerte, agotado por el esfuerzo de hablar, y la mano que había alzado cae sobre el regazo como un gran pájaro muerto. Cierra los ojos y cuando vuelve a entreabrirlos sus pupilas húmedas están fijas en mí, reconociéndome.

—Pero a este no lo engañáis —la boca se tuerce con una intención de sarcasmo—. Éste sabe más de números que todos vosotros.

El plural y la mirada sin dirección precisa de Baltasar parecen aludir a una congregación de fantasmas, no a las dos personas que estaban a su lado cuando yo entré. La boca es grande, de dientes enormes que se entreven cuando los labios forman muy despacio las palabras, dejando salir el aliento enfermo. Son como los dientes crueles de los burros cuando retraen los belfos porque están en celo o a punto de morder. Otras veces, en los últimos meses, Baltasar me ha llamado para que venga a repasar las cuentas que le hacen proveedores o aparceros, incluso las que su sobrina o su mujer traen de la tienda. Tiene miedo de que le estafen, de que le sisen, de que se aprovechen de su vista debilitada y de la somnolencia que le provocan las pastillas, las inyecciones de morfina que alivian la mordedura del cáncer que se lo está comiendo y le permiten dormir un poco por las noches. Quien algo teme, algo debe, dice mi abuela, y mi madre la mira como asustada por su falta de compasión hacia un hombre que se está muriendo.

Ahora la respiración se va convirtiendo en un sordo mugido. El sudor brilla en la frente de Baltasar, como reblandecida en un líquido caliente, empapa su pelo escaso. Una baba blanca se adhiere a las comisuras de su boca. Un corazón puede seguir latiendo varios días en el interior de un cadáver, decía esta mañana un médico en la radio, en un programa sobre trasplantes. LA CIENCIA ESPAÑOLA ASOMBRA AL MUNDO: EL DOCTOR BARNARD Y UN PADRE DOMINICO, AFORTUNADO BENEFICIARIO DE UN TRASPLANTE DE CORAZÓN, ASISTEN EN MADRID A UN CONGRESO INTERNACIONAL PRESIDIDO POR EL MARQUÉS DE VILLAVERDE. Me imagino cómo será oír el corazón de Baltasar con el fonendoscopio que tiene todavía en sus manos el médico. *¿Dónde puso Dios el soplo de la vida?*, preguntaba untuosamente el locutor, que hablaba como un cura. *¿En el corazón o en el cerebro? ¿Por dónde empezamos a morirnos?* Y mi abuela le dijo a mi madre, «hija mía, quita la radio, que no quiero oír esas cosas tan tristes».

—Le pondré ahora una inyección —dice el médico.

El otro hombre ha dejado sobre la mesa la balanza y mira a Baltasar, con el aire de incomodidad de quien tiene que irse y no sabe cómo hacerlo, cómo desprenderse de una situación que se le va volviendo pegajosa, igual que el sudor en la cara de ese hombre que está agonizando en la siesta tórrida de julio.

—Nada de inyecciones hasta que no estén hechas las cuentas —la voz de Baltasar ha recuperado una parte de su rudeza autoritaria, y sus ojos, abiertos de nuevo, diminutos entre la carne rojiza de los párpados, se han vuelto con reprobación hacia donde está el médico, el lugar lejano de donde proviene su voz—. Qué más quisiera este que quedarse con lo que es mío.

—Ni que fuera uno un ladrón, Baltasar —dice el hombre del blusón negro—. Como si usted no me conociera.

—El dinero no conoce a nadie —dice la voz lóbrega, el aire escaso silbando en los bronquios enlodados—. Las cuentas son las cuentas.

El dedo índice, la uña curvada, señalan la mesa, donde hay una libreta de hojas cuadriculadas, un cabo de lápiz.

—Repásalas tú. Cuenta bien los quesos, y que los vuelva a pesar delante de ti —me ordena Baltasar—. Éste sabe mucho de números —ahora parece que se dirige vagamente al médico—. No como su abuelo.

—Pero Baltasar, si los quesos ya estaban pesados, si usted mismo ha vigilado la balanza —el manchego, impaciente, agobiado por el calor y los hedores del aire en la sala cerrada, se limpia la frente con el faldón de su blusa negra. Hombres como él pasan con mucha frecuencia por la calle, llegados a Mágina desde el norte, desde el otro lado de la Sierra Morena. Cargan al hombro sacos de lona blanca en los que abultan los quesos que vienen a vender, y llevan también balanzas o romanas para pesarlos.

—Que los peses, cojones —por un momento Baltasar se incorpora y tiene el mismo vozarrón grosero que la enfermedad ha ido minando en los últimos meses: la autoridad brutal que no tolera desobediencia o dilación, que ni siquiera las concibe.

El hombre pone, uno por uno, los quesos en un platillo de la balanza, va añadiendo o quitando pesas de hierro en el otro hasta que los dos quedan equilibrados: yo he de comprobar la exactitud de la operación, y repasar los números torpemente escritos con un cabo de lápiz en la libreta sobada, en las hojas oscurecidas por las manos sudorosas del vendedor ambulante, y hacer de nuevo cada una de las sumas y multiplicaciones. A mi espalda escucho el aliento pedregoso de Baltasar, tan sombrío como si brotara del fondo de una cueva, el afán con que aspira el aire caliente que traspasa con tanta dificultad las cavernas arruinadas de sus pulmones y sus bronquios, donde ahora mismo siguen proliferando las células del cáncer. Se remueve en el sillón de mimbre, queriendo incorporarse para ver más de cerca las lentas operaciones del pesado y anotación del importe de su mercancía, queriendo vigilar que la balanza no está siendo manipulada y que va a obtener la compensación exacta que merece su dinero. El médico observa, y cuando sus ojos se encuentran con los míos sonríe ligeramente y se encoge de hombros. El manchego, rojo de calor y tal vez de furia, transpira con un olor que se confunde con el de la corteza humedecida de sus quesos y mira de soslayo a Baltasar, que ahora, agotado por un empeño excesivo, ha vuelto a dejarse caer contra el respaldo del sillón y tiene la boca abierta y los ojos entornados, la papada colgando como un odre viejo y vacío de sus quijadas de muerto. Pero sigue respirando, ahora casi inaudiblemente, y la mano abatida sobre el regazo se alza de nuevo hacia mí en un gesto imperioso, ordenándome que me acerque, que le enseñe las cuentas del cuaderno. Huele tanto a podrido, a sudor, a heces, a orines de viejo, que he de contener la respiración para que no me den arcadas. El médico le toma el pulso a Baltasar y nos indica al manchego y a mí que salgamos de la habitación. Ha llenado una jeringa con un líquido incoloro y palpa con las yemas de los dedos el rastro de una vena violácea en el brazo muy pálido del moribundo, tan flaco ahora como las piernas de su sobrina tullida. El cuerpo casi muerto y el corazón todavía latiendo, el cerebro hirviente de maquinaciones y recelos. *El trasplante de cerebro es una posibilidad que está siendo objeto de sobrecogedores experimentos con animales*, dice en una noticia que recorté del periódico en casa de mi tía Lola. *Científicos soviéticos han conseguido injertos de cabeza de perro. Un cerebro de mono conectado a un sistema de irrigación sanguínea se mantuvo vivo durante dos semanas.*

—Ven al jardín —dice la sobrina—. He preparado una limonada.

—Es que tengo que irme.

—Cállate y ven conmigo.

De frente la cara de la sobrina está cruzada de arrugas diminutas, y sus ojos acuosos tienen un cerco de carne floja y piel enrojecida. Por detrás parece una niña rara y algo monstruosa, sin cuello, con la cabeza muy grande, con un andar a saltos por culpa de la cojera que tiene algo de juego infantil. La sigo por un corredor en penumbra, que termina en una cortina de cuentas, más allá de la cual la luz violenta de la tarde es tamizada por las hojas de la parra, y por las de la glicinia que trepa por las paredes y se enrosca al armazón de hierro de una pérgola. Los racimos de la glicinia son de flores moradas: los de la parra aún no han empezado a madurar. Hay macetas con jazmines y con aspidistras de grandes hojas de un verde oscuro reluciente. En casa de Baltasar también las plantas tienen un aire de prosperidad que les falta a las de la mía. Entre las hojas de la parra zumban las avispas y en un plano algo más lejano se oye un rumor de palomas o tórtolas, de agua saltando en una fuente de taza.

El médico se está lavando las manos en una palangana, y se las seca luego con un paño que le pasa respetuosamente la sobrina. Humedece el paño en el agua y se lo pasa por el cuello y la frente, y cuando la sobrina entra de nuevo con dos vasos de limonada en una bandeja —oscila tanto que parece a punto de volcarla— el médico le ayuda a ponerla sobre la mesa de mármol. Alza el suyo hacia mí, en un vago gesto de brindis.

—Así que dicen que eres muy buen estudiante.

—Buenísimo —dice la sobrina—. Quiere ser astronauta.

El médico me mira con ironía y curiosidad y yo noto que enrojezco: primero el calor en las mejillas, luego en la frente, en el cuello, el picor en el cuero cabelludo.

—¿Eso es verdad?

—Si se pudiera...

Hablo con la cabeza baja, sin mirarlo a los ojos.

—¿Tu padre es agricultor?

—Sí, señor. Hortelano.

—Neil Armstrong se crió en una granja, en un pueblo mucho más pequeño que Mágina...

—Watanaka, en un estado que se llama Ohio.

—¿No le he dicho yo que era listísimo? —interviene la sobrina, que ya parecía que se iba.

—El padre de un gran amigo mío también era hortelano. Pero a él le pasaba como a ti: quería ser otra cosa.

—¿Vivía por aquí cerca? —me atrevo a preguntar.

Ahora la sonrisa y la actitud tranquila del médico me ofrecen confianza, aunque soy muy consciente de que pertenece a un mundo y a una clase muy alejados de los míos: el traje, la corbata de lazo, la autoridad inapelable y más bien remota de quienes ejercen esa profesión, que a mí me parecen omnipotentes y ricos, como toda esa gente que vive en casas con placas doradas junto a la puerta, en la calle Nueva: cirujanos, abogados, ingenieros, notarios, hacia los que he aprendido a sentir una mezcla de miedo y de reverencia, al advertirla en las conversaciones de mis mayores. Van al notario y se ponen un traje oscuro de entierro y ya parece que han empalidecido antes de salir de casa.

—Vivía justo enfrente de esta casa —dice el médico—. En la del rincón.

—Ahora vive un ciego en ella.

—¿Tú lo conoces?

—No habla con nadie de la plaza. A mis amigos y a mí nos daba mucho miedo cuando éramos chicos.

Yo he oído la historia del hortelano de la casa del rincón, al que mataron al final de la guerra, pero no digo nada. En mi casa dicen siempre que no se debe hablar más de la cuenta, que el que habla paga, y el que se destaca.

—¿Dónde estudias?

—En el colegio salesiano.

—Gran error. Las sotanas y el conocimiento racional son incompatibles. ¿Y por qué no vas al instituto?

—Yo quería ir, pero a mi padre le dijeron que los curas enseñan más.

—Claro que enseñan: la transubstanciación de la carne y la sangre de Cristo. La Inmaculada Concepción de la Virgen María —el médico se echa hacia atrás y suelta una carcajada—. El misterio de la Santísima Trinidad. Grandes verdades de la ciencia. Y el *Cara al sol*, por supuesto. Vete cuanto antes. O mejor: no vuelvas nunca. Te pueden dañar el cerebro irreparablemente. Mira cómo han dejado al país. ¿Qué te gusta estudiar?

No hables, pienso, y me acuerdo de una expresión que usan mi padre y mi abuelo: el médico es un hombre de ideas. Uno de esos que se van de la lengua y por razones que yo no llego a entender y que se parecen a la fatalidad de la desgracia acaban en la cárcel o en algún sitio peor, en las tapias del cementerio, que está a las afueras de Mágina, un poco más allá de mi colegio. En la pared blanca he visto desconchones y agujeros que según mi padre eran impactos de balas. Si se raspara la cal podrían encontrarse las salpicaduras secas de la sangre.

—Me gustan mucho la Historia y las Ciencias Naturales.

—¿La Astronomía?

—Sí, señor.

—Habrás visto hoy a mediodía el despegue del Apolo XI. ¿Sabes quién es Wernher von Braun?

—Sí, señor. El ingeniero del cohete Saturno.

—Gran invento. ¿Y sabes qué inventó antes? Ya parece que se le ha olvidado a todo el mundo. Las V-1 y las V-2. Las bombas propulsadas por cohetes que los nazis mandaban contra Londres al final de la guerra. Millares y millares de muertos. Quemados, deshechos por las explosiones, aplastados por los edificios que se hundían. El arma secreta de Hitler, producto del talento del ingeniero Von Braun. Un nazi. Un coronel de las SS. Un criminal de guerra. Fabricaban las V-1 y las V-2 en cuevas excavadas bajo las montañas. Excavadas por trabajadores esclavos que morían a millares, de hambre y de agotamiento, azotados con los látigos de los amigos y colegas del coronel Von Braun. Y en vez de estar en la cárcel, o de haber sido ahorcado, como se merecía, ahora es un héroe del mundo libre. Un pionero del espacio. Así que no te lo creas cuando te digan que los nazis perdieron la guerra. Uno de ellos está a punto de conquistar la Luna...

El médico apura la limonada, se limpia la boca con un pañuelo blanco que luego dobla y vuelve a poner en el bolsillo superior de la chaqueta clara. Abre su maletín, quizás para comprobar que no olvida nada, y vuelve a cerrarlo con un golpe enérgico.

—Pobre hombre —dice, señalando vagamente hacia el interior de la casa—. Se resiste tanto a morir que se le hace más dolorosa la agonía. Ha sido muy fuerte y el cáncer tarda mucho en acabar con él.

—¿Cuánto le quedará de vida?

—No es vida lo que le queda —el médico se encoge de hombros, ya de pie, el maletín de cuero negro y usado bajo el brazo—. Es pura resistencia orgánica. ¿Cuántos años tienes?

—Trece. Trece años y medio.

—El cáncer de este hombre crece más rápido que tú.

Cuando ya había apartado la cortina sonora de cuentas, el médico se vuelve hacia mí, con su expresión conspirativa de curiosidad y de burla.

—Escápate cuanto antes de los curas. Todavía estás a tiempo. El cerebro humano es un órgano demasiado valioso como para estropearlo con rezos y supersticiones eclesiásticas.

Desaparece por fin al otro lado de la cortina, y creo escuchar, mezclada con el ruido de las cuentas, su voz que vuelve a renegar contra Wernher von Braun, la voz de un hombre acostumbrado a dirimir a solas sus discordias con el mundo:

—¿Un héroe del espacio? Un criminal de guerra...

5

Todo ha cambiado sin que yo me diera cuenta, sin que suceda en apariencia ningún cambio exterior. Siento que soy el mismo pero no me reconozco del todo cuando me miro en el espejo o cuando observo las modificaciones y las excrecencias que ha sufrido mi cuerpo, y que me asustaban cuando empecé a advertir algunos de sus signos. El vello rizoso brotando en todas partes, como en un retroceso al estado simiesco, los pelos en el sobaco, en las piernas, en el pubis, sobre el labio superior, la aspereza de los granos en la cara, la supuración de las espinillas y el fuerte olor que notaba yo mismo como la densa presencia de otro si volvía a mi dormitorio o al retrete un poco después de haber salido, las manchas amarillas que aparecían misteriosamente todas las mañanas, la sensación de humedad y luego la sustancia pegajosa que manchaba mis dedos, y que yo no sabía lo que era, aunque me llenara de vergüenza. De vergüenza y de miedo, porque de pronto temía haber contraído alguna enfermedad oscuramente asociada al pecado contra la pureza, pecado del que los curas nos advertían, aunque yo no tuviera la menor idea de en qué podía consistir. Antes morir mil veces que pecar, dice el himno del colegio salesiano que decía Santo Domingo Savio, que murió de hecho a una edad muy parecida a la que yo tengo ahora, y que nos mira con sus ojos grandes de fiebre y su cara pálida y su sonrisa de muerto desde los retratos suyos que hay en todas las aulas. Se me oscurece el labio superior y el ceño entre las cejas que se han vuelto todavía más negras, ensombreciendo una mirada que parece haber retrocedido hacia el fondo de los ojos. Mi nariz se agranda, como en el principio de una transformación monstruosa que no se sabe dónde podrá detenerse, mi cara redonda y lisa se ha llenado de granos de punta blanca que al reventarse desprenden una sustancia repulsiva, de un orden no muy distinto a la que me mancha los calzoncillos por las mañanas, aunque sin ese olor tan penetrante. Tan desproporcionadamente como creció mi nariz se alargaron mis brazos y mis piernas, brazos y piernas peludas de antropoide que retrocede en la escala evolutiva, y de pronto el pantalón corto del verano anterior era ridículo y a mi madre y a mi abuela les daba la risa cuando me lo probaba a principios del nuevo verano. «Parece un extranjero de esos que vienen de turismo», dijo mi abuela, «no le falta más que la máquina de retratar». Con aquellas piernas peludas y flacas reveladas por el pantalón de deporte era más humillante mi incompetencia en la clase de Gimnasia. Yo nunca había estado en una clase de Gimnasia. En mi escuela primaria no había gimnasio y nadie se vestía con ropa de deporte para jugar al fútbol en los campos de tierra endurecida. La primera vez que fui a clase de Gimnasia cuando me cambiaron al colegio de los salesianos me dijeron que llevara un pantalón de deporte y como en mi casa nadie sabía exactamente qué clase de prenda era esa acabé presentándome con un bañador enorme de adulto que había pertenecido a mi tío Carlos, la única persona de nuestra familia que tenía alguna experiencia de piscinas y playas. Salí del vestuario con una camiseta de tirantes, con el bañador de plástico que me llegaba a las rodillas y con unos calcetines de cuadros. Antes de alegrarles el día al profesor y a mis nuevos compañeros mostrándoles el hecho inaudito de que no sabía darme una voltereta ya les había dado amplia ocasión de morirse de risa al verme con aquella indumentaria deportiva. En las escuelas gratuitas a las que íbamos los hijos de los campesinos, de los tenderos y de los hortelanos nadie sabía que para hacer ejercicio hubiera que ponerse zapatillas especiales y calcetas de lana blanca, y como nadie había estado jamás en la playa ni se había bañado nunca en una piscina tampoco teníamos una idea clara de lo que pudiera ser un bañador. De pronto yo estaba solo entre desconocidos hostiles, no ya porque ninguno de aquellos alumnos del nuevo colegio viniera de mi barrio, sino porque todos ellos, salvo algunos becarios pusilánimes, tan inseguros como yo, pertenecían a familias con las que la mía no se había relacionado nunca. Vivían no sólo en otros barrios al norte de la ciudad, sino en otro mundo que para mí no era imaginable, y con el que hasta entonces no me había encontrado, a no ser cuando iba con mi madre y mi abuela a la consulta de un médico, o cuando mi padre, siendo yo muy pequeño, me llevaba con él a repartir leche por las casas que llamaban «de los señores». En aquellos lugares con timbres dorados, penumbras silenciosas, criadas con cofias blancas, uno percibía algo a la vez inaccesible, amenazante y misterioso, algo parecido al efecto visible que provocaba en los adultos la voz autoritaria de un guardia de uniforme o la pura presencia de un médico o de aquellos hombres de traje oscuro y corbata a los que llamaban abogados, notarios, registradores, a cuyas oficinas mi padre iba a veces con la misma ropa que se ponía para asistir a un entierro o a una boda, aunque también con un aire de aprensión que no se le notaba en ningún otro momento de su vida. En la escuela de los jesuitas los otros alumnos eran iguales a mí, eran los niños con los que jugaba en la plaza de San Lorenzo y los hijos de los hortelanos que vendían en el mercado cerca de mi padre o de los vareadores y las granilleras que iban cada año a la aceituna en las mismas cuadrillas que mi abuelo y mi madre. Pero ahora, de pronto, también eso ha cambiado. Al terminar la escuela obligatoria esos alumnos se fueron a trabajar al campo con sus padres, o empezaron a aprender oficios en los grandes talleres de los jesuitas. Yo debería haber seguido ese mismo camino, debería estar ahora en la huerta con mi padre o vestido con un mono azul y aprendiendo el oficio de carpintero o de mecánico, igual que tantos chicos que jugaron conmigo en los patios de la escuela y con los que ahora me cruzo y casi no los reconozco porque ya parece que han empezado a convertirse en adultos. Algunos, los más afortunados, han entrado de botones en los edificios grandes de los bancos que hay en la plaza del General Orduña, o de dependientes o recaderos en las zapaterías y en las tiendas de tejidos, y ya se les ve peinados con raya y con el pelo hacia atrás en vez de con flequillo recto, y algunos fuman jactanciosamente cigarrillos y se arriman los domingos a las chicas a la salida de las iglesias o en el paseo por la calle Nueva. Yo me he quedado atrás, en otra parte, sin saber dónde, perdido, en un colegio donde no conozco a nadie y donde con frecuencia advierto la mirada altanera de los hijos de gente con dinero y recibo amenazas de alumnos mayores y temibles, de tenebrosos internos con batas grises y caras pedregosas de granos que martirizan a los más pequeños o a los recién llegados y que no tienen miedo ni a las varas de los curas, porque vienen de familias poderosas que costean las obras de la nueva iglesia y que dan prestigio con sus apellidos a las listas de benefactores del colegio. Hasta ahora yo había vivido sólo entre personas que de un modo u otro me eran familiares y en espacios de cálida y permanente protección que eran como extensiones de la seguridad de mi casa: círculos concéntricos, habitaciones sucesivas, la plazuela y los callejones en los que jugaba, los caminos que llevaban a los olivares y a la huerta de mi padre, las aulas y los patios de la escuela de los jesuitas, la tela azul y basta de los pobres uniformes que vestíamos todos sobre nuestra ropas más o menos idénticas, los pupitres, los cuadernos escolares, los tebeos leídos y releídos y los juegos en la calle con niños a los que había conocido desde siempre, las noches de verano en el cine, mi tía Lola con su presencia perfumada y fragante y mi tío Pedro contándome películas desde la cama contigua, con la luz apagada, mi cara en las fotografías que nos tomaban en el colegio, los codos sobre una mesa, junto a un libro y a un teléfono falso, delante de un lienzo pintado en el que se veía una biblioteca y un busto de Cervantes. Y ahora, de golpe, sin que yo me diera cuenta, de un día para otro, todo ha sido trastornado, mi cara, mi cuerpo, mi conciencia ahora angustiada de culpas y deseos, el mundo en el que vivo, el colegio sombrío al que llego todas las semanas como si ingresara en una prisión o en un cuartel, la humillación del miedo a las bofetadas de los curas y a las amenazas de los alumnos mayores, la sensación de lejanía hacia mi padre, el aire de censura con que me mira mi abuelo, el desamparo íntimo que me acompaña a todas partes, que amanece conmigo en las mañanas de invierno y se filtra incluso en la melancolía amarga y en la niebla de miedo de los sueños. Ahora siento lo que no sentí nunca, arrebatos de hostilidad hacia todo, un encono sordo contra el mundo exterior que se resuelve en fantasías de revancha, de coraje físico y orgullo misántropo. Mis héroes ya no son Tom Sawyer o Miguel Strogoff sino el Conde de Montecristo y el capitán Nemo, artífices cada uno de suntuosas venganzas, o Galileo Galilei, que se rebela contra la Iglesia y la verdad establecida y mira por un telescopio la superficie de la Luna y descubre sus cráteres, o Ramón y Cajal, que nació en una familia mucho más pobre que la mía y tuvo la inmensa fuerza de voluntad necesaria para convertirse en un científico de celebridad universal, o el capitán Cook, que dio varias veces la vuelta al mundo en frágiles barcos de vela y descubrió islas tropicales habitadas por hermosas mujeres desnudas y se acercó hasta los acantilados de hielo de la Antártida. Si los curas amenazan con la hoguera a Galileo yo me haré secretamente uno de los suyos. Si pretenden que el hombre fue moldeado en barro por Dios a su imagen y semejanza y que la mujer nació de una costilla de Adán yo me desvelaré queriendo entender la teoría de la Evolución, y si me dicen que habrá una vida eterna después de la muerte y que cada cual irá al infierno o al paraíso yo me convenceré a mí mismo de que la única realidad es la materia y que no hay más vida futura que la descomposición y la nada. Me imagino hereje, excomulgado y perseguido. Me veo erguido delante de un tribunal de sotanas, sobre una tarima polvorienta de tiza como las de las aulas del colegio. Cuando me quedo solo con mi hermana practico con ella mi proselitismo, le digo que ni Dios ni la Virgen existen y que la hostia consagrada no es más que harina y que los seres humanos descienden de los monos y que el Sol alguna vez se extinguirá y la vida se habrá ido acabando poco a poco sobre la Tierra en medio de tinieblas cada vez más oscuras y ella se echa a llorar y se tapa los oídos. Sólo me siento seguro en el refugio quimérico de los libros, sólo experimento una sensación plena de cobijo si me recluyo en mi cuarto al que casi no llegan los ruidos y las voces de la casa y me imagino protegido de todo en el interior de un traje espacial, flotando en una cápsula que viaja hacia la Luna, asomándome por una ventanilla para verla cada vez más cerca, como la vieron por primera vez los astronautas del Apolo VIII que volvieron a la Tierra sin haberse posado en ella. El horizonte próximo y curvado y la negrura absoluta un poco más allá, los cráteres tan abruptos, negros y cóncavos como bocas de túneles, el color que nadie acierta a decir exactamente cómo es y que las fotografías no captan verdaderamente ni los recuerdos pueden revivir del todo: dicen que es gris, como de ceniza, o blanco de yeso, o pardo y casi verdoso cuando la luz del Sol le da muy oblicuamente, o azulado, reflejando muy débilmente la claridad de la Tierra.

6

Por el balcón abierto, a medianoche, miro el resplandor de la Vía Láctea sobre el valle del Guadalquivir. He apagado la luz para aliviar el calor y no atraer mosquitos, y también para ver mejor el cielo azul marino de la noche de verano, «la bóveda celeste», como dice en el colegio el Padre Director, que es muy partidario de encontrar a Dios en las maravillas de la Naturaleza. «No es una bóveda», pienso decir, pero no lo digo, callado en mi pupitre, sabiendo que el Padre Director, aunque nos da clase de Matemáticas, probablemente sigue considerando herejes a Galileo y a Newton, y les dedicará si acaso un gesto condescendiente y despectivo, como a gente descarriada, como el que dedica de vez en cuando a Lutero o a Darwin, o a esos científicos, ingenieros y pilotos americanos que planean viajes espaciales. Lutero murió de miedo y de diarrea durante una tormenta, dice el Padre Director: a Darwin, que puso en duda la creación divina de cada uno de los seres vivos, se le murió en la infancia su hija más querida. El ateo Zola se envenenó mientras dormía con las emanaciones tóxicas de un brasero mal apagado y ya no despertó, y no pudo ni arrepentirse *in extremis*. El castigo divino no es una amenaza abstracta que lo esté esperando a uno en la otra vida: Dios aniquila pronto y de manera terminante, con un rayo o con la muerte de un hijo o con una enfermedad infame que pudre las entrañas de los impíos, como el blasfemo Nietzsche, que declaró que Dios había muerto, y que fue devorado por la sífilis hasta caer en la locura y acabó hablando con los caballos. Hace dos años astronautas del Apolo VII murieron calcinados en el interior de la cápsula durante un entrenamiento, consumidos por un incendio cuya causa no llegó a saberse, en la cima del Saturno V, que esa vez ni siquiera llegó a despegar. *El cohete Saturno V*, decía un locutor extasiado, *moderna catedral de ciento diez metros de altura para alcanzar el Cielo con las manos*. «No una catedral», corrige el Padre Director, «más bien una torre de Babel», y sonríe con una suficiencia entre despectiva y paternal ante el ejemplo de soberbia de aquellos paganos babilonios que quisieron levantar un edificio tan alto que rozara las nubes y acabaron sumidos por una broma torva de Dios en la confusión de las lenguas.

«Quieren subir a la Luna», dice el Padre Director desde el púlpito, en la capilla, o sobre la tarima del aula, «y no saben desprenderse del materialismo que les ata a la Tierra». Pienso, los codos sobre el pupitre, la mirada al frente, en la pizarra llena de operaciones y fórmulas: «A la Luna no se sube», pero es mejor callarse y no correr el peligro de avivar una ira que enseguida estalla, una rabia fría y tensa que hace más incolora la piel de la cara del Padre Director, pegada a la osamenta, oscura en el mentón y en la barbilla. Es uno de esos hombres con el cráneo tan pelado como una calavera pero con todo el resto del cuerpo muy peludo, al menos la parte escasa que vemos de él: las cejas unidas, proliferando sobre las cuencas de los ojos, las orejas llenas de pelos que crecen en los lóbulos o que brotan del interior del conducto del oído, la barba muy alta en la mandíbula, que siempre negrea a pesar del afeitado, el vello subiéndole hasta la nuez, por encima del alzacuellos blanco de la sotana, el dorso de la mano y los dedos muy velludos, los dedos que pinzan el cogote o la oreja de un alumno o que se contraen para golpear la nuca con un experto coscorrón, los nudillos tan duros como si sólo fueran de hueso puntiagudo y torneado.

No se sube a la Luna. No hay arriba ni abajo en el espacio, ni la Vía Láctea que relumbra en el cielo de julio es un camino misterioso ni una nube estática, ni las estrellas fugaces que cruzan la noche son estrellas, sino meteoritos que vienen quién sabe desde qué lejanías del Sistema Solar y al frotarse a tan alta velocidad con la atmósfera se consumen en un fuego pálido e instantáneo, que no deja rastro en la negrura. La nave Apolo, cuando vuelva a la Tierra después del viaje a la Luna, dentro de una semana, correrá el mismo peligro al entrar en la atmósfera, subirán hasta una temperatura próxima a la incandescencia sus láminas curvadas de metales resistentes y ligeros. Los astronautas, sujetos con sus correas a los asientos anatómicos, sentirán el calor y la sacudida del vehículo tan frágil en el que atraviesan el espacio atraídos por el imán de la gravedad terrestre, cerrarán los ojos, pensarán que ahora están más cerca de morir que en ningún otro momento del viaje. Una pavesa fugaz en el cielo nocturno, ni siquiera eso, un punto que arde y se apaga como la brasa de un cigarrillo en nuestra plaza oscurecida, o como una de las chispas que saltan en invierno de nuestras hogueras de leña de olivo, y no quedará nada de ellos, ni restos calcinados como los de los accidentes aéreos, ni siquiera cenizas. La trayectoria del ingreso en la atmósfera deberá seguir un ángulo exacto que han calculado hasta el último milímetro los ingenieros y las computadoras: si la cápsula se aproxima demasiado a la perpendicular arderá sin remedio por efecto de la temperatura provocada por la frotación con la atmósfera; pero si el ángulo de ingreso es demasiado oblicuo, la cápsula rebotará contra las capas superiores del aire igual que un guijarro lanzado casi horizontalmente y a una cierta velocidad salta sobre el agua, y se extraviará para siempre en la lejanía del espacio.

Un gajo de luna en cuarto creciente permanece estático en el cielo del oeste, sobre los picos de la sierra, que son de un azul más oscuro que el del horizonte, un azul casi negro. Sin una atmósfera que la proteja, la superficie de la Luna está siendo permanentemente acribillada por un diluvio de micrometeoritos que han ido creando a lo largo de miles de millones de años el polvo sobre el que caminarán los astronautas. Pero también es posible que algunos de ellos sean lo bastante grandes como para traspasar como balas las escafandras o los trajes espaciales, para horadar el fuselaje tan precario del módulo Eagle, no más grueso que una lámina de papel de aluminio. En mi casa los adultos piensan que la Luna crece, mengua, se hace delgada como una tajada de sandía, se vuelve redonda como una sandía entera, y cuando está llena tiene una cara humana, una cara pánfila y mofletuda como la mía. Desde muy niño he oído a mi madre, a mi abuela y a mi tía Lola cantar una canción, mientras hacen las camas y barren la casa, mientras sacuden los pesados colchones de lana o van de una habitación a otra con cestas de ropa blanca entre las manos:

Al Sol le llaman Lorenzo
y a la Luna, Catalina.
Cuando Lorenzo se acuesta
se levanta Catalina.

El hierro de los barrotes del balcón todavía está caliente. El calor sube aún de la tierra apisonada de la plaza, de los guijarros del empedrado de la calle del Pozo. A mi espalda, en la habitación a oscuras, están la cama y la pequeña estantería donde guardo mis libros, y también la mesa de madera desnuda en la cual he dejado abierto el álbum de recortes sobre los viajes de las misiones Gemini y Apolo: los cohetes como delgados lápices en la lejanía despegando entre nubes de humo y de fuego contra el cielo de Florida, las ilustraciones fantásticas sobre futuras estaciones espaciales y bases permanentes en la Luna, la silueta de Buzz Aldrin en su paseo ingrávido a doscientos kilómetros de distancia de la Tierra, unido a la cápsula Gemini por un tubo largo que parece enredarse como un cordón umbilical. Me imagino que vivo solo en lo más alto de un faro o del torreón de un observatorio, y que instalo un potente telescopio delante del balcón y anoto observaciones astronómicas en un pequeño cuaderno, a la luz de una linterna. Hay un clamor lejano de grillos y de perros que viene de la hondura del valle del Guadalquivir, traído por una brisa caliente que apenas llega a estremecer las copas de los álamos bajo mi balcón. En la Luna no hay brisa ni viento que alteren el polvo de la superficie, tenue como ceniza muy cernida: pero los científicos dicen que hay algo llamado el viento solar, hecho de las partículas que irradian las formidables explosiones nucleares en el interior del Sol. El viento solar sugiere naves espaciales con velas desplegadas de titanio, con paneles extendidos que recogerán la energía y permitirán viajes hasta más allá de Neptuno y Plutón. Qué hay más lejos, qué sentirían los astronautas que dejaran atrás la órbita de Plutón y vieran al Sol convertirse quizás en una estrella anaranjada y diminuta, qué sensación de haberse extraviado para siempre.

Suena en alguna parte el timbre débil de un teléfono, muy repetido, como el canto de los grillos, pero mucho más raro, porque en nuestra plaza, donde hay ya varias antenas de televisión sobre los tejados, casi nadie tiene teléfono, ni siquiera Baltasar, que lo considera un gasto inútil. El único teléfono parece que está en la casa pegada a la nuestra, la que llaman la casa del rincón, la única cuya puerta está cerrada durante el día, y en la que vive solo ese ciego que apenas tiene trato con los vecinos, y que a mí me daba mucho miedo cuando era pequeño, con sus gafas negras muy grandes y su cara marcada por cicatrices rojizas. Las salamanquesas acechan inmóviles, cabeza abajo sobre la cal de las fachadas, cerca de las esquinas donde las bombillas de la iluminación pública atraen a los insectos. Igual de atentamente vigilarán las arañas que han tejido su tela en los intersticios del tejado o en el canalón de estaño que pasa bajo el alero, aguardando la vibración que les indique que una víctima ha caído en la trampa tenue y mortal de los hilos de seda. Los murciélagos vuelan por encima de los tejados con aleteos silenciosos, lanzándose como aviones de caza contra sus presas invisibles, a las que detectan gracias a un sistema muy complejo de ultrasonidos, mil veces más refinado que el radar. Tan ciegos como nuestro vecino, pero mucho más ágiles. «Contemplando las mil maravillas de la Naturaleza», dice el Padre Director en la capilla del colegio, y levanta los dos brazos extendidos, «quién podrá negar la infinita sabiduría del Creador. Si vemos por el campo un reloj, y nos admiramos de su extraordinario mecanismo, ¿quién podría negar la existencia del Relojero que lo ha construido?».

La brisa lenta y cálida trae el sonido de la última función del cine de verano, disparos de revólveres o redobles de cascos de caballos en alguna película del Oeste, trompeteos, clamores de multitud o choques de espadas en una de romanos, fragores marítimos en una de piratas, o de exploraciones y naufragios. Sobre los tejados, en los corrales, en las plazuelas del barrio, el estruendo del cine es uno de los elementos naturales de la noche, como lo sería el de los truenos de una tormenta o el de la lluvia goteando por los aleros y los canalones. Se acaba la película, hacia la una de la madrugada, y sólo entonces llega el silencio, con un fondo de murmullos de vecinos que aún no han dado fin a la tertulia nocturna, sentados en grupos junto a las puertas de las casas, con la desgana de volver al aire caliente de los dormitorios. Algunos vecinos ya no sacan las sillas para la tertulia, porque prefieren quedarse viendo sus televisores recién adquiridos: por las ventanas abiertas de par en par, al otro lado de las rejas, se ve al pasar una habitación a oscuras en la que se perfilan bultos de personas inmóviles contra la fosforescencia de las pantallas encendidas. También nosotros tenemos ya un televisor, desde hace unos meses, y aunque mi padre se resistió tanto a comprarlo y renegó diciendo que una vez más mi tío Carlos iba a estafarlo con uno de sus aparatos innecesarios por los que había que pagar plazos que no se acaban nunca, ahora se queda solo viéndolo cuando los demás salimos al fresco de la calle y nos vamos al cine, y cuando volvemos está dormido y roncando frente a la pantalla en la que ya no hay nada más que una nieve de puntos luminosos.

Por las ventanas abiertas salen a la calle ráfagas de conversaciones y fragmentos de anuncios, voces de niños, de madres que dan órdenes, se oye el sonido de los cubiertos sobre la loza y el choque de los vasos de una cena familiar. Cada noche las voces metálicas y muy articuladas de la televisión se superponen en el barrio a las de los vecinos que conversan y a las de los niños que se quedan a jugar hasta muy tarde, porque es verano y al día siguiente no habrá que ir a la escuela.

Yo escucho, asomado al balcón, en el último piso que ahora sólo es mío, desde que se casó mi tío Pedro, escucho y vigilo, miro pasar por la calle del Pozo a la gente que vuelve del cine de verano, muchos de ellos con botijos de agua fresca, con fiambreras en las que llevaron la cena para tomársela mientras veían la película. El timbre distante del teléfono vuelve a sonar, o quizás ha estado repitiéndose tan monótonamente como los cantos de los grillos y yo no lo he escuchado. Al llegar junto a cada corrillo de vecinos, el que pasa dice buenas noches, y los vecinos interrumpen la conversación para contestarle a coro con un buenas noches idéntico, aun en el caso raro en que ni el uno ni los otros se conozcan. El ciego sale de su casa o vuelve a ella cuando es ya muy tarde y los corros de vecinos se han retirado, y además procura pasar por los callejones menos frecuentados, caminando siempre muy cerca de la pared, rozándola con una mano extendida, manejando con la otra el bastón con el que da breves golpes de reconocimiento sobre el empedrado, sobre las baldosas de las aceras y los bordillos rectos de piedra.

Sólo que estas últimas noches no hay tertulias en nuestra plaza, ni al menos en la mitad de la calle del Pozo que va a desembocar en ella. No hay tertulias ni ruidos de televisores por las ventanas abiertas porque se sabe que Baltasar está muriéndose, por respeto a su lenta agonía. Al otro lado de la calle, frente a mi balcón abierto, está la casa de Baltasar, prolongada por el muro blanco de los corrales y el huerto. Es la casa más grande y sus corrales y su huerto también son los más extensos del barrio. Hay grandes higueras, una palmera que casi llega a la altura del balcón donde yo estoy asomado, cuadras hondas para los mulos y los cerdos, cercados para los pollos de cresta roja y para los pavos que responden como un coro idiota cuando se los interpela desde lejos. Cuando yo era pequeño mi tío Pedro me tomaba en brazos junto al balcón abierto y me mostraba el huerto de Baltasar y su muchedumbre de pavos y me decía que los pavos hablan y entienden lo que se les dice, y pueden responder a las preguntas. Gritaba, para demostrármelo: «¡Pavos de Baltasar! ¿Qué habéis comido hoy?» Del corral subía hacia nosotros, desde el otro lado de la calle estrecha, un gran clamor de sonidos guturales, como de erres y de oes que mi tío Pedro traducía para mí: «Hemos comido arroz, arroz, arroz.» El 25 de agosto, el día del santo de la mujer de Baltasar, las puertas del huerto que daban a la calle del Pozo se abrían para los invitados en una fiesta de manteles blancos sobre largas mesas de convite y bombillas de colores colgadas en hileras entre los árboles. Una pequeña orquesta de saxofón, batería, contrabajo y acordeón tocaba pasodobles y canciones modernas. Había grandes garrafas de vino y neveras con barras de hielo para mantener frescas las botellas de cerveza, platos de gambas cocidas, de aceitunas, de patatas fritas, gaseosas y Coca-Cola para los niños. A la mañana siguiente, al barrer las puertas de las casas, rociando la tierra con el agua de los cubos de fregar para que se asentara el polvo, las vecinas comentaban entre sí que la fiesta de Baltasar había sido «como una boda».

«Más que muchas bodas», ponderaba mi abuelo, con su amor por las cosas grandes y los gestos fantasiosos. Había vecinos que eran invitados a la fiesta del santo de Luisa y otros que no, y eso marcaba distancias y rivalidades sutiles entre ellos. A nosotros siempre nos invitaban, y cada año, según se acercaba la noche de San Luis, yo podía espiar una conversación parecida entre mis abuelos:

—No seré yo la que vaya este año.

—Mujer, cómo no vas a ir, si son los vecinos de enfrente, y nos han invitado.

—Nos invitan para darnos envidia.

—También se la damos nosotros a los que no pueden estar en el convite.

—Creerán que por invitarnos se nos olvida lo que nos hicieron.

—Lo pasado, pasado.

—Yo no soy como tú. A mí no se me olvida ni se me olvidará nunca.

No habrá fiesta este año: dentro de algo más de un mes, cuando llegue el día de San Luis, Baltasar estará muerto, y es muy probable que ni siquiera entonces mi abuela le haya perdonado un agravio que sucedió en un pasado lejano y sombrío y que yo no logro saber en qué consistió. No sé nada del pasado ni me importa mucho pero percibo su peso inmenso de plomo, la fuerza abrumadora de su gravedad, como la que sentiría un astronauta en un planeta con una masa mucho mayor que la de la Tierra, o con una atmósfera mucho más pesada. La masa de Venus es menor que la de la Tierra, pero su atmósfera venenosa de anhídrido carbónico es tan densa que una nave espacial quedaría aplastada sin llegar a posarse sobre su superficie. En Júpiter mi cuerpo pesaría más de quinientos kilos, pero Júpiter es una esfera de hidrógeno líquido agitada por tormentas que duran milenios y en la que se hunden con grandes deflagraciones como de bombas nucleares los meteoritos gigantes atraídos por la fuerza de su gravedad. Lo que sucedió o no sucedió hace veinte o treinta años gravita sobre los mayores con una fuerza invisible que ellos mismos no advierten, y algunas veces, escuchando sus conversaciones, viéndolos acudir cada día a sus tareas sin recompensa, tengo la sensación de verlos caminar como buzos con enormes zapatones de suelas de plomo, cada uno con la joroba del pasado sobre los hombros, doblándolos bajo su peso como cuando se doblan bajo un costal lleno de trigo o de aceitunas. No hay ningún adulto cuya figura no proyecte hacia atrás la sombra perpetua de lo que hizo o de lo que le sucedió en otro tiempo. El pasado de los mayores es un mundo al que yo sólo puedo asomarme por rendijas estrechas, una casa oscura en la que casi todas las habitaciones están cerradas con llave y las ventanas tienen los postigos echados, y dejan salir si acaso un hilo de luz, tan delgado como el que ahora se filtra hacia la plaza desde la ventana de la habitación donde yo visité a Baltasar esta tarde. *Hemos comenzado a explorar el Universo y no nos detendremos en la conquista de la Luna*, ha dicho el ingeniero Von Braun en el telediario de las nueve de la noche. Me imagino al médico —doctor Medina, le decía temerosamente la sobrina de Baltasar— también sentado frente a un televisor, renegando a solas y en voz alta, llamando nazi a Von Braun. Para los larguísimos viajes espaciales del futuro quizás será preciso reclutar y entrenar como astronautas a condenados a muerte, ofreciéndoles la conmutación de la pena capital a cambio de que acepten viajar durante el resto de sus vidas. Se ha acabado la película en el cine de verano, se han retirado hacia el interior caliente de las casas los últimos vecinos que apuraban la tertulia y hace ya un rato que la fotografía del general Franco, la bandera española ondeante y el himno nacional señalaron el fin de los programas de la televisión, dejando en las pantallas una niebla de puntos grises y blancos que mantiene todavía hechizados durante varios minutos a los espectadores más tardíos. Otros científicos sugieren que los viajes espaciales exigirán que los comiencen parejas clínicamente perfectas, que tendrán descendencia durante la travesía, y sus hijos se casarán a su vez con los de otros tripulantes y así sucesivamente, *con el fin de seguir el gran viaje de generación en generación.* Ahora, en el silencio, que tiene un fondo de grillos y de perros, cuando también en mi casa se han dormido todos y yo sigo despierto y asomado al balcón como un vigía en un faro, o como uno de aquellos astrólogos babilonios que observaban el cielo desde las terrazas de sus zigurats y que dieron a las estrellas y a las constelaciones sus nombres más antiguos, la única casa en vela y con las luces encendidas de todo el barrio de San Lorenzo es la de Baltasar. Me parece que oigo pasos en ella, puertas que se abren y se cierran, que vuelvo a escuchar muy cerca la respiración del moribundo, a quien el dolor y el insomnio lo mantienen atado a la conciencia, y quizás también una terca decisión de no ceder a la muerte, él que durante tantos años hizo lo que se le antojaba e impuso su voluntad tiránica a quienes vivían a sus órdenes, asustados de sus gritos, de su fuerza brutal, medrosos y dóciles para solicitar su favor, un jornal o una limosna.

El motor solitario de un coche se acerca a la plaza por los callejones: quizás han llamado al médico porque Baltasar se ahoga, porque ahora sí que viene el final. Pero el coche se aleja, y el silencio vuelve a la plaza, el silencio que la colma como el agua quieta de un estanque, lisa en la superficie, muy levemente ondulada por la brisa nocturna que roza las hojas de los álamos. El timbre de un teléfono sigue sonando. Unos pasos lentos, unos golpes menudos de bastón percutiendo sigilosamente contra el empedrado y contra la cal de una pared avisan de que se acerca el ciego Domingo González y que va a doblar de un momento a otro la esquina de la Casa de las Torres.

Por una de las ventanas entornadas en la casa de Baltasar viene ahora un rumor de rezos. Repiten oraciones, esparcen agua que llaman bendita, ponen estampas de santos o de vírgenes cerca del moribundo. Igual podrían danzar en torno suyo con las caras pintadas y agitando sonajeros de calabazas llenos de semillas secas. UNA ESTAMPA DE LA VIRGEN DEL CARMEN BENDECIDA POR SU SANTIDAD EL PAPA VIAJARÁ CON LOS ASTRONAUTAS A LA LUNA, *cumpliendo una petición del Padre Carmelo de la Inmaculada, director de la revista de devoción mariana* Lluvia de Rosas, *que alcanza una gran difusión en todo el mundo*, decía ayer el periódico *Singladura*, que viene de la capital de la provincia y está tan mal impreso que las caras o los objetos apenas se distinguen en los rectángulos negros de sus fotografías. EL ASTRONAUTA ALDRIN CONSULTÓ CON SU DIRECTOR ESPIRITUAL MINUTOS ANTES DEL DESPEGUE DE LA NAVE APOLO.

Desde el fondo de mi casa, por la oquedad en sombras de las escaleras, suben hasta mí las campanadas del reloj de la sala. Las dos de la madrugada. Las dos de la madrugada del jueves 17 de julio de 1969. Primer año de la Era Espacial. Trigésimo tercer aniversario del Glorioso Alzamiento Nacional, dicen con voces enfáticas los locutores de la radio y de la televisión, que hoy darán mucha más relevancia en sus informaciones a la efemérides del levantamiento de Franco que a las últimas novedades sobre el viaje a la Luna. Aniversario, Alzamiento, Efemérides, Glorioso, Cruzada, Victoria. Según se acerca el 18 de julio las voces de los locutores se ahuecan y engolan y proliferan los discursos cargados de mayúsculas y las fechas con números romanos, los himnos marciales, las imágenes de batallas y desfiles del tiempo de la guerra, la figura de Franco, el Caudillo, el Generalísimo, un viejecillo calvo, redondeado, fondón, como el abuelo de alguien, vestido a veces de uniforme militar y otras con un traje como de jubilado pulcro, la cintura del pantalón muy alta sobre la barriga floja. Cuando transmiten por televisión un acto oficial en el que alguien con camisa azul grita al final de un discurso: «¡Viva Franco!», Baltasar se incorpora en su sillón de mimbre y grita roncamente: «¡Viva!»

La duración de plomo del pasado se mide en conmemoraciones y en números romanos: a mí me gusta el tiempo inverso y veloz de la cuenta atrás que lleva segundo a segundo al despegue de un cohete Saturno, y más todavía el que empieza en el instante del despegue: segundos de prodigio, minutos y horas de aventura y suspenso, cada hora numerada en su avance y en el cumplimiento exacto de los objetivos de una misión volcada a un porvenir luminoso de adelantos científicos y exploraciones espaciales.

En las noticias de la radio y de la televisión siempre dicen las horas que han pasado desde el comienzo exacto del viaje de la nave Apolo XI. Intento hacer el cálculo ahora mismo, venciendo la pereza y el peso del sueño. Once horas y cuatro minutos desde el momento del despegue. La silueta blanca de la nave contra el cielo negro, la nave silenciosa, inmóvil en apariencia, aunque viaja de la Tierra a la Luna a diez mil pies por segundo, la nave que es en realidad una rara yuxtaposición de dos módulos: el módulo de mando, llamado Columbia, y adherido a su morro cónico el módulo lunar, que será el que se desprenda para descender hacia el satélite, y que tiene un aire de insecto o de crustáceo robot, con su forma poliédrica y sus patas articuladas. El tiempo de la misión espacial no se parece nada al de nuestras vidas terrenales, no puede ser medido con los mismos torpes instrumentos que ellas. Primero fue la cuenta atrás, el pulso numérico de cada segundo que progresaba en línea recta hacia el instante preciso de la explosión de gases y el despegue, las voces nasales que cuentan a la inversa y en inglés, terminando en un *cero* que ya tiene algo en sí mismo de explosivo. Y a partir de entonces segundos y minutos fueron agregándose para numerar exactamente las horas, midiendo un tiempo veloz, aventurero, matemático, tan limpio como el chorro blanco de humo en el cielo azul de Florida. La misión Apolo no se mide por días ni por semanas, ni por largos años sombríos de repetición ceremonial del pasado, sino por horas, minutos y segundos. *¿Será usted quien dirija el vuelo?*, le preguntaron al comandante Neil Armstrong. Y él contestó con una sonrisa: *quien lo dirigirá de verdad será Isaac Newton*. Lo que impulsa ahora mismo a la nave en dirección a la Luna no son sus motores sino la fuerza dc la gravedad lunar. Ahora mismo, mientras yo miro al cielo buscando en vano la pulsación de un punto luminoso que sea el de la nave espacial, los astronautas miran la Tierra por una de las ventanas circulares, la Tierra azul y más grande que una Luna llena recién surgida en el horizonte. La Tierra azul y en parte ensombrecida, la noche sumergiendo la mitad de ella, incluido este valle al que da mi balcón, esta ciudad pequeña cuyas luces muy débiles difícilmente podrá ver nadie desde una cierta altura. Dentro de poco verán la Luna mucho más cerca: los cráteres inmensos, que conservan la forma del impacto de los meteoritos que los provocaron hace cientos de millones de años, las cordilleras de un gris de ceniza, las llanuras que llaman mares, *Maria* en latín, océanos de rocas y polvo que ningún viento ha estremecido nunca. En uno de esos mares aterrizarán en la madrugada del lunes, o *aluni-*

zarán, según dicen algunos reporteros y expertos en la televisión. En el Mar de la Tranquilidad, *Mare Tranquilitatis*. En latín la geografía fantástica de la Luna se vuelve mucho más misteriosa. Mare Tranquilitatis, Mare Serenitatis, Océano de las Tormentas: me acuerdo de las jaculatorias que se decían antes al rezar el rosario, las palabras litúrgicas de la misa cuando yo era pequeño, y también las clases lúgubres de Latín en el colegio.

El profesor de Latín es un ciego que se llama don Basilio. Vivo en un mundo, en una ciudad, donde abundan los ciegos, los cojos, los mancos, supervivientes de la guerra y de los años del hambre, mutilados en las batallas o en los bombardeos, heridos por la viruela, por la tiña, por la poliomelitis, despojos del tiempo que está más allá de la frontera de sombra que divide el presente del pasado, como la que separa en las fotografías de la Tierra tomadas desde el espacio el día de la noche. Don Basilio es un ciego raro, sin gafas, con la cara muy carnosa, con un ojo abierto de color gris y de pupila escarchada y otro que mantiene siempre guiñado, y en el que le queda un poco de vista, porque se pega a él la esfera del reloj para saber la hora. Las cataratas enturbian el ojo abierto de don Basilio como las masas de nubes que cubren a medias la esfera azul de la Tierra en las fotografías tomadas desde el espacio. Don Basilio camina de un extremo a otro de los pasillos del aula, entre las filas de pupitres, rozando con las yemas carnosas y blancas de los dedos la hoja en braille en la que están nuestros nombres. Don Basilio cuenta por lo bajo los pasos que da en cada dirección, y antes de doblar se detiene un momento, o antes de levantar el pie derecho para subir a la tarima en la que están la mesa del profesor y la pizarra, en la que escribe listas de palabras y de declinaciones en latín con letras muy grandes y torpes y poniendo el ojo guiñado muy cerca de la mano que sostiene la tiza. Cuando aparta la cara de la pizarra el polvo de la tiza le blanquea las pestañas y las cejas. Don Basilio tiene el oído tan fino como la puntería: se vuelve si alguien está hablando al fondo del aula y le tira la tiza tan certeramente que nunca yerra el blanco. Quizás tiene un sentido de la orientación como el de los murciélagos.

Al fondo del aula, en las últimas bancas, hay una zona sin ley en la que se sientan los casos perdidos, los que no atienden a las explicaciones y ni siquiera fingen y reciben estólidamente todos los castigos. Hay dos malvados que actúan siempre en pareja y hablan en voz baja como confabulándose para cometer un crimen. Se llaman Endrino y Rufián Rufián, y cuando quieren vengarse de alguien le clavan en la espalda la aguja del compás o la punta del tiralíneas. De vez en cuando acorralan a los alumnos más pequeños en el retrete para bajarles los pantalones o meterles la cabeza en la taza del váter. Cada vez que veo a Endrino y a Rufián Rufián venir hacia mí por un pasillo del colegio me tiemblan las piernas. El peor de todos los internos, Fulgencio, a quien llaman el Réprobo, ocupa la última banca de la clase, el rincón oscuro del fondo, donde el efecto de la autoridad del profesor es ya muy débil, como la radiación solar en la órbita de Plutón. Fulgencio tiene perfecta constancia de que va a suspender todas las asignaturas y de que va a condenarse, de que su carne va a arder durante toda la eternidad en las llamas del Infierno, pero esa expectativa indudable no le provoca un escalofrío, sino una carcajada, y se ríe groseramente con su gran boca abierta, su boca de dientes caballunos que con mucha frecuencia huele a tabaco o a coñac. Fulgencio tiene una corpulencia de hombre y una cara empedrada de granos, y aunque es un interno no viste una bata ignominiosa, como todos ellos, sino un traje oscuro, una camisa blanca y una corbata, de modo que con su estatura y con esa ropa no parece un alumno, sino un profesor, y ni siquiera eso, un señorito golfo que por alguna equivocación del destino hubiera acabado en esa aula de chicos en edad escolar, medrosos alumnos del colegio salesiano que abandonaron no hace mucho el pantalón corto y todavía se peinan con el flequillo hacia delante.

Fulgencio es largo, flaco, indolente, y las piernas de adulto le sobresalen bajo el pupitre y se extienden a través del pasillo, circunstancia que él aprovecha para poner zancadillas a los incautos que se acercan a su territorio, incluido don Basilio, el ciego, que ya toma la precaución de no llegar en sus itinerarios hasta el fondo del aula, desde una vez en que por culpa de Fulgencio cayó de boca y se levantó con una expresión de furia en su ojo abierto y nublado y la cara manchada de sangre. Fulgencio es ese condenado al que nadie domina porque ya se le han aplicado los castigos más duros sin otro resultado que encallecerlo contra la disciplina y el miedo. Se revienta los granos de la cara presionándolos entre el pulgar y el índice y se limpia el pus con el mismo pañuelo con sus iniciales bordadas que un rato antes usó para limpiarse el semen después de hacerse una paja mirando una diapositiva de la Venus de Milo que puso el padre Peter en la clase de Arte. Con su voz recia de tabaco y de pleno desarrollo hormonal canta en tono muy grave la letra que ha compuesto para acompañar la canción *O sinner man*, que se oye mucho últimamente en la radio, popularizada por un grupo español de folk, hombres con barbas o patillas largas y mujeres con faldas flotantes y pelo lacio partido por la mitad:

Juan, sígueme,
vámonos de putas,
Juan, sígueme,
vámonos de putas,
Juan, sígueme,
vámonos de putas
que hoy pago yo...

No hay forma de depravación moral o de subversión política que no tiente a Fulgencio, ferozmente empeñado en ganarse por el camino más rápido la expulsión del colegio, la cárcel, la enfermedad venérea, la vergüenza pública y la condenación eterna.

Dice haber leído el *Manifiesto comunista*, el *Libro rojo de Mao*, *Mein Kampf*, *El origen de las especies* y las obras selectas del Marqués de Sade y de Oscar Wilde, y recibir con puntualidad los números más recientes de *Mundo Obrero* y de una revista de mujeres desnudas que se llama *Playboy*. Su padre es registrador en un pueblo olivarero del interior de la provincia: Fulgencio dice que cuando llegue la revolución los legajos de escrituras de la propiedad habrán de arder en las mismas hogueras que los latifundistas y sus lacayos, incluido su padre. También dice que le gustaría inventar una máquina que redujera a la gente de tamaño, para llevar en los bolsillos y guardar bajo el pupitre a diminutas mujeres desnudas que pulularan como ratones o como liliputienses entre su ropa rascándole los picores y haciéndole pajas. Golpeando el filo del pupitre con la regla y el tiralíneas, marcando el ritmo con golpes del talón sobre la tarima e imitando con la boca el bajo eléctrico, las guitarras y los vientos, Fulgencio recrea sus canciones preferidas de los Rolling Stones, de Blood, Sweat & Tears y de Los Canarios, y aunque no sabe una palabra de inglés su voz quemada y cavernosa logra simulaciones admirables de Rhythm and Blues, que se oyen muchas veces de fondo como un ronroneo en el silencio del aula.

Don Basilio tiene un pesado aire clerical, pero no es cura: lleva trajes oscuros, mal cortados y mal puestos, va con la corbata torcida, con caspa en los hombros y churretones de huevo frito o de café con leche en las solapas y en la camisa. Es con su ojo despavorido y abierto con el que parece verlo todo, no con el otro siempre guiñado al que se acerca la esfera del reloj. A veces también lleva la bragueta abierta y una mancha de orines a lo largo del pantalón, lo cual es gran motivo de jolgorio entre los más gamberros de la clase, Endrino y Rufián Rufián, que han desarrollado una forma eficaz de venganza contra él, cada vez que los suspende en un examen o que da parte de alguno de ellos al Padre Director. Como don Basilio conoce de memoria las distancias en el aula y se atiene siempre a recorridos idénticos, basta deslizar ligeramente hacia la derecha o la izquierda un pupitre para que se dé un golpe contra él: los cantos duros de los pupitres, han descubierto Endrino y Rufián Rufián, le llegan a don Basilio justo a la altura de las ingles, de modo que si se choca contra uno recibe el golpe directamente en los testículos. Se oye una risa ahogada, don Basilio palpa el pico del pupitre que acaba de hincársele y luego la ingle dolorida y la bragueta probablemente abierta, contrayendo mucho la cara, con gestos desordenados como espasmos en sus rasgos carnosos, un ojo atónito y nublado, el otro con las pestañas casi pegadas entre sí por una sustancia húmeda. Don Basilio suspira, aprieta los dientes, toma nota del nuevo obstáculo con el que ya no va a chocar por segunda vez, y al cabo de un rato o de unos días el responsable de la trampa, que ya se creía a salvo, recibe un coscorrón certero en la nuca o se le ordena que suba a la tarima y que haga un ejercicio particularmente difícil y al no saber resolverlo don Basilio lo toma de una oreja y tira de ella hasta que parece que se la va a arrancar, acercándole mucho a la cara el ojo guiñado que todavía conserva un poco de sensibilidad a la luz.

¿Cómo es el mundo que perciben los ciegos? ¿Cómo ve don Basilio el aula en la que entra cada mañana, el espacio hostil de rumores de burla, de olor de tiza y de cuerpos mal lavados en el tránsito hacia la adolescencia, las manchas vagas de las caras, de las ventanas altas que dan al patio? El mundo no lo vemos tal como es, sino de acuerdo con las percepciones de nuestros sentidos. Si tuviéramos el oído tan fino como los perros descubriríamos una riqueza de sonidos probablemente aterradora: con los ojos de una mosca veríamos la realidad subdividida en prismas infinitos, como ese científico de una película que por un error en un experimento acaba teniendo una cabeza monstruosa de mosca sobre su cuerpo todavía humano, una máscara peluda y atroz surgiendo del cuello de su bata blanca. El espacio es una jungla de ultrasonidos para los murciélagos que ahora mismo cruzan volando delante de mi balcón abierto y se deslizan sin apenas rozarlas entre las ramas y las hojas quietas de los álamos, entre los olores densos de resina y de savia: lo que yo veo y escucho no son las formas y los sonidos naturales del mundo, sino las imágenes visuales y sonoras que mi cerebro forma a partir de las impresiones de los sentidos. Las manchas de luz que percibe en este mismo instante la salamanquesa inmóvil junto a la lámpara de la esquina en la plaza de San Lorenzo, acechando en espera de un insecto que se ponga al alcance de su lengüetazo instantáneo, no son más fantásticas o más irreales que la claridad de la Vía Láctea o las figuras ilusorias que trazan delante de mis ojos las estrellas en el cielo de la noche de julio. Cómo ven el mundo los ojos de la salamanquesa, los ojos del mosquito atraído hacia la luz de la lámpara callejera al que la salamanquesa acaba de atrapar con un movimiento seco, único, que un instante después ha dado paso de nuevo a una inmovilidad absoluta, en la que sin embargo palpitará un corazón mínimo, latiendo bajo la superficie blanca y blanda del vientre adherido a la cal de la pared.

Todo parece sumergido en el silencio, en las aguas hondas del tiempo embalsado de la plaza, y sin embargo nada duerme, nada permanece quieto o en verdadero reposo. Dicen que el ciego Domingo González no duerme nunca, que gira la llave enorme de su casa en la cerradura y luego ajusta la tranca y revisa a tientas las rejas de barrotes que ha hecho instalar en las ventanas que podrían ser accesibles desde los tejados y los corrales contiguos a su casa. Quien algo teme, algo debe, dice mi abuelo, con ese gesto entre de astucia y de pesadumbre con el que indica que sabe mucho más de lo que puede o quiere contar. Las células del cáncer se multiplican ahora mismo con una fertilidad furiosa en el interior de los pulmones, en el hígado, en los intestinos de Baltasar, invaden su organismo entero y lo arrasan como una muchedumbre de termitas, de hormigas excavando túneles bajo la tierra apisonada de nuestra plaza. En mi casa a oscuras, en los dormitorios donde los balcones abiertos no disipan la temperatura casi de fiebre del aire y de las sábanas, mis padres y mis abuelos duermen respirando muy hondo, con las bocas abiertas, cada uno con un registro distinto de ronquidos, los cuatro hundidos en el sueño por el agotamiento de los trabajos del día. En la cuadra la yegua de mi padre y la burra diminuta de mi abuelo duermen de pie, golpeando de vez en cuando con los cascos el suelo cubierto de estiércol. En las otras cuadras que hay al fondo del corral gruñen los cerdos que dormitan tirados entre desperdicios y excrementos con los ojos diminutos y guiñados, que se parecen a los ojos de Baltasar. En el interior de un huevo que una gallina estará empollando ahora mismo va cobrando forma un embrión que se parece asombrosamente a los embriones humanos que he visto en las fotografías a todo color de un libro que hay en casa de mi tía Lola. En su paseo espacial el astronauta Aldrin parecía tan inmóvil como un nadador que se queda quieto en el agua y sin embargo él y la cápsula Gemini estaban girando en órbita alrededor de la Tierra a una velocidad de diecisiete mil quinientas millas por hora.

Nada está quieto, y menos que nada mi cabeza sin sosiego, excitada por el calor de la noche y por el insomnio, por las percepciones excesivamente agudas de los sentidos. El mecanismo del reloj de la sala, al que mi abuelo le da cuerda todas las noches, se mantiene en marcha gracias a sus engranajes y a sus ruedas dentadas, al impulso del péndulo de cobre dorado tras la caja alta de cristal: algunas veces yo he alzado los ojos del libro que estaba leyendo y he atrapado el movimiento de la aguja de los minutos, tan súbito como el de la salamanquesa que atrapa a un insecto. Engranajes herrumbrosos se mueven en el interior de las torres de las iglesias y en la gran torre del reloj que hay en la plaza del General Orduña y van marcando un tiempo lento y profundo que resuena cada cuarto de hora en el bronce de las campanas, irradiando sobre la ciudad ondas concéntricas que se propagan como sobre el agua lisa de un lago o de un estanque: es el tiempo demorado e idéntico de las estaciones, de los sembrados y de las cosechas, y las campanadas de las horas y los cuartos suenan tan despacio como las que llaman a misa o doblan para un entierro o para un funeral.

7

Miro los escaparates de las papelerías igual que hace sólo unos años miraba en los de las tiendas de juguetes los trenes eléctricos que por una razón misteriosa nunca me traían los Reyes Magos. Miro los escaparates de las papelerías y el de una tienda de óptica en la que también hay objetos tan deseables y tan inaccesibles como los trenes de entonces y como los libros que no tengo dinero para comprar: microscopios por los que me gustaría ver la pululación de la vida en una gota de agua, un telescopio de largo tubo blanco que me permitiría ver los cráteres, los océanos, las cordilleras de la Luna, quizás el Mar de la Tranquilidad en el que dentro de menos de cuarenta y ocho horas se posará el módulo Eagle, *Águila* según mi diccionario de inglés, la cápsula en forma de poliedro con largas patas articuladas que parecen extremidades de una araña o de un cangrejo robot. En un volumen de relatos de ciencia ficción que pude comprar después de verlo, un día tras otro, durante largas semanas de incertidumbre y ahorro, en el escaparate de una papelería, leí una historia de cangrejos robots alimentados por la energía solar que captaban con espejos poliédricos: los fabricaban en un laboratorio, en una isla apartada de las rutas de navegación, y de pronto los cangrejos metálicos, con sus costados de espejos que relumbraban al sol del trópico, empezaban a reproducirse, a multiplicarse, y arrasaban la pobre vegetación de la isla, y luego acosaban a los científicos que los habían fabricado, y que se refugiaban vanamente en el laboratorio. Se iban congregando alrededor del edificio, con un estrépito de patas y articulaciones metálicas, de pinzas de acero que chocaban entre sí y ascendían por las paredes hasta llegar a las ventanas, repicando sobre ellas con sus pinzas agudas, rompiendo los cristales, al mismo tiempo que otras patas, pinzas y mandíbulas rompían las cerraduras de las puertas, invadían corredores y escaleras, alcanzaban a los científicos aterrados, las batas blancas manchadas de sangre.

La mayor parte de las cosas que me gustan son inaccesibles: las miro tras un cristal, o desde una lejanía a la que ya me he acostumbrado porque es una de las dimensiones naturales de mi vida. Los lugares a los que me gustaría ir, las islas que están en medio del océano Pacífico o en ninguna parte, las llanuras y las laderas rocosas de la Luna, las mujeres muy jóvenes o no tan jóvenes que me hechizan nada más mirarlas y de las que no puedo apartar mis ojos avivados por una codicia clandestina, por un deseo que carece de explicaciones igual que de asideros con la realidad, y que me convierte en un perseguidor secreto, en un don Juan obstinado y sonámbulo, en un onanista al mismo tiempo devoto y angustiado que incurre en su vicio tan asiduamente como se deja abatir luego por la vergüenza y el remordimiento. Me despierto casi cada mañana con el frío y la humedad de una eyaculación y el recuerdo de un sueño en el que no hay actos sexuales, porque apenas sé nada de ellos, sino visiones mórbidas atesoradas en el estado de vigilia, unas piernas morenas, un escote con un hueco de penumbra separando un par de tetas blancas, o ni siquiera eso, roces casuales, olores, fotogramas de películas, el muslo de una esclava apareciendo por la abertura lateral de una túnica en una historia de romanos, los pies descalzos con las uñas pintadas de rojo y unas ajorcas en los tobillos. Me despierto mojado, incómodo, culpable, con la angustia del miedo al pecado en el que sin embargo ya no creo y a la enfermedad que según la ciencia dudosa de los curas será tan destructiva para el cuerpo como lo es la culpa para el alma estragada.

El vicio solitario. Debilita el cerebro, reblandece la médula espinal, diluye la fuerza de los músculos hasta confinar al enfermo en una languidez que en los casos extremos acaba en parálisis, en descontrol de la orina y la evacuación de las heces: imagino a un sujeto miserable, confinado en las salas de un manicomio, un despojo humano con la boca babeante, la mirada húmeda y perdida, la cara desfigurada por granos purulentos —no muy distintos de los que me salen a mí—, la bragueta manchada de orines y de otros flujos ya sin control, un crudo pañal de plástico atado a su cintura debajo de los pantalones del pijama de enfermo.

—¿Y vale la pena sacrificarlo todo por un espasmo de placer pasajero? —dice el Padre Director, en la penumbra siniestra de la capilla, alumbrada por cirios, durante los ejercicios espirituales—. ¿Tanto valor concede el desdichado pecador a ese instante que está dispuesto a pagar por él con la ruina de su cuerpo mortal y la condenación eterna de su alma?

El vicio solitario: el secreto que me aparta de los otros, volviéndome consciente de una interioridad que hasta hace nada yo no sabía que existiera, o en la que habitaba tan confortablemente como cuando me escondía debajo de las sábanas y las mantas en mi cama de niño o me encerraba a leer en un cuarto en el que no iban a encontrarme y al que no llegaban las voces y los sonidos de mi casa, los pasos fuertes de los hombres en las escaleras, las pisadas de los cascos de los animales percutiendo en el suelo empedrado del portal o en los guijarros o en la tierra apisonada de la calle. Mi plácida soledad de lecturas y ensueños era mi Nautilus, mi Isla Misteriosa, mi cabaña confortable y segura de Robinson Crusoe, mi velero de navegante solitario, mi sala oscura de cine, mi biblioteca imaginaria en la que cualquier libro que yo deseara estaría al alcance de mi mano. Cuando mi padre me llevaba con él a la huerta los deberes que me imponía eran tan livianos que podía pasarme largas horas a solas, sin hacer nada o casi nada, internándome entre las higueras o los cañaverales para imaginarme que era un explorador en el centro de África, observando a las hormigas o a los saltamontes o espiando a las ranas que se mimetizaban con las ovas de la alberca. A cada instante me convertía sin esfuerzo en lo que por capricho me apetecía ser y me inventaba una ficción adecuada a mi identidad fantástica. Era un pionero o un trampero indio en los bosques vírgenes de Norteamérica. Era un naturalista persiguiendo especímenes de mariposas exóticas en el Amazonas. Era el explorador que en mitad de una noche selvática escucha alaridos mitad animales mitad humanos en la isla del doctor Moreau. Era cualquier personaje de la última novela o tebeo que hubiera leído o de la última película que hubiera visto la noche anterior en el cine de verano. Yo no había probado el sabor agrio del trabajo obligatorio ni sabía que en la penumbra sabrosa de la soledad pudiera agazaparse como un animal dañino la vergüenza.

Estaba solo pero no me sentía aislado de los otros, separado de ellos por una barrera tan invisible y tajante como el cristal de los escaparates de las papelerías y de las tiendas de juguetes, en las que algunas veces todavía se me quedan prendidos los ojos. Sigo envidiando los Scalextrics con sus pistas sinuosas de carreras y sus coches de colores vivos, los trenes eléctricos, los veleros de casco rojo y velas blancas, con sus cordajes de hilo y sus banderas en lo alto de los mástiles. Pasé solo los primeros años del despertar de la conciencia, solo en mis divagaciones y en la mayor parte de mis juegos pero también custodiado por los mayores y seguro de su compañía y del caudal permanente y numeroso de su ternura, tan discreta que me protegía sin sofocarme y sin volverse opresiva o debilitadora. Presencias benévolas me habían llevado de la mano, alzado en brazos, protegido la boca con una bufanda de lana antes de salir al frío, levantado el embozo hasta la barbilla antes de apagar la luz para que me durmiera, me habían traído al dormitorio en penumbra tazas de leche caliente con cacao y zumos de naranja cuando estaba enfermo, permitido que prolongara unos días más una convalecencia sin volver todavía a la escuela, me habían contado cuentos y cantado canciones, leído libros infantiles y tebeos con la voz dubitativa de quien no aprendió bien a leer en la infancia y separa con dificultad las palabras, confortado en la oscuridad, rescatado de las pesadillas de la fiebre, dejado tras la cortina de un balcón, en las madrugadas del día de los Reyes Magos, regalos modestos que me sobrecogían de dicha por el efecto mágico de su simplicidad: una pequeña pizarra, un pizarrín blanco de textura casi cremosa, una caja de lápices de colores y un estuche que al abrirlo desprendía un aroma de madera fresca matizado por el olor de la goma de borrar todavía intacta, una pelota de goma con los continentes, los océanos, las islas, los círculos polares, la cuadrícula de las longitudes y las latitudes, un coche de lata azul, un libro con un submarino o con un globo aerostático en la portada, o con una bala de cañón aproximándose a la Luna. Me había dormido muy tarde, por la impaciencia y el nerviosismo, y me despertaba cuando la claridad vaga del amanecer revelaba apenas las formas de las cosas, dejando intactas oquedades de sombra en las que mis pupilas intentaban en vano discernir el contorno misterioso de algo que podía ser un regalo. Años después, cuando mi hermana dormía conmigo, los dos esperábamos el amanecer del 6 de enero despiertos y abrazados, como los hermanos perdidos de los cuentos, y aunque yo ya sabía el secreto de la inexistencia de los Reyes me gustaba alimentar su credulidad y sin darme cuenta me contagiaba de ella.

Ahora mi hermana, a la distancia de seis años, todavía habita el mundo que yo he abandonado. Seis años es una vida entera: es el tiempo que me separa del ayer remoto de mi primera comunión, y si lo proyecto hacia adelante y quiero imaginarme a mí mismo cuando haya cumplido diecinueve la extrañeza es mayor todavía, casi tanta como si pienso en el futuro lejano de las predicciones aeronáuticas y las novelas y las películas de ciencia ficción. Cómo será el mundo en 1984, en 1999, en el año 2000. Una serie de televisión que no me pierdo nunca se llama *Espacio 1999*: la sola enunciación de esa fecha ya da un vértigo de tiempo remoto, situado mucho más allá de la realidad verosímil. Habrá estaciones espaciales permanentes y vuelos regulares a la Luna y probablemente a Marte. Naves robots habrán traspasado la densa atmósfera venenosa de Venus y establecido bases de observación permanentes en alguna de las lunas de Júpiter.

Aunque quizás la civilización humana tal como la conocemos habrá sido destruida por una guerra nuclear, y algunos supervivientes habrán logrado refugiarse en planetas lejanos, o habrán mirado los hongos de las explosiones atómicas desde los telescopios de la Luna, florones blancos de muerte y destrucción ascendiendo hacia el espacio desde la superficie azulada de un planeta en el que va a extinguirse por completo la vida. O casi por completo: se salvarán organismos muy resistentes, ratas, cucarachas, hormigas, arañas, sometidos tal vez a cambios genéticos, a monstruosos saltos evolutivos causados por la radiación nuclear. Habrá ciudades subterráneas de insectos, como las que encontraron los exploradores de Wells bajo los cráteres de la Luna. Habrá en los lugares más apartados del mundo grupos de hombres y mujeres que se hayan salvado y retrocederán a la Edad de las Cavernas. O un solo hombre y una sola mujer, desnudos como Adán y Eva, inocentes, amnésicos, darán origen en una isla o en un refugio a cientos de metros bajo tierra a una nueva especie humana...

La idea es prometedora, incitante, rica en detalles posibles, alimentados a partes iguales por la calentura sexual y el fervor literario de la imaginación, por el exceso de lecturas, de películas y de flujos hormonales. Yo no he visto nunca a una mujer desnuda. He visto a Raquel Welch vestida con un improbable bikini de pieles de animales en una película que se titula *Hace un millón de años*, en la que seres humanos primitivos conviven y pelean absurdamente con los dinosaurios. He visto en la biblioteca pública libros con fotos en color de mujeres con los pechos al aire pintadas por Rubens y por Julio Romero de Torres. He espiado casi desde que tengo recuerdos los escotes de las mujeres, la hondura de unos muslos al cruzarse unas piernas en el sillón de mimbre de una cafetería, las tetas sueltas de las gitanas que dan el pecho a sus hijos en el arrabal por donde paso camino de la huerta de mi padre, o las que se inclinan para lavar la ropa en el mismo pilar donde llevamos a beber a nuestros mulos. Me trastorna cada día una gitana muy joven, casi rubia, con los ojos muy claros, que se sienta al atardecer en la puerta de su chabola a darle de mamar a un bebé. Despeinada, los mechones rubios sobre la cara delgada, sin más vestido que una bata abierta, con las piernas separadas, los pies sucios sobre la tierra. Es la más joven y la única rubia en esa callejuela donde sólo viven familias gitanas. Me voy acercando, montado sobre el mulo, al regreso de la huerta de mi padre, y nada más enfilar la calle ya siento la erección, y empiezo a buscar la cabeza rubia y la figura delgada entre la gente pobre que toma el fresco o se espulga o cocina algo a la puerta de las chabolas. El corazón me palpita muy rápido, y como tengo las piernas muy separadas sobre la ancha albarda del mulo la erección resulta dolorosa. La expectativa de no verla se me hace intolerable: la descubro de lejos con un golpe de calentura renovada y hasta de gratitud, y nada más ver las piernas frescas y desnudas me parece que estoy a punto de correrme. Un día me da tiempo a observarlo todo de lejos, a preparar la mirada para que ningún detalle quede inadvertido. Está sentada, a la puerta de su chabola, que es la última del callejón, y tiene al niño en brazos, como descansando. Probablemente ya terminó de darle de mamar. Pero entonces, como en un relámpago que me disuelve de deseo, se lleva una mano al escote de la bata y justo cuando paso a su altura y puedo percibir cada pormenor se saca un pecho con un gesto desenvuelto y un segundo antes de que el bebé estruje la cara contra él veo el pezón redondo y grande y la piel muy blanca con tenues venas azules. La gitana alza la cara y se me queda mirando con sus raros ojos azules, y descubro en un instante de codiciosa lucidez que tiene los labios pintados de rojo y que es menos joven de lo que me parecía y se ha dado cuenta de la intensidad con la que estoy observándola. Me mira con un aire que no sé si es de descaro o de burla, o de fatiga y pobreza y pura indiferencia, la mitad de la cara tapada por el pelo rubio y sucio, y yo me avergüenzo tanto en lo alto del mulo de mi padre que me pongo rojo y aparto la mirada.

Llego a casa, le quito la albarda al mulo, lo dejo atado en la cuadra y le pongo pienso en el pesebre, salgo al corral, donde por fortuna no hay nadie, me encierro en la caseta del retrete, cuya puerta de tablas se asegura por dentro con una cuerda. No hay cisterna en la taza del váter, que es el único que hay en toda la casa. No hay cisterna porque si bien ya tenemos televisión todavía falta mucho para que nos llegue el agua corriente: sobre mi cabeza pende la alcachofa de la ducha que mi tío Pedro instaló el año pasado, ya casi descolgada, mal sujeta por una cuerda de cáñamo, los agujeros por los que brotó el agua una sola vez manchados de herrumbre. No hay cisterna y el váter se limpia después de usarlo con un cubo de agua del pozo, y tampoco hay papel higiénico, sino un gancho en el que se ensartan trozos de hojas de periódico. Pero estoy solo, razonablemente protegido de toda intromisión, solo como un astronauta en su cápsula o como un explorador de las profundidades marinas en su batiscafo: sentado en la taza del váter, que ni siquiera tiene tapadera, con los pantalones bajados, concentrándome en los saberes manuales del vicio solitario, en el arte secreto de la paja, en el que aún soy un aprendiz devoto, consumado, culpable, utilizando las manos al mismo tiempo que la imaginación, elaborando sustanciosos detalles, experimentando matices, zonas de turgencia y de particular suavidad, y a la vez sometiendo a la memoria a un ejercicio de invocación casi doloroso de tan pormenorizado: el rojo de los labios, la teta blanca y redonda y el gran alvéolo del pezón surgiendo de la bata desabrochada, los ojos claros mirándome. Antes morir mil veces que pecar.

Volviendo del espacio a la Tierra después de un cataclismo nuclear he aterrizado o naufragado en una isla tan remota que las nubes de polvo radiactivo no han llegado a ella. Creo estar solo, condenado a vivir para siempre en este lugar, a envejecer y morir sabiendo que la especie humana se extinguirá conmigo. La imaginación ferviente y nada escrupulosa no tiene reparos en acudir al plagio: un día, en la playa, descubro la huella de un pie, un pie largo, delgado, el hueco de la planta moldeado en la arena. La gitana rubia, la Eva desnuda y propicia, ¿estará en una cueva entre las rocas, o en una cabaña con un lecho de hojas frescas en el interior boscoso de la isla? Me acerco a ella, los dos asombrados del encuentro, cada uno hechizado por la presencia del otro, y aunque me gustaría contenerme un poco más, prolongar el instante de pura anticipación que se parece tanto a las efusiones sexuales de los sueños, basta un roce de la mano y un detalle especialmente vívido para que el semen estalle en un largo estertor de casi desvanecimiento.

Y ahora, sin transición, como en un agrio despertar, irrumpe la vergüenza, borrando de un golpe el batiscafo y la isla, la mujer rubia, el deseo, la teta joven con su alvéolo morado y sus venas azules, y revelando con un detallismo vengativo los pormenores inmediatos de la realidad. Un grumo enfriado de semen se desliza por el interior del muslo derecho, y antes de que gotee al suelo mojado de agua sucia he de limpiarlo con un trozo de periódico. En el calor cerrado del retrete huele a cañería, y el olor del semen es tan fuerte que si alguien entra cuando yo haya salido descubrirá mi fechoría. El pecado es un invento de los curas, argumenta débilmente mi racionalismo recién adquirido, mi conciencia precoz de libertino y apóstata: la masturbación, según un libro que descubrí con entusiasmo en la biblioteca pública —*El mono desnudo*, del biólogo irreverente Desmond Morris— no es ni más ni menos que un adiestramiento del instinto sexual que se está preparando para el estadio superior de la cópula reproductora. Pero no puedo evitar, sentado todavía en el retrete, con los pantalones bajados, frente a la puerta de tablas mal unidas, sujeta al gancho de cierre con un trozo de cuerda, una sensación insuperable de asco, de suciedad física, un deseo de esconderme no de los demás sino de mí mismo, de la parte de mí que hace tan sólo un año ni siquiera existía, la que mantengo oculta a los ojos de los otros, como el científico demente que se encierra en su laboratorio para tragar el bebedizo que lo convierte en un monstruo.

Así ha surgido alguien que va usurpando poco a poco mi vida y sin que yo me diera cuenta ha invadido mi paraíso y me ha echado, la soledad sabrosa en la que yo vivía, a la vez retirado del mundo exterior y en concordia con él. La transformación empezó a suceder sin que yo lo advirtiera, y si me miro en un espejo podré ver sus signos, el progreso de sus síntomas, acelerándose delante de mis ojos como el crecimiento del pelo y de los colmillos en la cara del Hombre Lobo, como las cicatrices en la cara monstruosa y quemada del Fantasma de la Ópera.

De la vergüenza hacia los otros puedo escaparme, pero no de la que siento hacia mí mismo. La vergüenza levanta su muro invisible, le hace a uno verse desde fuera, testigo incómodo de su doblez, cómplice indigno de su disimulo. Termino de limpiarme, examino con cuidado los bajos de mis pantalones, el suelo del retrete. Ojalá no se acerque nadie mientras estoy todavía encerrado, mientras me subo los calzoncillos y los pantalones y me ordeno la camisa, y estrujo en una bola y guardo en un bolsillo los trozos de áspero papel de periódico con los que me he limpiado. Mi madre y mi abuela estarán en misa, o habrán ido de visita a casa de Baltasar, mi abuela disimulando su ira antigua, su falta de compasión hacia el sufrimiento de quien le hizo un agravio que no ha perdonado. Mi hermana juega con sus amigas en la calle: por encima de las bardas de los corrales llegan desde la plaza de San Lorenzo las canciones de corro y de salto de la comba de las niñas. Mi abuelo y mi padre aún no han venido del campo. Saco un cubo de agua del pozo y lo vierto en la taza del retrete como una última precaución para que nadie me descubra. Ya no percibo el olor del semen, aunque noto un poco pegajosas las ingles. En el techo denso de ramas y hojas de la parra que cubre el corral zumban las avispas y aletean y pían los pájaros que esperan a que las uvas alcancen su primera sazón para empezar a picotearlas.

Por Santiago y Santa Ana
pintan las uvas.

Para la Virgen de agosto
ya están maduras.

Cada día del año tiene el nombre de un santo. Casi cada tarea, cada estación, cada cosecha, traen consigo sus refranes, sus coplas o frases hechas de una sabiduría heredada y machacona que yo también me he aprendido de memoria de tanto escucharlas. De la vida y del trabajo ellos no esperan novedad, sino repetición, porque el tiempo en el que viven no es una flecha lanzada en línea recta hacia el porvenir, sino un ciclo que se repite con la pesada lentitud con que gira la muela cónica de piedra de un molino de aceite, al ritmo demorado y previsible con que se suceden las estaciones, los trabajos del campo, los períodos de la siembra y de la cosecha. Lo que a mí me aburre, me impacienta, me exaspera, a ellos les depara una serenidad apacible que seguramente hace más llevadero el agotamiento del trabajo y el fruto mezquino e inseguro de cualquier esfuerzo. La siega y la trilla de los cereales en los días ardientes del verano, la vendimia en septiembre, la siembra del trigo y de la cebada a principios del otoño, la matanza del cerdo en noviembre, después de los días de Todos los Santos y de los Difuntos, la recogida de la aceituna a lo largo del invierno, las hortalizas más sabrosas y el cuidado de los olivares en la primavera, cuando aparecen por primera vez las habas tiernas en el interior de sus vainas aterciopeladas y las flores amarillas en los olivos como un anticipo de la futura cosecha. Y siempre los augurios, el canto de un cierto pájaro o una zona de claridad en el cielo del amanecer que anuncian la lluvia, los augurios y el miedo a que no llueva a tiempo después de la siembra y las semillas se mueran en la tierra, o a que llueva demasiado al final de la primavera y se pudran las espigas sin madurar, a que una helada tardía en febrero fulmine en una sola noche los almendros en flor. Todo inseguro, sometido a las hostilidades del azar y del mal tiempo, tan incierto siempre que no es prudente confiar por completo en nada, porque una helada en invierno o una tormenta de granizo en verano pueden desbaratar la esperanza de la mejor cosecha, y porque una bendición fácilmente se puede convertir en desgracia: la lluvia ansiada que viene en forma de inundación destructiva, la cosecha tan abundante que deja exhaustos para varios años los olivos o la tierra de siembra y que además hace que se hundan los precios.

Agua por San Juan
quita aceite, vino y pan.

Lo más que le piden al porvenir es que se parezca a lo mejor del pasado. El plomo del pasado es la fuerza de la gravedad que rige sus vidas y las mantiene atadas a la tierra, sobre la que se han inclinado para trabajar desde que eran niños: para cavarla con sus azadones, para sembrar en ella, para segar con hoces de hoja curva y dentada los tallos altos del trigo, de la cebada y del maíz, para arrancarle las matas secas y ásperas de los garbanzos, para apartar sus grumos buscando las patatas y los boniatos, los rábanos rojos, la blancura esférica de las cebollas, para recoger las aceitunas. Inclinado sobre la tierra, la cabeza baja, las piernas muy separadas, al lado de mi padre yo voy aprendiendo sin convicción y con honda desgana el oficio al que me destinan, y muy pronto he notado un dolor intolerable en la cintura y la aspereza seca de la tierra que me hiere las manos acostumbradas al tacto suave de los cuadernos y los libros. Me han salido vejigas en las palmas de las manos de tanto apretar entre ellas el cabo lustroso de la azada, y al reventar me han dejado una zona en carne viva que poco a poco, según pasan los días, ha cicatrizado con la piel mucho más dura de un callo. Cuando se revienta la vejiga, mi padre me dice que me orine sobre ella, porque la orina es el mejor desinfectante, por eso escuece tanto. En el colegio, en la biblioteca pública, las cosas tienen superficies suaves y pulidas, gratas al tacto, con una lisura de papel, o de tela muy rozada de sotana. Láminas de materiales plásticos y de metales relucientes y livianos componen la nave Apolo y las grandes estaciones espaciales de las películas del futuro, en las que hombres y mujeres pálidos se deslizan por corredores de luces fluorescentes y pulsan con extrema suavidad los teclados en las consolas de las computadoras. En el mundo donde yo nací y en el que es posible que tenga que vivir siempre todo o casi todo es áspero, las manos de los hombres, la pana de sus pantalones de trabajo, los terrones secos, las paredes encaladas, las albardas y los serones de los animales de carga, el cáñamo de las sogas, la tela de los sacos, el jabón basto y casero que fabrican en grandes lebrillos mi madre y mi abuela y pica las manos, y casi no deja espuma, las toallas con las que nos secamos, las hojas de papel de periódico con las que nos limpiamos el culo. Las hojas de las higueras arañan como lija, y su savia blanca escuece dolorosamente si cae en una herida o en los ojos. Los tallos y las hojas secas de las matas de garbanzos son tan ásperos que para arrancarlos de la tierra sin destrozarse las manos hay que protegérselas con calcetines de invierno. Cuando las mujeres y los niños se arrodillan para recoger las aceitunas en las mañanas de helada los grumos de tierra cortan como filos de vidrio y desuellan los dedos y la piel de las rodillas. En el verano, al cabo de unas semanas de trabajar con él, de ponerme moreno y endurecerme de nuevo la piel reblandecida por la holganza escolar del invierno, mi padre me pide que le muestre las manos y examina con satisfacción su color mucho más moreno y los callos de las palmas.

—Éstas sí que son manos de hombre —me dice—, y no de señorito, o de cura.

Las manos de mi padre tienen un tacto de madera serrada: hace nada las mías eran engullidas por su recio apretón como los cabritillos blancos del cuento en las fauces del lobo. Las manos de mi padre son anchas, oscuras, de dedos muy gruesos y uñas grandes, con los filos muchas veces rotos. Escarban la tierra recién removida por un golpe del azadón hasta sacar de ella un racimo de patatas. Arrancan cebollas con sus cabelleras de raíces y de barro, palpan delicadamente entre las hojas de una mata de tomates buscando los que ya están maduros y con cuidado de no dañar los largos tallos quebradizos de los que ya se han henchido en la sombra fragante de las hojas pero todavía no empiezan a adquirir color. Las manos de mi padre aprietan la cincha sobre la panza del mulo para que la albarda y el serón no se vuelquen con el peso de la carga y tiran sin esfuerzo aparente de la soga de la que cuelga un gran cubo de estaño rebosante de agua, sobre el brocal del pozo. Empuñan hoces, atan con hilos de esparto grandes haces de espigas, palpan el peso y la textura de una sandía para saber si estará roja y reluciente cuando se abra por la mitad con un crujido de la cáscara, arrancan malas hierbas sin que las hieran los pinchos de los cardos ni el líquido venenoso de las ortigas. Las manos de mi padre se juntan en un cuenco del que rebosa el agua cuando se inclina para lavarse en el corral sobre una palangana, y luego se restriegan sobre su cara con un fragor vigoroso, y parecen todavía más oscuras por contraste con la toalla blanca con la que está secándose. Y sin embargo se vuelven torpes, lentas, premiosas, cuando sujeta un bolígrafo o un lápiz entre sus dedos y tiene que firmar algo o que escribir una lista de números, y apenas aciertan a marcar un teléfono, las pocas veces que ha tenido que hacerlo: el dedo índice demasiado grueso no cabe bien en el círculo hueco del dial, y la mano tan poderosa se queda acobardada y retraída ante los botones de cualquier aparato, o se enreda en el momento de pasar las hojas de un periódico o de un libro. Incluso cuando el trabajo y la intemperie las han fortalecido, mis manos no se parecen nada a las de mi padre, igual que mi figura que se ha vuelto desgarbada y flaca en los últimos tiempos no tiene nada que ver con la suya, recia, ancha, sólidamente aposentada sobre la tierra. De pronto soy más alto que él, y mis manos y las suyas hace ya mucho que dejaron de encontrarse. Debería uno conservar el recuerdo de la última vez que caminó de la mano de su padre.

Ahora el mío, de vez en cuando, se queda mirándome cuando cree que no me doy cuenta, extrañado quizás de mi crecimiento tan rápido, incómodo ante este desconocido de mirada huidiza que ha suplantado el lugar de su hijo, desalentado por mi torpeza en los trabajos que a él más le gustan y que con tanta paciencia y poco resultado ha querido enseñarme. «Los hortelanos no somos agricultores», me decía, no hace mucho, cuando aún pensaba que podría transmitirme el amor por su oficio, su gusto por el cuidado y la perfección, más allá de la inmediata utilidad y hasta de la recompensa, «nosotros somos jardineros». Una noche, hace poco, lo escuché conversar al fresco de la calle con un amigo suyo. Estaban los dos sentados en las sillas de anea, a horcajadas, los brazos sobre los espaldares, a la manera masculina. Me pareció que hablaban con pesadumbre de alguien enfermo, para quien no había mucha esperanza, de uno de esos infortunios que les fascinan a todos, porque les confirman las crueldades y los caprichos de un azar que rige las vidas humanas con la misma indiferencia con que determina los ciclos de las sequías y las lluvias. Yo escuchaba desde el interior del portal, a oscuras, junto a la ventana entreabierta para que pasara el fresco de la noche. Mi padre callaba, y su amigo le decía que no todo estaba perdido. Casos mucho peores se habían corregido, y aunque en los últimos tiempos daba la impresión de que la mejoría se alejaba, donde había vida había esperanza. Ese alguien, el posible enfermo, el casi desahuciado, era muy joven todavía, en realidad casi un niño, y a esa edad las cosas cambian muy rápido, y quien parecía destinado a perderse revela de pronto un talento inesperado que sorprende a todos y lo convierte en un hombre de provecho. Así que no hablaban de un enfermo, sino de un inútil, un inútil al que mi padre defendía melancólicamente contra el dictamen alarmante de su amigo, que disfrutaba consolándolo de la inquietud que él mismo se ocupaba afectuosamente de alimentarle.

—Y quién sabe —dijo el amigo—. Lo mismo se desengaña de los libros y de los estudios y se te vuelve una persona normal. ¿Tú le has notado algo raro, aparte de ese vicio de tanto leer?

—Ahora parece que le ha dado por los viajes a la Luna.

—Pues eso ya es más raro.

Me aparté despacio de la ventana entreabierta, para que no advirtieran que había estado espiándolos. Hubiera debido darme cuenta de que en la voz de mi padre había un fondo de ternura y lealtad hacia mí.

8

Las voces, el ruido de los platos, las quejas de mi hermana, el ir y venir de mi madre y mi abuela entre el comedor y la cocina me impiden escuchar las noticias de la televisión y hasta ver la pantalla, donde van a aparecer las imágenes más recientes llegadas desde el interior de la nave Apolo. O no prestan atención o no se enteran de nada, y cuando no se enteran empiezan a hacer preguntas y prestan todavía menos atención, o se olvidan de lo que acaban de preguntar para hacer un comentario sobre la cena o para contar un chisme o repetir un refrán o intercambiarse las últimas noticias sobre la agonía de Baltasar o sobre el precio posible al que se pagarán este año el aceite o el trigo, o se acuerdan de una gallina que tuvieron hace años y que ponía unos huevos colorados y enormes o de un pariente lejano al que le cortó las dos piernas en la guerra una ráfaga de metralla, o especulan sobre si este año las uvas de la parra estarán en sazón antes que el año pasado, y recuerdan que por Santiago y Santa Ana pintan las uvas, y que para la Virgen de agosto ya están maduras. Cada acto es una repetición, cada experiencia idéntica lleva consigo una frase hecha o un refrán que la confirma como algo ya sucedido muchas veces, ya duro y acuñado como una moneda de baja aleación que intercambian sin fatiga en sus conversaciones circulares. Dice uno de ellos la primera parte de un refrán y otro contesta con la segunda parte como si respondiera a una letanía de la misa o del rosario y aunque lo repiten todo cada año hacia la misma época, o incluso cada día, la repetición no parece aburrirles, y hasta la enuncian como el descubrimiento de un tesoro ignorado de sabiduría.

—*Agua por San Juan...* —dice uno.

E inmediatamente otro añade:

—*Quita aceite, vino y pan.*

Y todos asienten como calibrando la hondura de esa observación inapelable.

Hacia finales de junio, cuando las largas brevas negras han madurado en las higueras y se sirven de postre, alguien pela una y se lleva a la boca su pulpa dulce y rojiza, que se deshace sabrosamente en el bocado, y entonces es el momento de advertir:

—*Con las brevas, agua no bebas...*

Y la respuesta es tan inmediata como la carcajada:

—*Vino, todo el que puedas.*

Que con las brevas, como con los melones, el vino sea una bebida más saludable que el agua, los llena de una jovialidad siempre renovada, que se repite cada año cuando empieza la temporada de esa fruta, y cada vez que al terminar la comida se sirve un plato de brevas, lo cual sucede sin falta durante los días en que están en sazón. Dentro de muchos años, ya en otra vida, casi en otro mundo, reconoceré esa alegría rotunda de los alimentos en los cuadros de comilonas campesinas de Brueghel. El agua podrá ser muy saludable, pero si se bebe al mismo tiempo que se comen brevas o melón el vientre se hincha, de modo que lo mejor es culminar el postre con un trago de vino. La atención exhaustiva con que celebran lo familiar o inmediato, con que discuten las variaciones mínimas de una rutina circular que abarca las vidas de los parientes y vecinos, los trabajos del campo, los pormenores de la matanza, la comida, las previsiones del tiempo, se corresponde con una perfecta indiferencia hacia el mundo exterior, del que en realidad les llegan muy pocas noticias, incluso ahora que comen y cenan con la compañía ruidosa del telediario, del que sólo hacen caso, y no sin escepticismo, a las previsiones del tiempo. ¿Cómo va a saber ese hombre de traje y corbata, a quien se le ve a la legua que no ha pisado nunca los surcos del campo, si lloverá o no lloverá en Mágina los próximos días, si soplará desde el sudoeste el ábrego fresco y húmedo o si vendrá desde las colinas por donde sale el sol cada mañana un viento solano que agosta las plantas y deja en el cielo una blancura caliza de sol ardiente y secanos áridos?

Los vientos soplan desde el interior de cuevas abiertas como bocas enormes en los confines planos del mundo. Que la Tierra sea redonda, y que gire en torno a su eje y dé vueltas alrededor del Sol, según se muestra en las imágenes con las que comienza el telediario, es una de tantas fantasías que aparecen en cuanto se enciende la pantalla, y a las que ellos no conceden mucho crédito porque no concuerdan con su experiencia de la realidad. Hablan de sus asuntos prestando menos atención a las imágenes y a las voces de los locutores de la que le prestarían a la lluvia en la ventana —pero la lluvia la reverencian como un prodigio raro y benéfico, a no ser que caiga hacia San Juan—, y como no controlan mucho el volumen del televisor, en vez de bajarlo —quizás no se acuerdan de cuál es el botón adecuado— lo que hacen es hablar todavía más alto, trabando un guirigay en el que no hay manera de distinguir la voz del corresponsal que cuenta desde Estados Unidos las últimas novedades en el vuelo del Apolo XI hacia la Luna. Sólo mi padre cena en silencio, ensimismado en su plato, ajeno por igual a las noticias de la televisión y al relato de la visita de mi madre y mi abuela a casa del agonizante Baltasar.

—Está tan blanco como esa pared —dice mi madre—. Yo creo que ni siquiera nos ha conocido.

—«Tío, mira quiénes han venido a verte», le dice la sobrina, y él parece que quiere hablar y medio abre los ojos, pero lo único que se le oye es como si roncara.

—Ese no llega este año ni a comerse las primeras uvas —mi abuelo habla con una voz de sentencia, su cara larga solemnizada por un gesto como de asentimiento a la fatalidad.

—Y la peste que echa, como si ya hubiera empezado a pudrirse.

—Es la sobrina la que le limpia la mierda. La mujer es muy señora como para ensuciarse las manos.

—Mujer, ¿y tú cómo sabes eso?

... Acercándose en las próximas horas a la órbita lunar, donde se desprenderá poco después el módulo de alunizaje, a una altura de sesenta millas, o sea, algo más de cien kilómetros, sobre la inhóspita superficie de nuestro satélite...

Protesto en vano:

—Callaos, que no oigo.

—Te estarás quedando sordo —dice mi hermana.

—¿A que te dejo yo a ti sorda de un bofetón?

Mi hermana rompe a llorar con la boca abierta y llena de comida, y el llanto agudo saca a mi padre de su ensimismamiento.

—Te parecerá bonito, hablarle así a una niña chica.

—No soy tan chica —mi hermana se limpia la boca, sorbiéndose los mocos—, que ya tengo siete años.

—Pues parece que tuvieras tres, hablando con ese pavo.

... en el que como todos nuestros telespectadores ya saben se registra una ausencia absoluta de atmósfera, razón por la cual...

—Nada —protesto por lo bajo—. Que no hay manera de enterarse.

—¿Y tú para qué quieres enterarte tanto de esas cosas de la Luna?

Alzo la cabeza del plato pero no tengo ocasión

de contestar a la pregunta de mi padre, aunque sí advierto su mirada de intriga, casi de alarma.

—¿Quién era el médico que estaba con él esta tarde? —me pregunta mi abuelo.

—Un cura le hace más falta que un médico —dice mi madre.

—A ese no hay cura que le perdone los pecados.

—Y si no fuera tan roñoso, por lo menos podría haber pagado una enfermera que lo cuidara y lo limpiara como Dios manda.

—Pensará que se va a llevar al otro mundo el dinero.

—Ya tuvo una, y se le marchó a los dos días, porque el tío asqueroso le metía mano cuando se le acercaba.

—¿Queréis callaros un momento, que le estoy preguntando a mi nieto?

... Siendo los astronautas Armstrong y Aldrin los que tendrán el privilegio histórico de poner los pies sobre el polvo del Mar de la Tranquilidad en la noche del...

—Y yo qué sé, un médico. No lo había visto nunca.

—¿Con pajarita, gordo, con el pelo muy peinado hacia atrás?

—¿Como si se lo hubiera lamido una vaca?

... hora de la costa Este de Estados Unidos, o lo que es lo mismo, seis horas después en los relojes españoles...

—¿Y por qué no tendrán en América la misma hora que nosotros? —se pregunta mi padre, sin apartar los ojos del plato.

—Porque allí es invierno cuando aquí es verano, y de noche cuando aquí es de día —dice mi hermana, como si recitara en clase una lección.

—Qué sabrás tú de esas cosas.

—Pues lo que tú me explicas —mi hermana me saca la lengua, luego se inclina hacia mi padre, como buscando zalameramente protección contra mí.

—Será el doctor Medina —dice mi madre—. Yo creo que lo vi salir esta tarde de la casa, con su maletín negro.

—Muy mal habrá tenido que verse para llamar a un médico que estuvo con los rojos, siendo él tan falangista.

—Será un rojo, pero dicen que no hay en Mágina otro como él.

—De Izquierda Republicana —explica mi abuelo—. Comandante de un batallón sanitario en el frente del Ebro.

—Llevaba un botón negro en la solapa —digo, recordando de pronto, y me aparto a un lado para ver mejor unas imágenes borrosas que aparecen ahora mismo en la televisión: manchas blancas, figuras humanas hinchadas por los trajes espaciales y moviéndose con lenta ingravidez en un espacio muy estrecho, como si flotaran en el agua.

—Se le murió un gran amigo hace poco —dice mi abuelo, confidencial, entendido, sugiriendo siempre que sabe más de lo que dice, que guarda valiosos secretos—. ¿Y sabéis con quién tuvo también mucha amistad?

—Mejor no nos lo cuentas —lo interrumpe mi

abuela—. Que te tomas un vaso más de vino y te vas de la lengua.

—Con el hijo de nuestro vecino, el de la casa del rincón...

—¿El hortelano al que fusilaron al final de la guerra?

Yo ya me sé todas las historias: y también sé hasta dónde hablan y en qué momento se quedarán callados, y en qué pasaje de un relato bajarán la voz para decir un nombre o para recordar un crimen que casi siempre tiene el aire de una desgracia súbita y natural, de un golpe absurdo del destino.

—¿No mataron también al hijo, cuando salió de la cárcel?

—Lo mataron en el cortijo de su amigo, el año cuarenta y siete —a mi abuelo le gustan las fechas exactas y las palabras esdrújulas—. En una emboscada de la Benemérita.

—Como si supieras tú lo que quiere decir esa palabra tan rara.

—Mujer ignorante, la Benemérita es otro nombre más fino de la Guardia Civil, como decir «el morlaco» o «el astado» es lo mismo que decir «el toro bravo».

—¿Mataban entonces a la gente, como en las películas? —dice mi hermana.

—Hay que ver qué conversaciones —mi padre se ha puesto muy serio—. Delante de una niña.

—Si a mí no me da miedo. Yo ya no sueño por las noches.

... En una hazaña sólo comparable a la del Descu-

brimiento de América, gloria de la España de los Reyes Católicos, restaurada por nuestro invicto Caudillo después de una postración de siglos...

—Un sabio, el doctor Medina —mi abuelo cavila en voz alta, disfrutando de su afición a celebrar el talento—. Habría sido un segundo doctor Marañón, un Ramón y Cajal, si no lo hubieran represaliado después de la guerra.

—¿No estuvo en la cárcel?

—¿Es que había matado a alguien?

—Niña, tú te callas.

—El que va a la cárcel es porque ha matado a alguien.

—Qué falta hará, sacar siempre estas conversaciones.

—Pues al abuelo lo metieron preso y no había matado a nadie.

—Como que no iba a salir el asunto de siempre.

—La culpa la tienes tú —mi abuela se encara con su marido—. Por hablar tanto.

—... La conciencia limpia y la frente muy alta —mi abuelo se yergue, digno y herido, deja la cuchara junto al plato—. Sin más delito que servir a un gobierno legítimo.

—¿Queréis hablar más bajo, que está la ventana abierta?

... Surcando el espacio en la nave Apolo igual que los marineros de Colón surcaron el océano ignoto en las tres carabelas...

—La Santa María, la Pinta y la Niña —salmodia mi hermana con falsete escolar.

—Cállate, que pareces un loro.

—Cállate tú, que pareces un mono, con tantos pelos en las piernas y en los sobacos.

Ni siquiera he levantado la mano y mi hermana ya chilla buscando protección en el regazo de mi padre.

—Comed y callad los dos o me quito la correa y os pongo el culo colorado.

Mi padre siempre amenaza sin mucha convicción, pero eso no evita que mi madre salte, como si de verdad quisiera protegernos de un castigo, con un gesto de contenida reprobación, sin levantar los ojos:

—Mira qué valiente, metiéndoles miedo a sus hijos.

—Un correazo a tiempo previene muchos disgustos —sentencia mi abuelo.

En el centro de la mesa hay una gran fuente de conejo frito con tomate, una botella de vino y otra de gaseosa. Hasta hace poco todos comíamos de la misma fuente, mojando trozos de pan en la salsa, metiendo la cuchara si había sopa o potaje, cogiendo las tajadas con las manos y chupándonos los dedos. Ahora, por influencia de mi tía Lola y de su marido, tenemos un plato cada uno, en los que mi madre o mi abuela reparten la comida con un cucharón. Usamos la cuchara, pero no hemos aprendido a manejar tenedores y cuchillos, y si hay tajadas de carne o trozos de pescado los seguimos cogiendo con las manos, y mojamos grandes sopas de pan en la salsa o en el tomate frito. A mi hermana y a mí nos riñen porque sólo queremos las tajadas pulpas, y porque no sabemos apurar la carne que hay alrededor de los huesos.

—Mira cómo dejan el plato, que parece que lo ha picoteado una gallina.

—Otro Año del Hambre les hacía falta a estos, para que supieran apreciar lo que tienen.

... Estando previsto que sea el comandante Neil Armstrong quien pise nuestro satélite con el pie izquierdo exactamente a las tres horas y cincuenta y seis minutos del próximo lunes veintiuno de julio...

Ellos, indiferentes al televisor, chupan los huesos, roen hasta apurar una última brizna de carne, sorben ruidosamente, separan las articulaciones de una pata de conejo para que no se quede nada sin apurar, con una concentración intensa, casi fanática, no queriendo desperdiciar ni una dosis mínima de proteínas. En la nave Apolo XI los astronautas comen concentrados de sustancias altamente nutritivas que pueden ser engullidos sin esfuerzo, y beben líquidos revitalizadores en botellines blancos de plástico que luego flotan vacíos y limpios en el módulo de mando. En las estaciones espaciales del futuro los viajeros que tarden años en llegar a otros planetas engullirán cápsulas de colores que reduzcan al mínimo la evacuación de residuos, y quizás lean con incredulidad en los libros de Historia acerca de las bárbaras costumbres culinarias que aún perduraban en el siglo XX. Nosotros cortamos con las manos trozos de un pan enorme, redondo, de corteza gruesa y oscura, empolvada de harina, los untamos en pringue y nos los metemos en las bocas muy abiertas, engullendo luego como los pavos en el corral de Baltasar.

En la comida más ruidosa hay un momento de la verdad en el que nadie habla, todos absortos en el acto supremo de la nutrición, y en el que sólo se escucha masticar, sorber, chupar, raspar con una cuchara el fondo de un plato o de una olla. Comen en círculo, alrededor de la mesa camilla y de la fuente de tajadas y tomate frito, se pasan el único trapo que hay en la mesa para limpiarse las manos o la boca, respiran hondo, como quien toma un instante de alivio en un esfuerzo muy intenso, muerden cartílagos, desprenden la mandíbula inferior de la cabeza del conejo y chupan el maxilar, raspan con la cuchara el cielo de la boca, que tiene una superficie de carne rugosa, el paladar del conejo, horadan el cráneo buscando el bocado más sabroso, los sesos, que corresponde por privilegio masculino a mi padre o a mi abuelo, y al final, sobre cada plato, queda un montoncito de huesos diminutos y limpios, de los que ha sido extraído hasta el más ínfimo residuo de sustancia nutritiva.

—Pues ya hemos comido —suspira alguien, mi madre o mi abuela, después de un momento de silencio, aliviada la tensión del acto laborioso de comer.

—Ya hemos matado a la que nos mataba —dice mi abuelo.

—¿Y quién era la que nos mataba? —pregunta mi hermana por zalamería, sabiendo la respuesta.

—El hambre, que mató a tanta gente. El hambre que mata sin cuchillo ni palo.

—Pues todavía nos falta el postre. ¿Hay sandía en el pozo?

—Con lo que le gustaba comer a Baltasar, y mira en lo que ha quedado. Dice la sobrina que ya ni puede tragar líquidos. Pero como ha sido tan comilón pide que le acerquen a la nariz lonchas de jamón o de queso untado en aceite.

—Dios lo castiga por los jamones y los quesos y las orzas de lomo y los panes blancos que se comió cuando los demás no teníamos más que algarrobas para alimentar a nuestros hijos.

—Ya estamos con lo mismo...

—Robándonos lo que era nuestro y lo que tú no fuiste capaz de defender, lo que te quitaron por tonto.

... El mundo entero podrá asistir en directo, desde sus hogares, al gran acontecimiento histórico, a través de los receptores de televisión...

—¿Y qué iba a hacer yo, si estaba preso?

—Antes de que te metieran preso ya te habías dejado engañar. Y mira cómo le fue a él la vida, y cómo nos ha ido a nosotros.

—Tenemos lo que él no tiene —mi abuelo alza la voz, con un ademán dramático—. Salud y seis hijos como seis soles, y la conciencia tranquila.

No hay manera: no puedo enterarme de nada. Me levanto de la mesa, llevando la silla de anea conmigo, para acercarme más al televisor.

—¿Y tú adónde vas, si no hemos terminado?

—A ninguna parte, es que no me dejáis oír lo que dicen en la tele.

—¿Y qué estarán diciendo, si se puede saber, que sea tan importante?

—Lo de la Luna, que dice que se va a levantar para verlo cuando estemos todos dormidos.

—Tú cállate, chivata.

—Voy a devolver ese aparato y se te van a acabar las tonterías de la Luna, que parece que has perdido el juicio —mi padre se levanta y hace ademán de apagar el televisor, pero no acierta a encontrar el botón, y se queda aturdido, buscando el modo de salvar su autoridad, encarándose con mi madre—. En qué hora se me ocurriría hacerle caso al marido de tu hermana, que no piensa más que en sacarnos el dinero.

—Con mi hermana no te metas, que ella no tiene la culpa de nada.

—Y tú, desde mañana por la mañana se te han acabado los libros, la holganza y los viajes a la Luna —mi padre ha encontrado por fin la manera de apagar el televisor, y ahora vuelve a sentarse, recobrada su dignidad, dispuesto a curarme de mis desvaríos—. Te llamo a las seis y te vas a trabajar al campo con la fresca.

—Ha hablado un hombre —sentencia mi abuela, pero ella casi siempre dice las cosas con un filo de sarcasmo, que quizás mi padre no deja de advertir.

—Por lo pronto, que traiga la sandía.

—Yo no quiero sandía, quiero un melocotón.

—Pues tráele de camino un melocotón a tu hermana.

—Si tiene el capricho que vaya ella, que yo no soy su criado.

—Ten cuidado al sacar el cubo del pozo, no vayas a caerte y te ahogues.

—¿Por qué no compramos una nevera, como la de la tía Lola, y así no tenemos que refrescar las cosas en el pozo?

—Lo que nos estaba haciendo falta —murmura mi padre—. Una cocina de gas, un televisor y ahora una nevera. ¿Por qué no un helicóptero? Y yo trabajando de sol a sol para pagarle las vacaciones a ese señorito.

—Ya estamos con lo mismo. Qué te habrá hecho a ti el marido de mi hermana.

—El frío de las neveras es muy malo para la garganta —informa mi abuelo, ya más apaciguado—. Se han dado casos de gente que ha muerto de pulmonía después de beber el agua tan fría de esos aparatos. Todos los médicos están de acuerdo en que es mucho más sana el agua fresca de un botijo.

—Será que los médicos te han llamado a ti para contártelo.

Salgo al corral, aliviado de apartarme unos minutos de ellos, de no escuchar el rumor permanente en el que viven enredados, tan denso como el zumbido de un panal. Hace fresco y huele a jazmines y a galanes de noche, a las hojas y a la savia de la parra. Por encima de los tejados y los bardales vienen las voces del cine de verano, y en el cielo teñido de color ceniza después de los calores del día hay un gajo de luna.

Oigo de lejos a mi hermana, gritando mi nombre con su voz aguda: por qué tardará tanto, habrá dicho mi abuelo, y mi padre dirá, se habrá quedado mirando la luna, y mi madre, mira que si se ha caído al pozo, a lo que añadirá mi abuela, torpe es, pero tonto no parece, y mi hermana, voy a buscarlo, y mi padre, sombrío, nunca efectivo en su autoridad, tú te quedas aquí sentada, que tampoco hace una semana que se fue a buscar la sandía.

Me asomo al brocal del pozo, y en el fondo se ve como un espejo oscuro el brillo inquieto del agua y el gajo de luna repetido en ella. Tiro de la soga áspera, y sobre mi cabeza gruñe la polea. Resuena el agua muy hondo, cuando el cubo, alzado por la polea, emerge de ella, y luego choca con sonidos metálicos contra las paredes de piedra. Sube un fresco profundo, una humedad salobre, mientras el cubo chorreante asciende hacia el brocal, el cáñamo de la soga escociéndome las manos. Y cuando llega arriba lo hago bascular hacia mí y lo dejo en el suelo, chorreando, con un olor a saco mojado, porque la sandía, para que se mantenga más fresca, se sumerge en el agua en el interior de un saco atado con una cuerda, dentro del cubo de latón. Desato el saco, extraigo la sandía grande, planetaria, y la llevo al comedor sosteniéndola con las dos manos. La conversación ha cambiado en mi ausencia. Han encendido de nuevo el televisor y ahora hablan de la Luna.

—Dice Carlos que suben en un cohete más grande que esta casa —aventura mi madre, acogiéndose a la autoridad del marido de su hermana, hacia el que proyecta una parte de la veneración que siente hacia ella—. Y que explota con una mecha como las de los cohetes de la Feria.

—Qué sabrá tu cuñado de cohetes.

—Algo más que nosotros sabrá, estando acostumbrado a manejar todos esos aparatos que vende en la tienda.

—Hijo mío, ni que hubieras tenido que subir tú también a la Luna para traernos la sandía.

—Qué te habrá hecho a ti Carlos —mi madre, para discutir con mi padre, baja la voz y mira hacia la mesa, aplastando con el dedo índice una miga de pan—, para que le tengas tanta ojeriza.

—Yo no le tengo nada. Él en su casa y nosotros en la nuestra.

Mi abuelo palpa la sandía entre sus dos manos enormes, la sopesa, meditativamente, la deja sobre un plato, rozando la cáscara con la palma de la mano, tamborileando sobre ella con los dedos, auscultándola. El locutor del telediario entrevista ahora mismo a un hombre de cara avinagrada y traje oscuro, con una insignia de algo en la solapa:

La Luna, que se nos muestra tan apetecible y poéticamente tan bella gracias a la distancia y a la iluminación solar, resultará un astro inhóspito, decrépito, desolado, de impresionante frialdad espiritual. Ni agua, ni vegetación, ni otros seres animados, ni elemento alguno de los que embellecen nuestro mundo...

—¿Habrá marcianos en la Luna?

—Los marcianos son los de Marte, niña. Si hubiera habitantes en la Luna se llamarían selenitas. Pero no los hay.

—¿Y eso cómo lo saben, si no han subido nunca? —en la ironía de mi abuela siempre hay una sospecha sobre la tontería de los seres humanos, empezando por los miembros de su familia más cercana.

El Hombre retornará rápido a la Tierra, contristado, encontrándola más bella, aunque endurecida por el egoísmo, la ambición y la ingratitud.

—¿Qué dice ese señor tan enfadado?

—¿Cómo vamos a oírlo, si no os calláis?

—Esta sandía está en su punto —dictamina mi abuelo—. Y bien fresquita. Mejor que en cualquier nevera.

—También sabe de neveras este hombre —dice mi abuela—. Qué raro que sabiendo tanto no haya salido de pobre.

—En la Luna no hay atmósfera —trago saliva, alzo la voz, procurando que no se me quiebre en un gallo traicionero—. No hay agua, ni plantas, ni animales, ni personas, no hay nada. La Luna es un satélite muerto desde hace miles de millones de años.

Mi abuelo, que ya empuñaba el gran cuchillo para abrir por la mitad la sandía, se me queda mirando, no sé si con admiración o con lástima, con una incredulidad que enseguida deriva en sarcasmo. ¿Para esto llevo tantos años de escuela, y me encierro en un cuarto a estudiar libros enormes en vez de irme al campo con mi padre, de ganarme la vida con el trabajo de mis manos, como se la empezaron a ganar ellos cuando ni siquiera habían alcanzado la edad que yo tengo ahora?

—Pues entonces, si en la Luna no hay nada, ¿para qué tanto afán de llegar a ella?

—Con lo fina que está estas noches, que parece

una cáscara de melón —dice mi abuela—, tendrán que sentarse en ella, como en un columpio.

—¿Y si se mecen y se caen?

—La Luna no crece ni mengua, es tan redonda como esta sandía —irritado, me dejo ganar por la arrogancia, por un necio empeño pedagógico, destinado al fracaso. Atraigo la sandía hacia mí, su curvatura tan rotunda como la del cráneo calvo y brillante de mi abuelo. ¿Les explicaré la ley de la gravitación universal, el curso elíptico de las órbitas de la Tierra y la Luna, les haré saber que entre las dos hay una distancia media de trescientos mil kilómetros, si ellos miden el espacio por palmos y leguas? ¿Les contaré que para desprenderse de la atracción terrestre la nave Apolo tuvo que acelerar hasta una velocidad de treinta mil kilómetros por hora, cuando ellos se mueven a pie o al paso de un burro o de un mulo y se marean en el autobús de línea cuando van de médicos a la capital de la provincia?—. La Tierra es la sandía, y la Luna este melocotón...

—Dame el melocotón, que es mío, que lo he traído yo.

—... la Luna da vueltas alrededor de la Tierra, igual que la Tierra da vueltas alrededor del Sol...

—Entonces, ¿por qué sale el Sol todas las mañanas por detrás de los cerros, y se esconde por la noche?

Mi abuela tercia entonando con acento de burla:

—*Al Sol le llaman Lorenzo*
y a la Luna Catalina...

—Dejadlo que nos explique —mi madre sale

dubitativamente en mi defensa—. Que algo sabrá más que nosotros.

—Tampoco hay que tener una carrera para saber por dónde sale el Sol...

Obstinado, pedagógico, pagado de mí mismo, indiferente al escarnio, hago girar el melocotón siguiendo la curva de la mesa camilla, y luego tomo un salero, lo pongo encima del ecuador de la sandía, explicando que esa es la nave Apolo, y haciéndolo alejarse poco a poco de la corteza verde oscura y aproximarse al melocotón. En la sobremesa de la cena, mientras los comensales se impacientan por probar la sandía, temiendo que vaya a perder el frescor fragante del agua del pozo, intento en vano forzar el salto del universo ptolemaico al de Galileo y Newton, en la noche de julio en la que los astronautas Armstrong, Aldrin y Collins navegan hacia la Luna y preparan sus instrumentos y sus trajes espaciales para el momento supremo en que un módulo de alunizaje en forma de cangrejo o de araña robot se pose sobre una llanura de polvo y rocas grises donde las huellas de sus pisadas permanecerán idénticas durante milenios, como las huellas fósiles de los dinosaurios sobre las duras rocas terrestres.

—Ahora mismo la nave espacial está aquí —en mi mano derecha gira el salero, que tiene una forma cónica parecida a la de una cápsula—. El domingo por la tarde el módulo lunar se separará, y bajará muy despacio hasta el suelo.

—Bueno, pues a ver si antes nos hemos comido

nosotros la sandía —dice mi abuelo, atrapándola de nuevo entre sus dos manos.

—Todo es mentira —contra su costumbre, mi padre ha resuelto intervenir abiertamente en la conversación, de modo que todos nos volvemos hacia él. En casa no suele hablar tan alto, ni durante un rato tan largo. No siempre me mira, pero yo sé que a su manera oblicua está hablando para mí—. Un invento de los americanos, para engañar al mundo. No hay cohete, no hay viaje a la Luna, no hay nada de nada. Es como esas películas de platillos volantes, o de viajes por el espacio, que no se creen ni los más tontos, que se ve que los monstruos son de goma o son gente disfrazada y las rocas son de cartón, y hasta los árboles son de plástico. ¿Te enteras? —ahora habla mirándome a mí—. Es todo propaganda. ¿En qué cabeza cabe que un cohete pueda llegar a la Luna? Es propaganda para volvernos tontos, para que compremos más aparatos de televisión y aquí el cuñado de tu madre gane todavía más dinero. ¿A ti qué falta te hace saber si en la Luna hay atmósfera o no hay atmósfera, o si se crían tomates, o si van a llegar mañana o pasado mañana? ¿Adónde van a llegar? Pues al mismo sitio donde estaban, y donde ahora mismo estarán rodando la película que nos van a poner en las noticias. ¿Tendré yo que trabajar menos horas si esos americanos vestidos de buzos llegan a la Luna? ¿Me va a perdonar tu tío los plazos del televisor, y los de la cocina de butano que no he terminado de pagar todavía? ¿Y cómo vas a ganarte tú la vida si no aprendes a trabajar en el campo y te pasas las noches leyendo y amaneces más pálido que la misma Luna? ¿Para qué vas a estudiar, para astronauta?

En ese momento mi abuelo ha hundido la hoja del cuchillo en el centro de la sandía. La corta siguiendo su línea ecuatorial y termina de separar con sus manos las dos mitades, que se dividen con un crujido geológico de la dura corteza y de la pulpa roja y luminosa, punteada de pepitas negras, reluciente del jugo fresco que dentro de un instante sorberemos todos con un ruido unánime. El interior de la sandía es de un rojo tan fuerte como el núcleo de níquel y de hierro fundidos en las ilustraciones sobre el centro de la Tierra que vienen en mi libro de Ciencias Naturales. Con el cuchillo en la mano y la sandía abierta sobre la mesa, mi abuelo se queda un momento pensativo, y no empieza a cortar la primera tajada.

—Muy bien —dice, mirándome por encima de los dos hemisferios rojos de la sandía enorme—. Me he enterado de todo. Suben en un cohete y llegan a la Luna. No hay nada en ella, no se cría nada, no llueve nunca, no se puede respirar, pero bueno, da lo mismo. Llegarán. Sólo me queda una duda. Cuando lleguen a la Luna, ¿cómo entran en ella?

9

Hora dieciocho, minuto veintiocho. Nada más levantarme esta mañana he puesto la radio en la cocina y la voz lejana de un corresponsal en Cabo Kennedy estaba contando que en ese mismo momento los tres astronautas dormían agotados después de su primera jornada completa de viaje. Jornada, no día. En el espacio exterior no hay ni día ni noche. *Y creó Dios el día y la noche*, dice el Génesis: es de día en el lado de la nave en el que da el sol, y de noche en el contrario, y para que la temperatura solar no abrase a los astronautas la nave va girando despacio, en una rotación tan precisa como la de la Tierra o la de la Luna, para que el día y la noche se sucedan en torno a su forma cilíndrica cada pocos minutos.

Como cada mañana me han despertado los trinos y los aleteos de las golondrinas, que tienen su nido de barro bajo el alero de mi balcón. Las oigo piar todavía en sueños, en el fresco de la mañana, cuando el sol todavía no ha llegado a la plaza y corre una brisa suave entre las ramas altas de los álamos, donde ha estallado desde que apuntó la claridad del día un gran clamor de gorriones. El aroma espeso de la resina y de las flores de los álamos entra en mi dormitorio por los postigos abiertos del balcón al mismo tiempo que el sonido de los pájaros. Esas golondrinas que llegan de África y que ocupan el mismo nido que dejaron vacío al final del verano pasado, ¿cómo encuentran sobre los campos y sobre los tejados el camino hacia esta plaza, hasta este mismo balcón? ¿Cómo encuentran los ingenieros aeronáuticos y las computadoras la trayectoria precisa para llegar desde la Tierra a la Luna? Me deslizo de nuevo hacia el sueño, con el alivio inmenso de todo el tiempo que falta para que empiece el curso, para que lleguen las sombrías mañanas invernales en las que tendré que levantarme todavía de noche para ir al colegio, o peor aún, para ir a recoger aceituna durante las vacaciones de Navidad, mientras la mayor parte de mis compañeros se levantan tarde y pasan los días viendo la televisión y esperando los regalos de Reyes.

Aún falta mucho tiempo: un tiempo largo, demorado, casi inmóvil, como el de mi perezoso despertar, no el tiempo sincopado y matemático que marcan los computadores en la base de Houston y en los paneles de mando de la nave Apolo. Mientras los astronautas duermen en sus sillones anatómicos, atados a ellos para que la falta de gravedad no les haga flotar en el aire, sensores adheridos a la piel de cada uno de ellos transmiten por radio a través del espacio vacío el número de sus pulsaciones por minuto y su presión sanguínea. Casi floto en una gustosa ingravidez sobre mi cama, todavía aletargado, escuchando los aleteos de las golondrinas contra los postigos del balcón, el piar de las crías que alzan los picos chatos y blandos para recibir el regalo sabroso de una mosca o de un gusano recién cazados. Las golondrinas cruzan con un silbido el aire de la plaza de San Lorenzo y bajo las copas de los álamos las mujeres barren el empedrado y lo rocían luego con el agua sucia de los cubos de fregar. En el duermevela de la agonía y de la morfina Baltasar también escuchará los silbidos de los pájaros, y la luz matinal se filtrará débilmente por las cortinas echadas de su dormitorio sofocante, a través de la ranura de los párpados sin pestañas que ya no tiene fuerzas ni para mantener abiertos. En el interior de su cuerpo, en los túneles de sus bronquios, en las cavidades de sus pulmones, enlodados del alquitrán de millares y millares de cigarrillos y del tizne del papel basto con que los liaba, el cáncer se extiende como esas criaturas invasoras y blandas de las películas de ciencia ficción, se multiplican sin control las células que van a estrangularlo. ¿Dios ha determinado que se reproduzcan por error esas células, ha tramado ese lento suplicio para castigar la soberbia o la maldad de Baltasar? En las mañanas de primavera, mi madre sube a despertarme antes de las ocho y abre de par en par el balcón por el que entran en una ancha oleada la luz del sol y el fresco matinal. Abre el balcón y hace ademán de retirarme la ropa de la cama para que no vuelva a dormirme, y trae con ella una energía jubilosa que es la del día intacto y recién comenzado.

Las mañanicas de abril
son gustosas de dormir,
y las de mayo
cuento y no acabo.

Cada año vuelve ese refrán, tan infaliblemente como el sol rubio y oblicuo listando el dormitorio a través de las láminas de la persiana y como los silbidos y los aleteos de las golondrinas en el nido de barro bajo el alero del balcón. Es la dulzura del fin de curso próximo, del verano largo y anunciado. Sólo que ahora, estas mañanas de julio, me da pudor que mi madre entre en el dormitorio y vea los signos de mi transformación, las piernas demasiado largas y llenas de pelos, quizás el bulto de una erección matinal en los calzoncillos, o la mancha amarilla de una eyaculación nocturna. Hace unos días me despertó la humedad fría de una eyaculación y todavía en sueños me parecía que el olor del semen llenaba toda la habitación y salía a la plaza por el balcón abierto, y lo que estaba oliendo era la savia y las flores de los álamos.

Ahora preferiría que la puerta de mi dormitorio tuviera un pestillo. Pero mi madre ya no entra a despertarme tan desahogadamente como hasta hace muy poco tiempo. Esta mañana oigo sus pasos en las escaleras, sus pasos lentos, de corpulencia fatigada, subiendo hasta este último piso de la casa donde ahora sólo duermo yo. En los pasos de mi madre está el peso excesivo de su cuerpo y la extenuación permanente de las tareas de la casa, fregar los suelos de rodillas con un trapo mojado, encender el fuego, lavar la ropa en el cobertizo del corral con agua fría en una pila de piedra.

—Levántate, que tu padre dijo que fueras a la huerta.

—Hoy no puedo, tengo que ir al colegio.

—¿Al colegio, en vacaciones?

—Tengo que devolverle unos libros a un cura.

—¿Eso se lo dijiste anoche a tu padre?

—Se lo iba a decir y se había quedado dormido.

Mi padre madruga mucho para abrir su puesto de hortalizas y frutas en el mercado y casi todas las noches se queda dormido en la mesa, después de cenar, roncando suavemente mientras los demás conversan o ven la televisión. Se desliza con mucha facilidad del laconismo al sueño, los brazos cruzados sobre la mesa y la cabeza recostada sobre ellos, y cuando se despierta con un sobresalto, en la mitad de un ronquido, mira a su alrededor, la cara aletargada y el pelo gris en desorden sobre la frente. Mi padre, íntimamente forastero en esta casa que es la de la familia de su mujer, tiende a estar en la mesa callado o dormido. Se levanta, medio sonámbulo, dice buenas noches, sale al corral para usar el retrete, para mirar en el cielo y oler en el aire los signos del tiempo que hará mañana. Antes de retirarse va a la cuadra a echar el último pienso a los animales, paja mezclada con granos de cebada y de trigo, y luego se le oye subir despacio por las escaleras, vencido por el sueño y por el agotamiento del trabajo.

Mi madre y él mantienen largos duelos de silencio, cada uno alimentando un agravio que no estalla nunca, que se ulcera por dentro y acaba disolviéndose o se les queda enquistado a lo largo del tiempo. Mi padre casi nunca alza la voz, y nunca me ha levantado la mano, a diferencia de los padres de casi todos mis conocidos. Cuando algo no le gusta, calla, y su silencio puede ser más opresivo que un grito o un puñetazo sobre la mesa. Hablé tanto con él y lo escuché tanto cuando era más pequeño y ahora parece que cada uno de los dos se ha replegado a su oquedad de silencio, él alimentando su queja sobre mi haraganería y mi desapego hacia el trabajo en el campo, yo mi disgusto hacia las órdenes que he de obedecer, hacia las tareas que hasta hace no mucho me fueron placenteras, porque se confundían con los juegos y me permitían estar junto a él, a quien ahora, de pronto, no tengo nada que decirle, porque también está del otro lado de la barrera invisible que se ha levantado entre el mundo exterior y yo, hecha de lejanía, de extrañeza y vergüenza.

—Ya sabes que ese cura no le gusta a tu padre.

—Me prestó unos libros y se los tengo que devolver.

A mi padre no le gusta ese cura porque sospecha que quiere convencerme para que ingrese en el Seminario. Es un cura joven, que nos da clase de Geografía Universal, y que nunca aplica castigos físicos. Se llama el padre Juan Pedro, pero le dicen el padre Peter, o el Pater. No lleva marcada la coronilla, aunque conserva todo el pelo. Va con frecuencia al mercado, y se acerca al puesto de mi padre a conversar con él y con sus compañeros hortelanos, y les hace preguntas sobre el cultivo de las hortalizas o el cuidado de los olivares, y se interesa por los jornales que se pagan en el campo o los precios que reciben los agricultores al vender la cosecha de aceituna. Mi padre le informa premiosamente de todo, escéptico en el fondo sobre la posibilidad de que alguien tan ajeno a nuestro mundo entienda algo de él, pero no se fía. ¿Por qué iba un cura a interesarse por la época del año en la que maduran las berenjenas o por las horas —todas las de claridad solar— que dura la jornada de un aceitunero? ¿Y por qué iba a prestar tanta atención a un alumno de familia trabajadora y becario?

—Qué cosas tienes —dice mi madre, siempre dispuesta a sentirse agraviada por él—. Le ha tomado cariño al chiquillo porque ve que estudia mucho, y quiere ayudarle.

—Ese lo que quiere es meterlo a cura.

—Pues tampoco sería una deshonra...

Mi padre no se fía del padre Peter ni de ningún cura ni de nadie que vista uniforme o hábito o pertenezca a alguna organización, todas las cuales le parecen detestables, peligrosas, dañinas. No le gustan las cofradías de Semana Santa, ni las peñas de aficionados al fútbol, y cada año se busca un pretexto para no hacerse miembro de la asociación de vendedores del mercado. Los entusiasmos colectivos, las diversiones de grupo, le parecen síntomas de debilidad mental. El buey solo, dice, bien se lame. A mí me habría gustado hacerme miembro de Acción Católica o de la Organización Juvenil Española, que tienen en sus sedes salas de juegos con mesas de ping-pong, futbolines y tableros de damas y ajedrez, y que organizan campamentos de verano en la playa o en los pinares de la sierra de Mágina. Pero los de Acción Católica le parecían unos beatos, y los de la OJE, unos fascistas, de modo que me he quedado sin ir a la playa, sin aprender a nadar y sin jugar al futbolín ni al ping- pong.

—Tú no te apuntas a nada —repite, de manera terminante—. Mira la gente en la guerra, todos apuntándose a los partidos y a los sindicatos, y en qué terminaron casi todos. Tanto cantar himnos, y desfilar marcando el paso, y ponerse uniformes y pañuelos al cuello.

—Los de la OJE sí, pero los de Acción Católica no tienen uniformes.

—¿Pero a que cantan himnos y marcan el paso?

—Si se apuntara a Acción Católica lo llevarían a la playa y aprendería a nadar —intercede mi madre.

—¿Y si se ahoga? ¿No has visto cuánta gente se ahoga en las playas y en los ríos desde que empezó la moda de los veraneos? Con lo torpe que es este, es capaz de ahogarse hasta en una bañera.

—No será en la que tenemos nosotros.

—Y qué falta nos hace, pudiendo usar la ducha que instaló tu hermano Pedro...

El padre Peter me deja libros y luego me cita en su cuarto o en su despacho para comentarlos. *Diario de Daniel*, *Fe y compromiso*, *Los curas comunistas*, *El Evangelio y el ateo*, *Una chabola en Bilbao*. Libros de jóvenes que viven profundas crisis existenciales que yo no acabo de entender salvo en su parte de obsesión erótica o que abandonan todas las comodidades para *darse a los demás*, o para irse a trabajar a las minas o al campo, lo cual entiendo menos todavía, porque a lo que yo aspiro es exactamente a lo contrario, abandonar el campo y disfrutar de esas comodidades de las que sólo tengo noticia gracias a mi tía Lola y a las revistas ilustradas que encuentro en su casa. El padre Peter dice que estoy muy cerca del principio de mi camino, pero que todavía tengo que encontrarlo. Que lo que importa no es adónde se quiere ir sino el camino por el que se avanza. Que la palabra vocación significa llamada, y que yo he de permanecer atento para escuchar una voz. La voz de Dios, que va a exigirme compromiso y entrega, renuncia a mí mismo, decisión de dar, de darme a los otros. En el joven hay una inspiración de ideal, una dimensión de anhelo que la sociedad no reconoce, y eso despierta su rebeldía y la incomprensión de los adultos. ¿No fueron rebeldes los profetas del Antiguo Testamento? ¿No fue Jesucristo el primer revolucionario? Esos jóvenes que se dejan barba y pelo largo y caminan descalzos por las calles de París o de San Francisco y se congregan en medio de un valle para escuchar a los conjuntos de música moderna como se congregaban hace dos mil años otros jóvenes inquietos en torno a Jesús, ¿no están esperando a oír de nuevo, en el lenguaje de hoy, el sermón de las Bienaventuranzas? *Los jóvenes de esta historia son inquietos, indisciplinados, incisivos, llevan el cabello largo y los pies descalzos*, dice la contraportada de un libro que me dejó el padre Peter. Yo me imagino que me gustaría también ser inquieto, indisciplinado, incisivo, y no tan obediente como soy, y llevar el cabello largo, y no con este corte rústico que me hace el peluquero de mi padre. Lo que no acabo de entender bien es lo de los pies descalzos, que me recuerdan a los penitentes más extremos de la Semana Santa. *Estos jóvenes se pronuncian por el amor libre, en contra de la violencia, pero se esconden de la verdad humana.* Cuando confiesa, el padre Peter no impone padrenuestros o avemarías como penitencia: es uno mismo quien tiene que crear su propia oración, quien tiene que planteársela como una sincera conversación con Dios, y más que palabras repetidas de memoria y quizás no sentidas con el corazón lo que Jesucristo nos pide son pequeños gestos de compromiso con los otros. La masturbación, que muchos consideran sólo un pecado contra la pureza, es sobre todo un acto de egoísmo, porque nos encierra en nosotros justo cuando el propósito de ese sano impulso es tender lazos generosos hacia esa *comunión de la carne* que queda santificada porque es una *comunión del espíritu.*

En los libros que me presta el padre Peter hay muchas frases en cursiva, y otras que han sido subrayadas con lápiz por él, y aunque yo las leo en voz alta y me esfuerzo por entenderlas nunca estoy seguro de lo que quieren decir. También él, cuando habla, parece que dijera algunas frases o algunas palabras en cursiva, y a veces tiene un cuaderno abierto delante y dibuja en él gráficos con flechas y signos que yo miro moviendo despacio la cabeza, porque están pensados para explicar más claramente las cosas. Yo le pregunto por qué Dios permite que sufran los inocentes, por qué eligió a Judas y no a otro de los discípulos para traicionar a Cristo, sabiendo que lo condenaba a la desesperación y al suicidio, y por lo tanto al Infierno. ¿Qué pecados han cometido los niños de Biafra para morirse de hambre y de enfermedad nada más nacer, para ser decapitados junto a sus madres o incluso arrancados de sus vientres y aplastados contra el suelo? Si yo voy al Cielo y mi padre o mi madre o alguien muy querido por mí van al Infierno, ¿cómo podré disfrutar de la felicidad eterna, sabiendo que ellos sufren y que van a seguir haciéndolo por toda la Eternidad? Me siento audaz haciendo estas preguntas, casi malvado, casi hereje. ¿Cómo se concilia el relato bíblico de la Creación en seis días con las pruebas abrumadoras que confirman la verdad científica de la teoría de la Evolución? A diferencia de los otros curas del colegio, el padre Peter sonríe siempre y habla como un amigo, pasándole a veces a uno el brazo por el hombro, sobre todo en esos largos paseos por los corredores o por el patio que él prefiere a la formalidad del confesonario. La Biblia, y menos el Génesis, no ha de ser entendida como un relato literal: igual que Cristo hablaba en parábolas, para ser entendido por las gentes sencillas a las que dirigía su mensaje, la Biblia nos propone metáforas que la razón del Hombre no siempre sabe interpretar. ¿Interpretamos siempre correctamente el lenguaje de los poetas, el de los niños, incluso el de las personas más próximas? El padre Peter me promete que me dejará pronto un libro sobre las investigaciones paleontológicas de Teilhard de Chardin, y me pregunta con una sonrisa si me apetece confesarme: allí mismo, en su despacho, como en una conversación entre amigos, sin más trámite litúrgico que ponerse la estola. Yo me confesaba con el padre Peter, pero empezó a darme tanta vergüenza que mi pecado fuera siempre el mismo, y que tuvieran tan poca eficacia el dolor de corazón, los propósitos de enmienda, hasta las conversaciones personalizadas con Dios, que poco a poco dejé de *acercarme al sacramento*, como él dice. Un día, casi al final del curso, me dijo que me quedara en el aula al terminar la clase y mientras recogía de la mesa sus cuadernos y sus diapositivas —el padre Peter usa diapositivas para las clases de Geografía y también para las charlas religiosas— me preguntó si me pasaba algo, si tenía alguna preocupación, alguna duda que no me atreviera a confiar a nadie. La confesión, la comunión son alimentos del espíritu, y uno se debilita y pierde las defensas si se priva demasiado tiempo de ellos, igual que si no toma bocado y no bebe agua. Cerrarse de par en par a los otros, como una casa a oscuras y bajo llave, ¿no es privarse del alimento más necesario de todos? Comulgar significa compartir: eucaristía es encuentro. Se puede recibir la hostia sagrada en la boca y sin embargo no estar participando de la comunión, porque el alma se mantiene cerrada. En su despacho, el padre Peter buscó unos libros en la estantería, y me dijo que los leyera despacio, tomando notas, subrayando si me apetecía.

—Te los lees y cuando los termines te pasas tranquilamente por el colegio y charlamos sobre ellos. No hay prisa. Yo voy a quedarme aquí todo el verano.

La verdad es que no he leído los libros, que nada más abrirlos me han producido un aburrimiento invencible. Prefiero *El origen de las especies*, o *El viaje del Beagle*, o *El mono desnudo*, con sus excitantes descripciones zoológicas de los cuerpos masculino y femenino, de los episodios de la excitación y el cortejo y la consumación sexual, que me hacen encerrarme en el retrete cada vez que los leo y olvidar mis propósitos de pureza. Devolverle hoy sus libros de palabrería teológica y sentimentalismo cristiano al padre Peter es un pretexto improvisado para no ir a la huerta de mi padre. Pero lo cierto es que hasta hace poco esos mismos libros me despertaban emociones religiosas, me aliviaban la angustia y la culpabilidad, incluso me inculcaban como una vaga inquietud de hacerme sacerdote o misionero, de darme a los demás sin esperar la compensación de mi egoísmo.

En el kiosco de la plaza del General Orduña cuelgan los periódicos del día anterior con titulares en letras enormes. La velocidad del viaje a la Luna se mide en pies por segundo pero los periódicos de Madrid llegan a Mágina con uno o dos días de retraso, dependiendo de la lentitud y de las averías del tren correo o del autobús de línea. COMIENZA EN CABO KENNEDY LA ERA ESPACIAL; EL HOMBRE: UN DÍA SALIÓ DEL PARAÍSO Y HOY SALE DE SU VALLE DE LÁGRIMAS EN BUSCA DE NO SE SABE BIEN QUÉ; EL ASTRONAUTA ALDRIN CONSULTA A SU DIRECTOR ESPIRITUAL DESDE LA NAVE APOLO. Yo subo hacia el colegio, en la mañana fresca, con los libros del padre Peter bajo el brazo, con el aburrimiento anticipado de la conversación que mantendré con él. Al repetir la caminata por las mismas calles por las que crucé la ciudad cada mañana durante todo el curso, con la cabeza baja y la pesada cartera en una mano, con una melancolía opresiva que ahora se me ha vuelto remota, tengo de pronto la sensación de que ha pasado mucho tiempo desde que terminaron las clases y los exámenes, hace menos de un mes. Veo el edificio familiar a lo lejos y es como si volviera a visitar lugares donde vivió alguien que lleva mi nombre y comparte mis recuerdos pero que ya no tiene nada que ver conmigo.

El Colegio Salesiano Santo Domingo Savio está en un descampado a las afueras de la ciudad, hacia el norte, junto a la salida de la carretera de Madrid. Las últimas casas se acaban, más allá de la estación de los tranvías que van hacia el valle del Guadalquivir, y en el espacio llano y árido se alzan unos cuantos árboles solitarios y tres edificios que sólo tienen en común su aislamiento, y un aire entre industrial y carcelario, muros largos de piedra encalada que recuerdan al cementerio no muy lejano. Cada uno de los tres edificios parece erigido para indicar el máximo de distancia hacia los otros y resaltar la amplitud desierta que lo rodea, y que ya no pertenece a la ciudad, pero tampoco al campo, una tierra de nadie entre las últimas casas y las primeras avanzadillas rectas de los olivares. Hay una ermita parcialmente en ruinas, una fundición, el bloque largo y opaco del colegio, con sus filas de ventanas estrechas e iguales y un torreón en el ángulo sudoeste que confirma la severidad penitenciaria de su arquitectura. *Tu mole escurialense*, dice el himno del colegio, letra y música del Padre Prefecto, don Severino, que es también el director del coro, y nos inculca cada tarde cantos gregorianos y estrofas marciales:

> *Salve, salve, colegio de Mágina*
> *forjador de aguerridas legiones*
> *que al calor de las sabias lecciones*
> *en sus almas supiste grabar...*

En el Colegio Salesiano Santo Domingo Savio todo es una desolación de lejanía, una congoja de aulas largas y de corredores que acaban en huecos de escalera en penumbra. En invierno, en las mañanas sombrías de lunes, el colegio surge en una distancia exagerada por la amplitud del cielo de color pizarra, tan lejos de todo, del corazón de la ciudad y de los lugares de mi vida, que llegar a él por las veredas abiertas en el descampado ya es un castigo para el que la imaginación no sabe idear un consuelo. Dispersos por la llanura, entre zanjas y malezas, hay grandes bidones, tubos de hierro grandes como túneles, cisternas de gasolina o de aceite fabricados en la fundición cercana. Las cisternas tienen forma cilíndrica y unas trampillas practicables en la parte superior que les hacen parecer submarinos encallados. Me gusta imaginar que entro en uno de ellos, que me encierro por dentro, que navego como en el submarino del capitán Nemo o en el batiscafo del capitán Picard, mirando el fondo del mar por un ojo de buey, a salvo de todo, en una quietud perfecta, en un hermetismo inaccesible de felicidad.

A la torre de vigilancia dicen que se sube el Padre Director armado con unos prismáticos para vigilar a los alumnos que juegan en los patios o a los que se pierden entre los bidones y los tubos del descampado para fumar cigarrillos. Algunas mañanas, a la hora de entrada, se le ve venir desde muy lejos, regresando de un paseo solitario por los confines de la ciudad, el faldón de la sotana agitado por el viento, enganchado a los ángulos agudos de su esqueleto, los bajos y los zapatos negros manchados de barro.

La cara y las manos del Padre Director son de un blanco grisáceo, con un brillo metálico de barba muy recia y muy apurada en las mandíbulas. El men-

tomarse como un desafío, y provocar un nuevo golpe. Conozco la sensación: la cara arde, y un pitido muy agudo suena en el interior del oído, y por un momento no se escucha nada, como si la cabeza estuviera en el interior de una escafandra.

A las nueve en punto de la mañana de cada lunes el Padre Director entra en el aula empujando la puerta al mismo tiempo que gira el pomo, para dramatizar la peligrosa instantaneidad de su llegada, y recorre con la mirada fría y la sonrisa de burla las hileras de alumnos que se han puesto en pie junto a los pupitres, los internos con batas grises. Sus orificios nasales anchos y vibrátiles, casi translúcidos, como sus orejas, sin duda perciben el olor del miedo, el de las secreciones recientes y mal lavadas, el de sebo capilar y las ingles y axilas poco ventiladas, los olores agrios de una masculinidad en erupción, que ni la disciplina salesiana ni la penitencia ni el miedo a los castigos eternos pueden casi nunca domar. «Ángeles hasta hace nada», murmura a veces, en el púlpito, la barbilla hundida sobre el pecho, como abatido por una pesadumbre inmensa, «y ahora ángeles caídos». Al Padre Director le gustan las verdades puras de la Teología y de las Matemáticas, que son abstractas y no sometidas a corrupción, a decadencia o a error, y sin embargo gobiernan el universo, emanaciones milagrosas de la inteligencia divina. No comprender la fórmula matemática que define las leyes de la elipse y por lo tanto las órbitas de los cuerpos celestes es un pecado y un acto de ceguera tan reprobable como el del ateo o el hereje que no acata el misterio de la Santísima Trinidad. Yuri Gagarin, el cosmonauta ruso, el primer ser humano que navegó en órbita alrededor de la Tierra, declaró al regresar: «He mirado con mucha atención y no he visto a Dios por ninguna parte.» ¿Y qué más prueba de la existencia de Dios que esos cuerpos celestes que giran en el espacio en una armonía milagrosa, en una concordancia tan exacta que ni el reloj más perfecto ni la computadora más compleja podrán nunca imitar? En la pizarra, las fórmulas, las ecuaciones, las elipses, las líneas que ha trazado el director con la ayuda de un enorme compás de brazos de madera se han vuelto tan indescifrables contra el fondo negro como la multitud de las estrellas en una noche de verano. El triángulo equilátero de un problema de Geometría que nadie ha sabido resolver parece que albergara dentro de sí ese ojo divino omnisciente y acusador de los libros de Historia Sagrada. En las especulaciones teológicas y aritméticas del Padre Director, la Inteligencia Suprema que gobierna el universo mediante la armonía de los números tampoco renuncia a la furia vengativa. Igual que a Darwin, destrozado por la muerte de su hija pequeña, o que a Nietzsche, podrido por la sífilis y la locura, o que al emperador Diocleciano, devorado por úlceras pestilentes, también al impío Gagarin le esperaba su castigo: él, que con tanta soberbia se jactaba de haber pilotado un cohete espacial desde el que no había visto a Dios, murió el año pasado en un accidente de aviación, quemado vivo entre los hierros ardientes de su caza.

A las nueve en punto de la mañana, sin decir nada, el Padre Director sube a la tarima, examinando las caras de sueño, de miedo, de melancolía abrumadora de lunes invernal, de lujuria obstinada y culpable. Con un gesto simple de su mano derecha, como si cortara el aire, nos indica que nos sentemos. Se oye el roce de la tela brillosa de su sotana al mismo tiempo que se difunde por las primeras filas el olor de su loción de afeitar eclesiástica. Yo también huelo algo más: Gregorio, el alumno que se sienta delante de mí, le tiene tanto miedo al Padre Director que nada más oírse sus pasos viniendo por el corredor hacia el aula ya se le descompone el cuerpo y empieza a tirarse unos pedos silenciosos y fétidos, al mismo tiempo que se le agitan los hombros y le tiembla el cogote, en el que es muy probable que dentro de unos minutos caiga un golpe de los nudillos apretados del director.

No hay prisa. Nadie se mueve, los codos sobre la madera inclinada de los pupitres, los lápices dispuestos, los cuadernos con los ejercicios de Matemáticas, las cabezas bajas, flequillos infantiles o tupés de adolescentes precoces, caras con pelusa tenue o con granos, olores de higiene imperfecta, de polvo de tiza. Nada se mueve salvo los intestinos trastornados del pobre Gregorio, que deja escapar gases tan sin poder contenerse como el día en que se meó en la tarima delante del Padre Director, la bata de interno y los pantalones chorreando, la cara roja, la cabeza pelona y las orejas muy separadas, sonriendo por contagio o por instinto humillado de camaradería a la clase que acababa de romper en una carcajada, y que se quedó de inmediato en silencio, aguardando el castigo público.

El Padre Director se toma su tiempo cada lunes. Se sienta detrás de la mesa, recorre las filas de cabezas, como sobrevolándolas con la mirada, que se queda fija un instante en la lejanía oscura del fondo del aula, o en el ventanal que da al patio, a la iglesia en construcción. Abre su carpeta negra, en la que están las fichas de cada uno de nosotros, y cada uno siente un sobresalto, temiendo que en la página por la que el Padre Director ha abierto esté su foto y su nombre, las cuadrículas en las que apunta, con caligrafía diminuta, las notas de cada uno de nuestros ejercicios, con la misma minuciosidad con que su Dios airado y omnisciente anotará en su memoria inmensa los más ínfimos pecados de cada miembro de la Humanidad hormigueante y pecadora. El Padre Director, la mano izquierda en el mentón y el codo en la mesa, tiene abierto el cuaderno delante de sí, pero no lo mira, o no parece reparar en él. Con los dedos de la mano derecha tamborilea en la superficie de la mesa, suavemente, quizás sólo con las uñas, raspando la madera pulida. O bien saca el bolígrafo y golpea la mesa con el resorte invertido, y cada vez el golpe se repite en otros menores, el resorte bajando y subiendo, como si el director comprobara la elasticidad o la resistencia del muelle, o como si calculara mentalmente la cadencia de los golpes. Sesenta segundos hay en cada minuto, sesenta minutos en cada hora eterna de la clase. *Imaginad que cada segundo de vuestra vida equivale a mil años y ni siquiera así podréis calcular la duración de la Eternidad.* En los primeros minutos no hay otro sonido en el aula. El Padre Director sonríe, deja el bolígrafo quieto sobre la mesa, y todos sabemos que la tregua está terminando, ya tensada la espera hasta el límite. Los dos codos sobre la mesa, las manos largas y juntas delante de la boca, formando el eje de simetría de su figura alta y recta, el Padre Director anuncia, sonriendo:

—Hoy vamos a cortar cabezas.

Hay un murmullo de alivio y otro de miedo revivido: cortar cabezas, en el lenguaje punitivo del Padre Director, quiere decir que sólo sacará a la tarima a los alumnos cuyos nombres estén al principio de cada hoja de su cuaderno. Pero nadie debe confiarse, porque puede que a mitad de la clase el Padre Director haga un gesto de cansancio, su cara pálida cruzada por una sonrisa seca como un rictus:

—Las cabezas estaban tan huecas que me he cansado de cortarlas. Desde ahora hasta el final de la clase cortaremos pies.

Y los que estaban viendo aproximarse el castigo seguro con la fatalidad de una sentencia porque sus nombres encabezaban las próximas páginas ahora sienten casi un desmayo de felicidad, y los que se creyeron impunes de pronto se ven arrojados a la inminencia del cadalso, la tarima a la que deberán subir cuando suenen sus nombres y la pizarra llena de números y fórmulas que borrarán con la resignación del que ya lo tiene todo perdido y sólo espera el escarnio, la bofetada, el golpe de los nudillos en la nuca, los dedos fríos que le retorcerán la oreja hasta que le parezca que le va a ser arrancada.

Nadie está a salvo: ni siquiera quien no ha sido llamado a la pizarra, quien inclina la cabeza sobre el cuaderno y garabatea un ejercicio o simplemente permanece inmóvil, queriendo contraerse hasta alcanzar la invisibilidad, como un molusco que aprieta sus valvas, como un insecto ilusoriamente protegido por su mimetismo del pisotón que va a aplastarlo. Entonces se acercan por la espalda, entre las filas de pupitres, los pasos del director, que viene desde el fondo del aula, y junto a sus pasos el roce de la sotana, y la premonición de un golpe súbito de los nudillos en la nuca es tan intensa que se eriza el pelo en la base del cuello y se contraen los músculos. Cada mañana de lunes, a las nueve, en el arranque tétrico de la semana, después de que la tarde del domingo se fuera anegando en tristeza según caía la noche, después del sueño y del despertar penitenciario, y del viaje al otro extremo de la ciudad, al descampado donde se alza el colegio, la clase de Matemáticas es una laboriosa iniciación en el miedo, en una variedad aguda y honda del miedo que es otra de las novedades de mi vida.

—¿Te han gustado los libros?

—Sí, padre.

—No me llames padre —sonríe el padre Peter, el Pater—. Estamos en vacaciones. Y además no llevo sotana.

Lleva pantalón negro, camisa gris de manga corta, alzacuellos. El padre Peter se peina con raya, y un flequillo desordenado le cae sobre la frente. Los cristales de las gafas se oscurecen cuando les da mucha claridad. En la pared hay un mapamundi en el que están señaladas con alfileres rojos las misiones salesianas en Sudamérica, en África y en Asia, y fotos en color de niños sonrientes, con rasgos orientales, indios, negros. Sobre la mesa, el Che Guevara sonríe mordiendo un puro en la portada de un libro.

—Otro gran revolucionario —dice el padre Peter, advirtiendo la dirección de mi mirada—. Un gran revolucionario y también un gran rebelde, que no son dos cosas iguales. Algún día te prestaré *El hombre rebelde*, de Albert Camus.

El padre Peter se echa hacia atrás en la silla, apoyando el respaldo en la pared. Justo sobre la vertical de su cabeza hay un crucifijo, y debajo de él una imagen en blanco y negro de María Auxiliadora, flanqueada por el retrato de San Juan Bosco y el de Santo Domingo Savio, con su cara triste, afeminada e infantil, de inocente que murió casi a la misma edad que tengo yo ahora sin cometer nunca el pecado solitario. Antes morir mil veces que pecar. Antes pecar mil veces que morir, dice Fulgencio el Réprobo, soltando una carcajada ronca de fumador y libertino.

—¿Las vacaciones? —el padre Peter hace preguntas muy breves, yendo al grano, dice él, como un reportero.

—En la huerta, con mi padre, casi todos los días —me encojo de hombros, sentado frente a él, al filo de la silla—. Y estudiando Inglés y Taquigrafía.

—¿Taquigrafía?

—Por si alguna vez pudiera hacerme reportero internacional.

—Enséñame las manos.

Por un momento enrojezco: como si el padre Peter buscara en mis manos las huellas del pecado. Le muestro las palmas, encima de la mesa, y él las mira, roza la parte endurecida con las yemas de los dedos.

—Manos trabajadoras —dice—. No hay nada más hermoso.

Yo las retiro, incómodo, me froto las palmas sudadas, entre las rodillas.

—Mírame. No hace falta que bajes la cabeza.

—No me había dado cuenta.

—Aunque la bajes yo puedo leer en tu cara...

Enrojezco de nuevo, y alzo la mirada hacia el padre Peter, pero no le puedo ver los ojos, porque ahora los cristales de las gafas se han oscurecido.

—... y sé que no has cumplido tu promesa.

—Claro que la he cumplido —miento de nuevo—. He leído los libros.

—Te pedí que me prometieras otra cosa.

—No me acuerdo.

—Que prestaras atención para escuchar la *Lla-*

mada —el padre Peter dice algunas palabras con mayúscula y en cursiva—. Vocación, ¿recuerdas? Del latín *Vocare*, llamar. Muchos son los llamados, y pocos los elegidos.

—¿Y por qué unos sí y otros no? ¿Dios tiene preferencias?

—Dios sabe lo que es mejor para cada uno, mejor que nosotros mismos.

—¿Dios sabe que es mejor que se muera uno en un accidente de tráfico, o que se quede paralítico, o que se harte de trabajar y sea pobre toda su vida?

—El Evangelio es una apuesta por los pobres...

—Pero aquí en el colegio tratan mejor a los hijos de los ricos.

Yo mismo me asombro de mi impertinencia. Digo lo que se me pasa por la cabeza, con un impulso vago de hostilidad, tan sólo por llevar la contraria, por la incomodidad de estar en este despacho y la impaciencia de irme, y de no saber cómo.

—¿Te hemos puesto a ti peores notas por no ser alumno de pago?

El padre Peter se pone de pie y por un momento temo que va a darme una bofetada y me pica la cara y el cogote, como cuando estoy cerca del Padre Director. Se asoma a la ventana, que da a los vastos patios casi desiertos en verano, donde sólo hay algún interno que juega aburridamente al baloncesto. En la claridad de la ventana los cristales de las gafas se oscurecen de nuevo. De pie junto a mí el padre Peter me pone una mano en el hombro.

—Ese inconformismo, esa ira que sientes —suspira— son impulsos nobles, que debes aprender a encauzar. Quieres algo, y lo quieres mucho, con todas tus fuerzas, y no sabes qué es. Buscas algo, y no sabes que es Dios quien te inspira esa búsqueda.

—¿Y si Dios no existe?

—Admitamos la hipótesis —el padre Peter se ha sentado de nuevo frente a mí, las manos enlazadas, los codos sobre la mesa, en una actitud alerta, echado hacia delante, como en una de las partidas de ping-pong o de futbolín a las que a veces desafía a sus alumnos—. ¿Cuál sería entonces el sentido del Universo?

—Pues a lo mejor ninguno.

—¿Y la posición del Hombre sobre la Tierra?

—Una especie, como cualquier otra, que se ha impuesto por selección natural.

—Ya entiendo —dice sombríamente el padre Peter, las manos juntas delante de la boca, como meditando, o rezando—. La lucha por la vida. La supervivencia del más fuerte. ¿Qué esperanza deja eso para los débiles, para los pobres o los enfermos? ¿Tendremos que adorar al Superhombre de Nietzsche?

Lo único que yo sé de Nietzsche es que parece que dijo que Dios había muerto, o que si Dios había muerto todo estaba permitido, y que se volvió loco y le hablaba a un caballo, y que murió de sífilis.

—O bien aceptar sin más las palabras del Calígula de Camus: que los hombres mueren y no son felices...

Mientras escucho al padre Peter me esfuerzo por

encontrar la conexión entre Calígula y Nietzsche, que tiene que ver con los caballos. ¿Se volvió loco también Calígula, por impío y por perseguidor de los cristianos, y acabó también hablándole a su caballo, o lo que hizo fue nombrarlo senador? ¿Era tan depravado que se acostó con su hermana? ¿O el que se acostó con su hermana y le pegó la sífilis era Nietzsche? ¿O la sífilis se adquiere de hacerse pajas sin descanso? El padre Peter se quita despacio las gafas: tiene los ojos muy claros, y los lacrimales enrojecidos. Demasiada sensibilidad a la luz. En algún momento muy primitivo de la evolución, hace miles de millones de años, algunos organismos empezaron a desarrollar células que percibían la luz dentro de unas ciertas longitudes de onda. Células que poco a poco se fueron organizando hasta adquirir la asombrosa complejidad de los ojos, no más simples ni menos sofisticados en una mosca o en un pulpo que en el ser humano. ¿Dios, el maestro relojero, también tuvo que hacerse oculista?

—Fe y Razón —dice el padre Peter—. Lees superficialmente el relato bíblico y te parece que son contradictorias. Darwin contra el Génesis: el Hombre creado en una mañana, en el sexto día, o el resultado de millones y millones de años de evolución, desde la ameba hasta esos seres que ahora mismo viajan por el espacio hacia la Luna.

Ha vuelto a ponerse las gafas y mira por la ventana, no hacia el patio, sino por encima de los tejados y de la torre vigía del colegio, como si buscara en el cielo un rastro de la nave Apolo.

—La vida empezó en el agua, según los científicos. Al cabo de muchos millones de años algunos de aquellos seres marítimos abandonaron torpemente el agua y empezaron a ocupar la tierra. Y ahora, quizás, estos mismos días, la vida emprende un salto mucho mayor, de la tierra al espacio. ¿Y no hay un porqué para ese esfuerzo inmenso, un motivo para esos saltos formidables, nada más que la lucha por la vida, que la supervivencia y la reproducción? El simio, para alcanzar la posición erecta, ¿no está apartando sus ojos de la superficie de la tierra, no lo hace por el deseo de mirar al cielo? El proceso de hominización es en el fondo el resultado de un anhelo de trascendencia. Te hablé del padre Teilhard de Chardin y quizás ha llegado el momento de que te acerques a su obra, mucho antes de lo que yo esperaba. La mente juvenil quema etapas que para el adulto equivalen a largos períodos de aprendizaje. Es natural, tú desconfías de tus superiores, de estos hombres con sotana que te obligamos a rezar de memoria y te decimos que si no crees que Dios creó el mundo en seis días y que la mujer procede de una costilla del hombre te vas a condenar...

—Eso dice el Padre Director. Que todo lo que dice la Biblia es dogma de fe.

—¿Y que Josué le mandó al Sol que se parara en el cielo y el Sol obedeció? ¿Y que un carro de fuego arrebató al profeta Elías?

—A lo mejor era una nave extraterrestre, como dicen que era la estrella de Belén.

—El mensaje bíblico no es fácil —el padre Peter tiene ahora una sonrisa de conmiseración hacia mí—. Mentes de primera categoría, desde los padres de la Iglesia, se han esforzado en comprenderlo durante diecinueve siglos. Sabios, historiadores, eruditos, expertos en lenguas orientales, en jeroglíficos, en escritura cuneiforme. ¿Y vamos nosotros a pensar que lo entendemos todo, en una simple lectura, como se entiende una noticia del periódico? El padre Teilhard de Chardin no fue un sacerdote cualquiera, un simple teólogo. Fue un científico, y uno de los grandes del siglo XX. Un paleontólogo de primera categoría, descubridor de fósiles como el *Homo pekinensis.* Pero para él la evolución no era un proceso ciego, guiado por la casualidad o por la ley terrible, la ley injusta de la supervivencia de los fuertes. La evolución tiene un sentido, un impulso ascensional, que está en toda la naturaleza, en la semilla y en el árbol que crecen desde el interior de la tierra, en el simio que alza sus manos y su cabeza de ella para mirar al horizonte, para caminar erguido. En el astronauta que rompe la fuerza de la gravedad levantado hacia el cielo por la fuerza inmensa del cohete Saturno. Detrás de la evolución está el diseño de Dios, que es a lo que los cristianos hemos llamado siempre la Providencia...

—¿Y si hay otros seres más inteligentes y más evolucionados que el hombre en planetas de otras galaxias?

—Daría lo mismo —dice el padre Peter, después de unos segundos de vacilación—. La acción salvadora de Cristo reviste dimensiones cósmicas.

—¿Y los dinosaurios?

—¿Qué pasa con los dinosaurios? —al padre Peter se le está acabando la paciencia.

—Se extinguieron hace sesenta y cinco millones de años, por culpa del impacto de un meteorito gigante sobre la Tierra.

—Es sólo una hipótesis, como sabes.

—Gracias a la extinción de los dinosaurios pudieron prosperar otras especies, como los primeros mamíferos...

—Seguimos en el terreno de la hipótesis —el padre Peter pone cara de intensa meditación, las manos juntas y rectas delante de la boca, como si rezara, las uñas a la altura de la nariz—. ¿Adónde quieres llegar?

—Si no desaparecen los dinosaurios no hay mamíferos que progresen en la Tierra —tomo aliento, nervioso, embriagado de mi propia temeridad, de mi palabrería—. Y si no hay mamíferos no hay simios, ni homínidos, y por lo tanto no hay seres humanos. ¿Fue Dios, o la Divina Providencia, quien envió aquel meteorito gigante a chocar contra la Tierra, para que se extinguieran los dinosaurios?

El padre Peter observa mi excitación, mi nerviosismo: adopta una expresión voluntaria de paciencia, una actitud entre de ironía y de afectuosa mansedumbre.

—Así que, según tú, no hay lugar para Dios en el orden del Universo. ¿Eres ateo?

—Soy agnóstico, padre —trago saliva al decir esa palabra, que aprendí no hace mucho de él.

El padre Peter mueve la cabeza pensativamente, mira la hoja en la que ha estado dibujando flechas, esquemas, diagramas, líneas que se entrecruzan. Se pone en pie y yo aprovecho para levantarme, suponiendo con alivio que da por terminada la entrevista. Se me acerca, ahora menos alto que yo, y me pasa una mano por el hombro, confidencial, sin rendirse, lleno de serena paciencia.

—Comprendo tus inquietudes —dice, en voz baja, y puedo oler su aliento cercano—. Sé que sigues buscando, y que el camino no es precisamente fácil. ¿Quieres que te confiese?

—No tengo tiempo —miento de nuevo, y me desprendo de él—. Tengo que irme al campo a ayudar a mi padre.

10

Vivo escondiéndome, refugiado en los libros, y en las noticias sobre el viaje del Apolo XI. Aguardo con impaciencia los boletines horarios de la radio y los telediarios en los que se ven imágenes borrosas de los astronautas flotando en el interior de la nave, moviéndose entre cables y paneles de control. Audaces y a la vez muy protegidos, abrigados en un interior translúcido como el que habitan dentro de sus capullos los gusanos de seda. Separados del espacio exterior por unos pocos milímetros de aluminio y de plástico, avanzando en un silencio absoluto y en una perfecta curva matemática en medio del vacío que separa la órbita de la Tierra de la de la Luna, lentos e ingrávidos y a la vez moviéndose a treinta mil kilómetros por hora, la nave girando cada cuatro minutos en una rotación que le permite no ser incendiada por los rayos solares, no sucumbir al frío antártico en el que cae instantáneamente el lado que se queda en la sombra. Cada cuatro minutos la Tierra aparece en una de las ventanas circulares, un globo azul, cada vez más lejano, con manchas pardas y verdosas y espirales blancas, un lugar solitario, tan frágil como una esfera de cristal transparente. Los libros que me gustan tratan de naves espaciales, de aerostatos que sobrevuelan las selvas y los desiertos de África, de buques submarinos, de viajeros que quieren descubrir el mundo y a la vez huir de la compañía de los seres humanos. Pero ahora las aventuras y las máquinas voladoras o submarinas de los libros de pronto son menos novelescas que las de la realidad, y yo aguardo las noticias de la radio o de la televisión con la misma impaciencia con que otras veces he vuelto a mi casa para reanudar la lectura de Julio Verne o de H. G. Wells. Me han alimentado la imaginación y el gusto apasionado por las novedades de la ciencia, y justo ahora, cuando la novela de la ciencia puedo seguirla cada día en las noticias, Verne y Wells pierden el resplandor de la anticipación y se vuelven tan anacrónicos de un día para otro como las ropas que visten los personajes en las ilustraciones de sus libros.

JULIO VERNE, PROFETA DE LA AVENTURA ESPACIAL, dice un artículo de L. Quesada en *Singladura*, el periódico de nuestra provincia. *Llegó a anticipar con pocos kilómetros de equivocación hasta el lugar en la península de La Florida desde donde se produciría el despegue*, escribe el reportero Quesada, que en realidad no es periodista, sino dependiente en los almacenes de tejidos El Sistema Métrico, donde mi madre y mi abuela compran siempre las telas, incluidos los retales blancos para los atroces calzoncillos de los que se burlan mis compañeros en clase de Gimnasia. Pero los astronautas de Verne viajan a la Luna en una bala hueca de cañón, y llevan consigo una pareja de perros y una jaula con gallos de corral. La nave de los viajeros de Wells es una esfera de cristal, protegida por un sistema absurdo de persianas o cortinillas que han sido untadas con una sustancia llamada cavorita, por el nombre de su descubridor, el científico Cavor. La cavorita es un compuesto en el que interviene de algún modo el helio, y vuelve inmune a la fuerza de la gravedad cualquier objeto que haya sido pintado con ella. En la Luna de Wells hay depósitos de aire congelado en el fondo de los cráteres, y cuando les da el sol se vuelven líquidos y luego acaban formando una densa capa de niebla que permite la respiración y dura en su estado gaseoso hasta que la noche lunar cae de nuevo y el aire vuelve a convertirse en hielo. Bajo la superficie de esta Luna fantástica hay un mundo sofocante de túneles en el que habitan criaturas disciplinadas y maléficas como colonias de termitas. La Luna de Verne es menos improbable, y los viajeros no llegan a poner el pie en ella: pero desde los ojos de buey de la bala hueca en la que han llegado a situarse en la órbita lunar ven de pronto, en la cara oscura del satélite, al fondo de la negrura y de la lejanía, ciudades y bosques, ruinas inmensas, lagos sulfúricos. Hace unos meses, en diciembre, los astronautas del Apolo VIII dieron catorce vueltas a la Luna, y no vieron ruinas, ni cráteres borrosos por la niebla, ni canales de regadío como los que dicen que pueden verse en la superficie de Marte. Veía en la televisión las imágenes tan cercanas, las oquedades, las llanuras grises, las sombras tan exactamente recortadas sobre un paisaje sin la difuminación del aire, y me parecía que yo iba en ese módulo, a tan pocos kilómetros de distancia, y que mis ojos, como los de los astronautas, podían distinguir lo que nunca hasta entonces vieron unos ojos humanos. Mi cara muy cerca del cristal, y yo temerario y a salvo, como si hubiera navegado por el fondo del mar en el submarino del capitán Nemo. Una noche de insomnio, en la radio, escuché a un locutor de voz grave y severa que contaba que la NASA conservaba bajo el máximo secreto imágenes misteriosas tomadas por las cámaras de televisión del Apolo VIII: un cráter de extraña forma triangular, una silueta en el horizonte que se parecía extraordinariamente a algún tipo de torre de control. Los astronautas habían visto y fotografiado una pirámide luminosa, pero el gobierno americano había destruido las fotos, y les había exigido silencio a los tres testigos de aquella visión que según el locutor contradecía todos los dogmas de la ciencia oficial.

Cada libro es la última cámara sucesiva, la más segura y honda, en el interior de mi refugio. Un libro es una madriguera para no ser visto y una isla desierta en la que encontrarse a salvo y también un vehículo de huida. Leo novelas, pero también manuales de Astronomía, o de Zoología o de Botánica que encuentro en la biblioteca pública. El viaje de Darwin en el Beagle o el de Burton y Speke en busca de las fuentes del Nilo me han llegado a emocionar más que las aventuras de los héroes de Verne, con muchos de los cuales vivo en una fantástica fraternidad más excitante y consoladora que mi trato con los compañeros del colegio. He deseado ser el Hombre Invisible de Wells y el Viajero en el Tiempo que encuentra a la mujer de su vida en un porvenir de dentro de veinte mil años y regresa de él trayendo como prueba una rosa amarilla, y se encuentra tan exiliado en el presente que muy poco después huye de nuevo hacia el futuro en su Máquina del Tiempo tan precaria como una bicicleta. Pero esas medidas temporales de la imaginación no son nada comparadas con las de la Paleontología, con los mil millones de años que han transcurrido desde que surgieron los primeros seres vivos en los océanos de la Tierra. Quién puede conformarse con la seca y pobre textura de la realidad inmediata, de las obligaciones y sus mezquinas recompensas, con la explicación teológica, sombría y punitiva del mundo que ofrecen los curas en el colegio o con la expectativa del trabajo en la tierra al que mis mayores han sacrificado sus vidas y en el que esperan que yo también me deje sepultar.

Empiezo a leer y ya estoy sumergiéndome, y no escucho las voces que me llaman, ni los pasos que suben por las escaleras buscándome, ni las campanadas del reloj del comedor al que mi abuelo le da cuerda todas las noches, ni los relinchos de los mulos en la cuadra o los cacareos de las gallinas al fondo del corral. Vuelo silenciosamente sobre el corazón de África como los pasajeros de *Cinco semanas en globo*, desciendo con el profesor Otto Lidenbrock por las grutas y los laberintos que llevan al centro de la Tierra, siguiendo los mensajes cifrados y las huellas que dejó un explorador del siglo XVI, el alquimista islandés Arne Saknussemm. En algún momento de la noche del próximo domingo descenderé con los astronautas Armstrong y Aldrin en el módulo lunar Águila que se posará con sus patas articuladas de arácnido sobre el polvo blanco o gris del Mar de la Tranquilidad. Dice un científico que quizás el polvo sea demasiado tenue como para sostener el peso del vehículo y de los astronautas: tal vez ese polvo que ha permanecido inalterable durante varios miles de millones de años tiene una consistencia tan débil como la del plumón de los vilanos y el vehículo Águila se hundirá en él sin dejar rastro, porque es posible, dicen, que la superficie de la roca esté a quince o veinte metros de profundidad. Me acuerdo de un cuento que he leído muchas veces, una historia futurista que trata del primer viaje a la Luna, que según el autor sucedería dentro de siete años, en 1976. Muchas veces las historias que leo en los libros de ciencia ficción suceden en un futuro que era remoto y fantástico para los autores que las escribían y que ahora ya es pasado o pertenece al inmediato porvenir. En 1976 unos astronautas llegan por primera vez a la Luna y empiezan a explorarla. Uno de ellos se aleja de los otros, en dirección a una gruta o a un cráter que parece estar muy cerca, pero lo debilitan el cansancio, la fuerza del sol en la escafandra, el mareo de la falta de gravedad, y siente que va a perder el conocimiento. Entonces observa algo, a la vez trivial e imposible, la doble huella paralela de unas ruedas sobre el polvo lunar. De modo que ha habido otros viajeros, que tal vez los soviéticos se han adelantado. El astronauta, a punto de desmayarse sobre las huellas de las ruedas, mira hacia la gruta que hay delante de él, y ve en ella una luz como no ha visto nunca, una luz delicada, amarillenta, prodigiosa, que nadie ha podido ver en la Tierra, y que sin embargo a él le trae un recuerdo poderoso, la seguridad de no estar viéndola por primera vez. Siente que se ahoga, que no le llega el aire por los tubos de la respiración, que va a morirse, y antes de perder el conocimiento sigue viendo esa luz ante él. Despierta, muy enfermo, en la nave que viaja de regreso a la Tierra, y siente que no puede decir nada a sus compañeros de esas huellas como de unas ruedas de hierro y de la luz en la gruta. Retirado, tras una larga convalecencia, ajeno ya a los demás seres humanos, incapaz de reanudar los lazos que le unían a ellos después de la experiencia singular de haber pisado la Luna y de casi haber muerto sobre el polvo liso y gris donde había unas huellas imposibles, emprende un viaje solitario por Europa. En Londres, por azar, vuelve a entrar en un museo que había visitado en su juventud, la National Gallery. Y allí, de pronto, delante de un cuadro, sabe dónde había visto por primera vez la luz milagrosa que lo deslumbró en una gruta de la Luna, la luz que no está en ninguna otra parte, que nadie ha podido ver ni recordar, nadie más que él y que el pintor de ese cuadro, que es *La Virgen de las rocas*, de Leonardo da Vinci.

Los libros que más me gustan tratan de gente que se esconde y de gente que huye, y en ellos abundan las máquinas confortables y herméticas que permiten alejarse del mundo conocido y a la vez preservar un espacio tan íntimo como el de una habitación a salvo de perseguidores o invasores. Lo que yo sé, lo que soy, las sensaciones que descubro en los sueños, las que encuentro en los libros y en las películas, son un secreto tan incomunicable como esa luz que vio el astronauta al delirar de fiebre sobre la Luna y al ingresar en una sala de la National Gallery. Para ser quien imagino que soy o aquel en quien quisiera convertirme tengo que huir y tengo que esconderme. Me escondo en mi habitación del último piso y en la caseta del retrete o en el cobijo de las sábanas, donde disfruto de mis dos placeres más secretos, mis dos vicios solitarios, el onanismo y la lectura. Los dos me dejan igual de enajenado, y muchas veces se alimentan entre sí. En el canto de algunos de mis libros hay una línea más oscura que indica el pasaje por donde los he abierto con más frecuencia, el que me ha deparado el punto exacto de estimulación. Escenas eróticas casi nunca explícitas, con un pormenor o dos que las vuelven irresistibles, y que me llevan infaliblemente a la crecida del deseo, a su control cuidadoso, a la prolongación de un éxtasis que parece siempre el anticipo de una dulce ebriedad y se disuelve enseguida en disgusto y vergüenza. En una novela una prostituta egipcia se acerca a un hombre en la penumbra de un templo y le muestra sus muslos y sus pechos desnudos, y cuando él se acerca a tocarla ella rompe a reír y huye, y él la persigue por corredores iluminados con antorchas. En otra, un soldado, durante la guerra, en Londres, el día anterior de salir para una misión de la que no volverá vivo, visita a una mujer que empieza a desnudarse delante de él y le da la espalda para desabrocharse el sujetador. Cuando la mujer se vuelve con el pelo rojo suelto sobre los hombros pecosos y los pechos desnudos y la sombra rojiza del vello púbico entre los muslos apretados es como si yo estuviera en esa habitación y hubiera oído chasquear el broche del sujetador y los muelles de la cama y como si reviviera uno de esos sueños que me visitan puntualmente cada noche, un poco antes del amanecer y me hacen despertarme en un estado de opresiva melancolía y desarmada ternura, enamorado de fantasmas carnales que no se corresponden con ninguna presencia femenina y real, con ninguna de esas muchachas deseables a las que miro de lejos y con las que nunca he hablado.

Me enamoro de actrices de películas, de personajes de novelas, de desconocidas a las que veo por la calle, a las que sigo en un trance impune de deseo y de invisibilidad, porque no advierten mi presencia o no imaginan lo que hay en mi pensamiento. Me he enamorado de la dependienta de una papelería que tiene siempre en el escaparate novelas de Julio Verne y de H. G. Wells, y de Monica Vitti en cada una de las películas en las que he podido verla y en los carteles que las anuncian a las puertas del cine. Me he enamorado de Julie Christie en *Doctor Zhivago* y de Fay Wray cuando tiembla de miedo medio desnuda y agitando las piernas en la palma de la mano de King Kong, y de cada una de las extranjeras jóvenes, de pelo liso y falda muy corta, con una cámara de fotos al hombro, a las que a veces veo, con una punzada de pura emoción sexual, paseando exóticas y perdidas por los callejones de nuestro barrio, consultando una guía turística. Me enamoré este invierno, una noche de domingo, en el gallinero del Ideal Cinema, de una actriz rubia a la que no había visto nunca hasta entonces, Faye Dunaway, rubia y diáfana, delgada, como la gitana que da de mamar cada tarde a su bebé en las Casillas de Cotrina, con un punto asiático en el perfil y en las sienes, en la boca entreabierta, en los ojos rasgados.

Eran las vísperas de las vacaciones de Navidad y del viaje del Apolo VIII, la primera nave espacial que iba a romper del todo el imán de la gravedad terrestre y a situarse en órbita alrededor de la Luna. Al día siguiente, como todos los lunes, había clase de Matemáticas. El Padre Director haría rebotar sobre la mesa el resorte de su bolígrafo invertido, complaciéndose en la expectación aterrada, en el silencio del aula, antes de abrir su cuaderno de tapas negras y decidir si iba a cortar pies o a cortar cabezas. El lunes proyectaba anticipadamente su sombra carcelaria sobre la tarde fría y breve del domingo, en la que había un clamor de campanas de iglesias y un olor a humo de madera fresca de olivo, el olor de las tardes invernales de Mágina. Por la mañana yo había estado trabajando con mi padre en la huerta, ayudándole a recoger y a lavar la hortaliza que él vendería al día siguiente en el mercado. Sin darme mucha cuenta yo me había ido alejando de mis amigos de la escuela y de mis compañeros de juegos infantiles en la calle. Apenas conocía a nadie, en el colegio nuevo, y vivía embargado por una turbia sensación de soledad que se me abría como un abismo en esas tardes de domingo, en la casa grande y helada donde oscurecía demasiado pronto y donde mi familia permanecía apiñada junto al fuego de la cocina o en torno a la mesa camilla del comedor, al calor del brasero.

El periódico estaba lleno de anuncios de pisos con calefacción central y agua caliente, con ascensor de bajada y subida, con zonas ajardinadas y piscinas. Para que nosotros nos laváramos con agua caliente teníamos que poner una olla en el fuego, y que verterla luego en la palangana, mezclada con agua fría, para que nos durase más. Me lavé como pude, me peiné delante del trozo de espejo colgado de un clavo en la pared de la cocina, examinando con recelo el avance de los granos, el de los pelos del bigote que aún no me había empezado a afeitar. Me puse el traje formal de los domingos, me peiné con la raya al lado, y no con flequillo recto, como había hecho hasta el verano anterior, que fue también el último en que llevé pantalones cortos. Mi madre y mi abuela me pasaron revista, como ellas decían, me corrigieron la raya del pelo, la posición de la corbata, me alisaron las cejas con saliva. Mi madre me dio la moneda de veinticinco pesetas de mi paga del domingo, que yo ahorraba casi completa, para comprar algunos de los libros que estaban expuestos en los escaparates de las papelerías.

No les mentí cuando les dije que iba a ir a misa. En esa época —tan remota, y hace sólo unos pocos meses— aún iba a misa todos los domingos, consciente de que si faltaba estaría cometiendo un pecado mortal. Pero esa tarde sentía una mezcla rara de vergüenza de mí mismo y discordia hacia el mundo, de encono contra el Dios omnipotente y contra sus representantes en la Tierra, los curas pálidos y crueles a cuya autoridad me vería sometido de nuevo en cuanto llegara la mañana siniestra del lunes. Estaba el padre Peter, desde luego, que no pegaba nunca ni amenazaba con el fuego eterno y literal de la condenación. Pero él asistía con perfecta indiferencia a los castigos que aplicaban los otros, o miraba hacia otra parte, o hacía como que no se enteraba, siempre cordial y dinámico, ausente de pronto, ensimismado en una benévola contemplación, dócil ante el Padre Director, riéndole las gracias.

Sonaba el último toque de campanas cuando llegué a la plaza de Santa María, delante de la fachada de la iglesia. Me parecía estar viendo por primera vez a la gente que entraba, con la que yo me había mezclado tantas veces, y que ahora me despertaba una mezcla de hostilidad ideológica y desagrado físico: beatas viejas, vestidas de negro, con velos sobre las cabezas; matrimonios burgueses, igualados por un embotamiento idéntico, hombres con bigotillo fino y con gafas oscuras, mujeres de papada gruesa y de ceño irritado; parejas de novios jóvenes que ya parecían marcados por los estigmas de la conformidad y de la vejez, por largas vidas futuras de aburrimiento mutuo y crianza de hijos y repetición de actos tan desganados como el de acudir a misa cada domingo por la tarde, para escuchar al párroco ultramontano que predicaría desde el púlpito contra las minifaldas y el libertinaje, contra la inmoralidad de las costumbres y la desvergüenza del cine. El tedio dominical y católico de Mágina se me volvía irrespirable: me veía a mí mismo avanzando en medio de esa gente camino de la iglesia, con mi corazón endurecido, con mi dosis secreta y vulgar de pecados que recibirían una absolución de trámite, la farsa apresurada de una confesión en el oído de un extraño y de dos o tres oraciones repetidas de memoria. Me veía en la cola de los que iban a recibir la comunión, las cabezas bajas, las ropas oscuras, las miradas de soslayo, la hostia adherida en el cielo de la boca, deshaciéndose en la saliva, porque si uno la mordía estaba cometiendo un pecado mortal. El pan y el vino convertidos en la carne y en la sangre de Cristo, no metafóricamente, sino de una manera tangible: así que o estaba uno participando en una pantomima o en un acto de canibalismo, quizás un residuo de los cultos primitivos en los que se ofrecían a los dioses sacrificios humanos.

Me excitaba la audacia de mis propias ideas: me hacía sentirme un librepensador, como Voltaire o Giovanni Papini, de quien hasta el padre Peter dice que es una lectura peligrosa, un alma valiente, pero equivocada. ¿Me fulminaría el Dios omnipresente, vengativo y colérico de los relatos de los curas con una enfermedad atroz y vergonzosa, con una súbita desgracia, la noticia de la muerte de mi padre cuando volviera a casa, por ejemplo, el descubrimiento de un cáncer en la médula espinal, causado a medias por el hábito de las pajas y por los pensamientos impíos? Oía cantar a un coro de beatas dentro de la iglesia:

Perdona a tu pueblo, Señor,
perdona a tu pueblo, perdónale, Señor.
No estés eternamente enojado...

¿Por qué ese enojo eterno, por qué la necesidad colectiva y cobarde de humillarse pidiendo perdón? ¿Siempre era Dios inocente y siempre eran culpables los seres humanos, cada uno de ellos y desde el nacimiento, manchados por el pecado original? Miré a un lado y a otro, por miedo a que me viera alguien conocido, me di la vuelta y decidí que nunca más iría a misa a no ser que me obligaran.

Tenía una tarde entera por delante y una moneda intacta de cinco duros en el bolsillo del pantalón. Por la plaza de los Caídos, donde está la estatua del ángel que sostiene en brazos al héroe falangista que ha recibido un tiro en la frente, subí a la calle Real. Parejas de novios y matrimonios lentos tomados del brazo empezaban en ella el paseo reglamentario que llevaba a la plaza del General Orduña y luego a la calle Nueva y terminaba en la explanada del hospital de Santiago, donde daban la vuelta para repetir cansinamente el mismo itinerario. En la calle Real estaba la barbería de Pepe Morillo, donde mi padre me llevaba a cortarme el pelo cuando era pequeño, y un poco más arriba la fachada magnífica del Ideal Cinema, ocupada en las épocas de grandes estrenos por efigies de cartón recortado de los protagonistas de las películas: Charlton Heston vestido de Moisés en *Los diez mandamientos* y de Rodrigo Díaz de Vivar en *El Cid* ; Alan Ladd con las piernas muy separadas y un revólver en cada mano en *Raíces profundas*; Clint Eastwood cabalgando con un poncho viejo y mordiendo un cigarro en *La muerte tenía un precio*. El verano anterior la fachada del Ideal Cinema había amanecido un día cubierta por una lona en la que había pintado un paisaje polar, con icebergs, acantilados de hielo, osos blancos, pingüinos: era el anuncio de la novedad prodigiosa del aire acondicionado, que mantendría fresco el interior de la sala incluso en las noches más tórridas, mucho más agradable que la brisa caliente en los cines al aire libre.

Esa tarde, alta y recortada contra el edificio gris del Ideal Cinema, había una figura femenina que desafiaba con su ademán temerario y el resplandor de su belleza toda la triste resignación del final del domingo, la rutina de los paseos, la beatería mansa de los feligreses que entraban a las iglesias o salían de ellas, la conformidad de los matrimonios y de las parejas de novios que se congregaban junto a los mostradores de las pastelerías para comprar paquetitos de dulces. Rubia, exótica, con un traje de chaqueta entallado, con tacones altos, con una boina ladeada, con los ojos entornados y un cigarrillo entre los labios muy rojos, con una metralleta entre las manos, Bonnie Parker recortada de un fotograma en tecnicolor y cubriendo iluminada por reflectores la fachada del Ideal Cinema.

Perdona a tu pueblo, Señor, perdona a tu pueblo. Quizás Dios no me perdonaría si en lugar de asistir a la misa del domingo entraba al cine para ver *Bonnie & Clyde*, que además sólo estaba autorizada para mayores de dieciocho años. Pero yo iba peinado con raya, tenía algo de bigote, llevaba puesto el traje de los domingos, marrón oscuro, con corbata, el traje que mi madre me había mandado hacer como una mortificación más del tránsito hacia la vida adulta. Alguien que pasara por la calle podría descubrirme en la cola del cine: alguien de mi familia, algún conocido de mis padres, o peor aún, un cura del colegio que hubiera salido a pasear por la ciudad aprovechando la tarde libre del domingo. Faltar a misa sin justificación un domingo es un pecado contra el tercer mandamiento, *Santificarás las fiestas*, un pecado mortal tan grave como cualquier otro, y si uno se muere sin haberlo confesado irá derecho al Infierno. Los mandamientos de la Santa Madre Iglesia son tan inapelables como los artículos del Código Penal. Pero ya no había remedio, y yo estaba a punto de incurrir en otro pecado mortal, a no ser que el taquillero se me quedara mirando desde el otro lado de su estrecha ventanilla oval y se negara a venderme una entrada, señalando el letrero bien visible bajo el cartel de la película. Pero había mucha gente en la cola, sobre todo soldados rústicos y turbulentos del cuartel de Infantería, y la sesión estaba a punto de comenzar, así que el taquillero ni siquiera levantó los ojos cuando le pedí una de las entradas más baratas, las del graderío de tablones pelados que está en lo más alto del cine y llaman el gallinero.

Respiraba voluptuosamente el olor a terciopelo viejo y a ambientador barato. Los dorados, los cortinajes granate, los corredores poco iluminados del Ideal Cinema, me traían a la imaginación el interior del Nautilus. En esta misma penumbra yo había visto otra tarde de domingo y de invierno *Veinte mil leguas de viaje submarino*. El verde esmeralda y el azul profundo de los mares falsos del cine me habían emocionado tanto como el azul oceánico de los mapamundis, en los que yo había aprendido a situar la longitud y la latitud de los itinerarios del capitán Nemo, la posición exacta en el Pacífico Sur de la isla de Lincoln, donde habían tenido su paraíso durante veinte años los náufragos de *La isla misteriosa*, y que sería vano buscar ahora en los mapas, porque la había desintegrado la erupción de un volcán.

El capitán Nemo se había quedado solo en el Nautilus, esperando la muerte, sepultado de antemano en la tumba suntuosa de su navío submarino. Cuando las luces del cine se apagaban uno se disponía a una forma de inmersión aún más poderosa que la de la lectura. Tanta gente mirando la pantalla en la oscuridad, y cada uno a solas, cada uno atrapado y sumergido en su versión privada de un sueño común. Pero también en el cine, como en la lectura, se insinuaba la presencia misteriosa y crudamente sexual del deseo. Tantas veces me había excitado, clandestino y solo entre las siluetas oscuras de los otros, mirando las caras, las piernas largas, los escotes de las actrices, vislumbrando por un instante un pecho desnudo que no había acertado a cortar la censura, una figura desnuda de mujer al otro lado de una cortina translúcida al fondo de un bosque iluminado a contraluz. Se veían a veces sombras, parejas abrazadas, enredadas en una especie de contorsión a medias clandestina, en jadeos sofocados. Decía Fulgencio el Réprobo que al Ideal Cinema sólo los tontos iban a ver la película: que había putillas jóvenes que se acercaban a los soldados en cuanto se apagaban las luces, y se dejaban magrear y hacían cualquier cosa por unas monedas.

Pero empezó la película y ya no vi ni escuché nada que no sucediera en la pantalla, y no me importó condenarme al Infierno ni suspender el curso ni verme arrojado por amor a una carrera suicida de asesinatos, atracos de bancos y huidas delirantes por carreteras secundarias en las que siempre estaría a punto de sucumbir a una emboscada. Me enamoré de Faye Dunaway como no me había enamorado de nadie hasta entonces, con el amor carnal, fascinado y adánico que había sentido hacia mi tía Lola cuando era pequeño y con la excitación que me deparaban las gitanas de pechos blancos, pelo revuelto y muslos desnudos a las que veía cada tarde de verano en sus chabolas del arrabal. Me enamoré de Faye Dunaway más que de la rubia Sigrid, la amada nórdica del capitán Trueno, y más todavía que de Monica Vitti con su boca grande y sus ojos rasgados y que de Julie Christie entregándose con devoción serena y presentimientos de infortunio al amor ilegítimo de Yuri Zhivago, perdiéndolo para siempre en el cataclismo de la revolución bolchevique. Faye Dunaway con su hermoso nombre exótico que yo no sabía pronunciar, con su melena corta y recta a los lados de los pómulos, tan delgada, tan joven, deseable y desnuda bajo un vestido de verano estampado, con los hombros huesudos y los labios muy carnales, con un mechón de pelo muy liso cruzándole la frente, la mirada letárgica bajo las pestañas muy largas y los párpados maquillados, el humo de un cigarrillo surgiendo entre los dientes, por la boca entreabierta, ofrecida, con una mueca fácil de desdén o de crueldad, con un gesto de ternura ebria cercano al abandono o al desvanecimiento. Faye Dunaway encarnando la vida breve y la pasión verdadera y el sacrificio de Bonnie Parker, aliada en la huida, la rebeldía, la persecución y la muerte de Clyde Barrow, como los amantes que morían muy jóvenes en las leyendas antiguas: más guapa que nunca cuando estaba a punto de morir, retorciéndose y tambaleándose mordida por las balas como en un baile largo, demorado, demente, en el silencio y la ingravidez de un éxtasis supremo, flotando antes de derrumbarse para siempre en el engaño visual de la cámara lenta.

Después de salir del cine volvía hacia mi casa por los callejones como un viudo trágico, con mi traje de adulto y mi corbata oscura, seguido por mi sombra que proyectaban las bombillas de las esquinas y por el eco de mis pasos sobre el empedrado, habitado por el amor imposible y la belleza luminosa y carnal de Faye Dunaway, dispuesto a disimular y a mentir, a contar que había ido a misa, a entregarme a un porvenir de atracos a bancos y aventuras sexuales con mujeres rubias y perdidas, a encerrarme cuanto antes en la caseta del retrete.

11

Bajo las ramas del granado, en el espacio umbrío donde está la alberca en la que lavamos la hortaliza y la fruta a la caída de la tarde, mi padre y yo desayunamos con la primera luz de la mañana, cuando el sol aún no ha remontado los cerros del este y corre una brisa fresca y casi húmeda que levanta un rumor suave en las hojas de los árboles y trae consigo los olores limpios y precisos de la vegetación, de la tierra y del agua: el olor de las ovas en la alberca, el de las hojas ásperas y la savia picante de las higueras, el de las hojas tiernas y empinadas en el fresco del día de las matas de tomates, un olor tan intenso que se queda en las manos cuando las apartan delicadamente para no romperlas mientras tantean en busca de los tomates que ya están rojos, y que es preciso recoger a esta hora tan temprana del día, porque si se hace un poco más tarde el calor ya los habrá reblandecido y se aplastarán fácilmente. Es la hora de regar la tierra, para que el agua no se evapore demasiado pronto, y también la de cortar delicadamente los pimientos y las berenjenas en sus matas, y la de tantear con cuidado los higos a ver si ya están maduros, aunque puede saberse sin tocarlos, me explica mi padre, tan sólo por su color más oscuro y por el olor dulce que despiden, y por el modo en que su peso hace que se doblen en las ramas, en vez de permanecer tiesos sobre ellas, como cuando todavía están verdes. Hay que explorar las matas de pepinos, y que buscar entre las hojas enormes el verde oscuro y la curva lisa de las sandías, el amarillo o el verde de lomo de lagarto de los melones: el fruto es muy pesado, y el tallo que lo une a la mata muy frágil, de modo que hay que actuar con mucho cuidado, para no arrancar un melón o una sandía que no estén en sazón y serán desperdiciados. El verano es la estación de los frutos más opulentos y dulces, pero no basta haber cuidado las plantas a lo largo del año, haber escogido las mejores semillas, podado los árboles, labrado y estercolado la tierra: también hace falta una delicadeza última a la hora de la cosecha, una aproximación cautelosa que empieza por la mirada atenta y el olfato, por la observación de matices de color y síntomas de gravidez que sólo el ojo adiestrado percibe y que la mano secunda con una diestra sutileza, con una determinación que tiene algo de caricia. Hay que espantar a los pájaros, tan certeros en calibrar la sazón exacta de las frutas que les gustan, y hay que mantener a raya a los diminutos parásitos, a los grillos y a las curianas que anidan en el espesor fresco de las matas de tomates y se alimentan de ellos, a los escarabajos de caparazón rayado que ponen sus huevos en el envés de las hojas de las berenjenas y las patatas y pueden comérselas enteras con su mordedura ínfima y tenaz. A los gorriones les gustan las cerezas y vuelan en bandadas a picotearlas en cuanto empiezan a estar rojas y dulces, pero no prestan atención a los albaricoques, cuya pulpa naranja atrae tanto a hormigas y avispas. Cuando yo era más pequeño mi padre me mandaba a patrullar bajo las higueras, los cerezos y los ciruelos agitando un cencerro enorme de vaca para asustar a los pájaros, o me hacía recorrer las hileras de patatas, de berenjenas y pimientos buscando los escarabajos y echándolos a un cubo mediado de agua que llevaba conmigo. Cuando había muchos en el cubo, lo volcaba sobre una zona dura y seca de tierra y los espachurraba a pisotones, y empezaba de nuevo.

Los frutos del verano son un sistema solar de cuerpos esféricos de diversos tamaños que mi padre y yo recogemos a la hora más fresca del día, cuando el mundo parece intacto y como recién creado, a salvo todavía del agobio del sol, recién salido de los procesos nutritivos de la noche. Cuando veía de pequeño las ilustraciones de los planetas girando en sus órbitas alrededor del Sol me imaginaba que cada uno era una fruta, según su tamaño: Mercurio una cereza, Venus una ciruela, la Tierra un melocotón, Marte un tomate, Júpiter una sandía, Saturno un melón amarillo y redondo, Urano una manzana, Neptuno un albaricoque, Plutón un guisante remoto, todos flotando armoniosamente en el vacío, girando como los carricoches voladores en las atracciones de la feria.

Mi padre no ha ido hoy al mercado a vender aunque es viernes, porque es la fiesta nacional, el 18 de julio. Me ha despertado cuando aún era de noche, cuando nadie estaba despierto todavía en la casa, ni siquiera mi madre. Yo me había dormido muy tarde, escuchando en la radio la última crónica del corresponsal desde Cabo Kennedy, y al principio me tambaleaba de sueño y se me cerraban los ojos. Hemos salido a la plaza de San Lorenzo y el cielo empezaba a volverse azul oscuro sobre las copas de los álamos, donde aún no piaban los pájaros. Todavía estaban encendidas las bombillas de las esquinas y se filtraba un hilo de luz amarilla entre los postigos de la habitación en la que agoniza Baltasar. Mi padre baja por las calles empinadas hacia el camino de las huertas montado en el mulo, y yo, medio dormido, le sigo sobre la burra de mi abuelo, que también se queja de soportar mi peso liviano, como un sirviente marrullero y gandul. La luna en cuarto creciente palidece en el cielo del valle, donde aún es visible Venus.

—La estrella de la mañana —dice mi padre, con el ánimo despejado y jovial que le produce el madrugón, la cabalgata demorada hacia el campo.

—No es una estrella, sino un planeta.

—¿Y cuál es la diferencia?

—Que una estrella tiene luz propia, y un planeta refleja la del Sol, igual que la Tierra.

—¿Y en ese planeta hay gente, igual que aquí, y madrugan, y van al campo, y comen, y hacen de todo, como nosotros?

—El cielo está siempre cubierto de nubes y hace muchísimo calor, más de cuatrocientos grados, y la atmósfera está llena de gases venenosos —leo tan fervorosamente las enciclopedias de Astronomía de la biblioteca pública que los datos más peregrinos se me adhieren sin ningún esfuerzo a la memoria—. Si hay alguna forma de vida no se parecerá nada a las de la Tierra.

—Pues si vive alguien seguro que quiere venirse aquí, a disfrutar de este fresquito.

Mi padre arrea al mulo hasta imponerle un trote ligero, que la burra quejumbrosa no secunda. Hemos dejado atrás las últimas casas de Mágina y tenemos delante de nosotros la extensión verde de las huertas que cubren la ladera y más allá, en la llanura, los olivares ondulándose hacia el río y la sierra. Este paraíso tan propicio a la vida no existiría con sólo que la Tierra estuviera un poco más cerca o un poco más lejos del Sol: los olivos, las higueras, los granados, la hierba tierna y jugosa en las acequias, el resplandor de oro de los trigales por donde ya avanzan lentas cuadrillas de segadores encorvados manejando las hoces, los pinares y encinares que oscurecen las estribaciones azuladas y violetas de Sierra Mágina. Éstos son los azules que ven los astronautas desde el espacio: quizás ahora mismo distinguen el perfil pardo y despejado de la Península Ibérica, tan remoto para ellos y tan poblado de vida invisible como una gota de agua lo es para mí. Desde el espacio, a esa distancia, no se puede saber que la Tierra es un planeta habitado, hirviente de una infinidad de formas orgánicas. ¿Dios creó una por una todas las especies de insectos, de hierbas, de gusanos y caracoles y grillos y pájaros, todos los frutos de la tierra, con el único fin de alimentar al hombre? ¿Utilizó sus matemáticas sagradas para determinar la distancia exacta entre la Tierra y el Sol a fin de que los océanos no se evaporasen, pero cuidando también de que el planeta no estuviera tan lejos que el frío excesivo hiciera imposible la vida? Los dos dedos índices del padre Peter se juntan verticales y huesudos delante de su cara, y él se olfatea las uñas de manera casi imperceptible: ¿Explica el azar todas esas circunstancias excepcionales en el Sistema Solar, la distancia justa hacia el Sol, la composición de la atmósfera, incluso la velocidad de la rotación y la traslación y la ligera pero decisiva inclinación del eje de nuestro planeta, gracias a las cuales se suceden armoniosamente el día y la noche y las estaciones?

Quién sabe lo que habrá debajo de las nubes densas de ácido sulfúrico de Venus, donde un día dura doscientos cuarenta y tres días terrestres y la temperatura llega a ser tan alta como para fundir el plomo. *En 1985, y probablemente mucho antes, en 1980*, ha predicho Wernher von Braun, *habrá vuelos tripulados a Marte, y antes de fin de siglo se llegará a Venus*. Pero también he leído una historia que se desarrolla en 1990 y en la que la Tierra se ha vuelto tan inhabitable como Venus por culpa de las emisiones de dióxido de carbono que han envenenado irreparablemente la atmósfera y han hecho que suban tanto las temperaturas que los hielos polares se han fundido y el mar se ha tragado las ciudades costeras. Piratas submarinos saquean las cámaras acorazadas de los bancos de Nueva York buscando cargamentos de oro y una raza de mutantes anfibios coloniza los túneles sumergidos del metro. Cómo seré yo, si estoy vivo, en 1980, en 1985, en ese fin de siglo del año 2000, que no parece una fecha posible de la realidad, sino una encrucijada en el tiempo tan fantástica como las colonizaciones planetarias y como los diversos porvenires de apocalipsis nucleares o desastres naturales propiciados por la ceguera humana que abundan en las historias de ciencia ficción, y también en las noticias de actualidad: cuando vuelvan a la Tierra los astronautas del Apolo XI tendrán que vestir trajes y escafandras especiales y pasarán tres semanas en cuarentena para evitar el peligro de que hayan traído de la Luna gérmenes desconocidos que siembren epidemias exterminadoras contra las que el organismo humano no tenga defensas. Cómo será tener cuarenta y cuatro años, tres más de los que tiene mi padre ahora mismo, mi padre a quien el pelo ya se le ha vuelto blanco y le resalta por contraste la juventud de su cara ancha y enérgica, el color moreno de su piel. De pronto el futuro resplandeciente de las predicciones científicas se me vuelve sombrío cuando pienso que en el año 2000 mi padre será un hombre de setenta y dos, y mi madre cumplirá setenta, y mis abuelos probablemente estarán muertos.

Con la ayuda de una navaja mi padre corta en pedazos pequeños una loncha de tocino sobre un gran trozo de pan. Desayuna de pie, ensimismado y tranquilo, examinando con deleite de propietario la parte de la huerta que sus ojos abarcan desde aquí, el paisaje familiar que la rodea, las huertas de los vecinos, el ancho camino de tierra que sube hacia la ciudad, la casilla blanca y los cobertizos, las terrazas llanas, cruzadas por canteros rectos y acequias, donde verdean las hojas de las hortalizas, las líneas de higueras, granados y frutales, que dan sombra a las veredas y que separan entre sí las zonas de cultivo. Ésta es su isla del tesoro y su isla misteriosa, y en ella se siente como Robinson Crusoe cuando ya había colonizado la suya, y si tuviera que abandonarla se pasaría el resto de la vida añorándola. Su padre y su abuelo labraron esta misma tierra, pero nunca llegaron a poseerla, trabajando siempre como aparceros de otros que les esquilmaban la mitad de los frutos de su esfuerzo y los trataban como a siervos. Él ha podido comprarla, ahorrando desde que era muy joven, renunciando a tener una casa propia, llenándose de deudas cuyos plazos rondan siempre sobre él y algunas noches le quitan el sueño. Son cuatro cuerdas, apenas dos hectáreas según las medidas oficiales que constan en el registro, pero la huerta está bien orientada, el agua que fluye del venero en la alberca es sana y abundante y la tierra muy fértil. Cada día al atardecer el mulo y la burra suben al mercado cargados con sacos y grandes cestas de mimbre rebosantes de hortalizas y frutas, sobre todo ahora, en los meses de verano, cuando la tierra no se cansa nunca de producir suculentas maravillas, que a la mañana siguiente se apilan en un orden magnífico sobre el mármol del mostrador de mi padre, en un esplendor planetario de tomates rojos y macizos, rotundas berenjenas moradas, sandías como bolas del mundo, ciruelas de luminosidad translúcida, melocotones con una pelusa de mejillas fragantes, cerezas de un rojo dramático de sangre, higos perfumados, pimientos rojos y verdes y guindillas de un amarillo muy intenso, patatas grandes y de formas rocosas como meteoritos, rábanos que salen de la tierra con una maraña de finas raíces embarradas y al lavarse bajo el chorro frío de la alberca revelan un rosa casi púrpura, cebollas con cabelleras de medusa. Según vaya terminando el verano llegarán las uvas y las granadas, que al partirse revelan en su interior una lumbre de granos jugosos tan roja como los fuegos centrales de la Tierra, que son de hierro y de níquel fundidos, hirviendo a seis mil grados de temperatura.

En la primera luz y en el aire fresco y perfumado de la mañana de julio mi padre desayuna en pie pan con tocino y mira en torno suyo la tierra que le pertenece, la que ha cuidado, labrado, limpiado de malas hierbas, sembrado en cada momento justo, abonado con el mejor estiércol y roturado según una geometría inmemorial de acequias, caballones y surcos, nivelándola para que el agua del riego avance sobre ella a la velocidad precisa, de modo que no se desborde pero que tampoco se quede inmóvil y empozada: es una tierra en la que no hay nada de ilimitado o de agreste, en la que todo está calculado con arreglo a una larga experiencia y a la medida de fuerzas humanas casi siempre solitarias o de grupos muy reducidos de trabajadores diestros en un cierto número de saberes que requieren sobre todo celo y constancia. Con una caña y un carrete de hilo bramante mi padre sabe trazar, sobre la tierra recién labrada y tan mullida que los pies se hunden en ella, las líneas rectas, los ángulos, las paralelas de los surcos, igual que lo haría hace quinientos años un campesino morisco o hace cuatro mil un agrimensor egipcio. Ahora mira de soslayo a su hijo, que desayuna una torta de manteca espolvoreada con azúcar sentado en un muro bajo de piedra a la sombra del granado y parece encontrarse muy lejos de aquí, aturdido de sueño por la insana costumbre de quedarse hasta muy tarde leyendo, perdido en cualquiera sabe qué cavilaciones sobre la atmósfera de Venus o sobre los astronautas que dentro de dos días llegarán a la Luna: su hijo, que lee demasiado y no sabe manejarse con las herramientas ni con los animales, que se duerme tardísimo y se levantaría más tarde aún si lo dejaran, que se pierde por las habitaciones altas de la casa o por los parajes más recónditos de la huerta y no contesta cuando se le llama, y cuando vuelve no parece enterarse bien de lo que se le dice. Hoy, al menos, me ha hecho levantarme a una hora saludable y va a tenerme todo el día con él en la huerta, enseñándome a hacer las cosas que me gustaban tanto cuando era pequeño, a distinguir los frutos maduros de los que no lo están, a coger un tomate sin dañar las ramas largas y frágiles de la mata, a trabajar a su lado, aprendiendo habilidades tangibles que algún día me serán útiles en la vida, endureciéndome las manos que de pronto son mucho más torpes y menos sensitivas que las suyas, poniéndome moreno, de una manera honrada, con el sol del trabajo, no como esa gente holgazana y parásita que se tumba al sol y se unta de cremas en las playas, mientras otros siegan y trillan para que ellos se encuentren el pan blanco con el desayuno o trabajan doblados sobre la tierra para recoger los frutos con los que ellos se deleitarán. A mi padre le parece que la gente adulta y vigorosa que se lanza en coche a las carreteras en estos días de la fiesta del 18 de julio para tostarse en las playas o en las orillas de los pantanos o los ríos es de una baja categoría moral, de modo que no es extraño que se maten en las carreteras o que se ahoguen por un corte de digestión.

—Ya verás esta noche en las noticias, cuántos se habrán matado en el coche, cuántos ahogados habrá.

El verano cosmopolita y risueño del que habla la televisión, el de los anuncios a todo color de cremas solares y apartamentos junto a la playa, con zonas ajardinadas y piscinas, que vienen en las revistas de mi tía Lola, no existe para mi padre, o no le merece ningún crédito. En el telediario de ayer por la noche un locutor anunció triunfalmente, entre las noticias de inauguraciones y signos de progreso que robustecían la celebración del XXXIII aniversario del Alzamiento, que de la fábrica SEAT había salido el automóvil un millón y que acababa de llegar al aeropuerto la turista diez millones, una chica de Pennsylvania de minifalda tentadora y pelo largo y liso a la que le fueron impuestas una montera de torero y una capa española. (Me enamoré de ella instantáneamente, de su pelo lacio caído a los lados de la cara y su sonrisa extranjera, y habría querido rescatarla con bravura novelesca de aquel séquito de tunos y dignatarios franquistas con gafas oscuras y bigotes de cepillo que la tenía secuestrada.) Pero mi padre, más allá de su huerta y de su puesto en el mercado, ve el verano como una extensión tórrida de secanos con atascos de tráfico y chatarra de accidentes en las cunetas, con ríos y pantanos traicioneros en cuyas orillas se arraciman paletos en calzoncillos que no saben nadar, se hieren los pies con los guijarros y los cristales de botellas y mueren por una insolación o porque se tiran al agua después de hincharse de paellas aceitosas y sangría.

—El dieciocho de julio —dice, pensativo y sarcástico—. El Glorioso Alzamiento.

—¿Tú te acuerdas de aquel día?

—Como si fuera ayer, aunque era más chico que tú ahora.

—Tenías ocho años.

—¿También sabes eso?

—Como habías nacido en mil novecientos veintiocho...

—A mí las cuentas del mercado se me dan muy bien, pero las de los años no me salen nunca.

Terminamos de desayunar, y mi padre se frota las palmas ásperas de las manos y guarda la navaja. Hay que ponerse a trabajar, todavía con la fresca. Con una canasta de mimbre al hombro cada uno bajamos por la vereda hasta los canteros de tomates. Si hay un millón de coches en España —y eso de una sola marca—, ¿cuántos habrá en todo el mundo, escupiendo en la atmósfera dióxido de carbono, dentro de veinte años? Nubes oscuras cubren perpetuamente el cielo de ciudades cruzadas por puentes de autopistas que unen entre sí los rascacielos y la gente circula por las calles con mascarillas de gas que dan a las multitudes un aire aterrador de colonias de insectos.

—Pon cuidado, hombre, que no te fijas.

Mi padre corta hojas de higuera y me enseña a superponerlas en capas que cubren el fondo de la canasta, para que los tomates no se dañen al contacto con las varas entrelazadas de mimbre. El olor de las hojas es la fragancia de las mañanas de verano, igual que el de los dondiegos o galanes perfuma las noches.

—Era sábado, y hacía mucho calor en casa —dice mi padre, mientras tantea delicadamente una mata, descubriendo bajo su espesura un gran tomate rojo que yo no habría sabido ver—. Pero mi madre no me dejaba que saliera a jugar a la calle. Yo no entendía por qué. Miraba por la ventana y no veía nada.

Entonces vi a un vecino que bajaba corriendo, gritando algo, con una camisa blanca. Estaba muy cerca, en la otra acera, junto a la esquina. Era muy raro ver a alguien corriendo a la hora de la siesta, con el calor que hacía. Tropezó y se cayó al suelo, y parecía que había sonado un cohete, como los de la feria. Yo entonces no había oído nunca tiros. El vecino estaba de rodillas, apoyándose en la esquina, y tenía toda la camisa llena de sangre. La mancha de la sangre se hacía grande muy rápido en la camisa blanca. Estuvo dos días allí, con la boca abierta, con todo el calor, hinchándose como un burro muerto.

—¿Y sabes por qué lo mataron?

—Cualquiera sabe —mi padre ha terminado de llenar su cesta y la cubre con hojas de higuera, irguiéndose luego, para descansar la espalda y los riñones, las manos en la cintura—. Fue el primer muerto que vi en mi vida. Después los veía en las cunetas, cuando iba al campo con mi padre. A casi todos se les habían salido las alpargatas o los zapatos, y tenían los ojos llenos de moscas. Ahí mismo, en ese camino, delante de la huerta, vimos a algunos, tirados en el terraplén. Mi padre me decía que no mirara, y que me tapara la nariz.

Quiero imaginar a mi padre, de la mano del suyo, mi abuelo paterno, un anciano vigoroso y callado, con el pelo muy blanco, en quien yo no sé ver al hombre joven que fue, al que bajaba con su hijo por estos mismos caminos, en un verano casi idéntico de hace treinta y tres años, los caminos con muertos rígidos e hinchados en las cunetas, con moscas en los ojos, sin alpargatas, sin zapatos, quizás con un pie descalzo y con otro cubierto a medias por un calcetín, tirados sobre la tierra áspera de julio, sobre la maleza seca. Pero ahora comprendo que mi padre no hablaría tanto si no estuviera a solas conmigo.

—A mi padre se lo llevaron a la guerra y yo me quedé solo con mi abuelo en la huerta, un viejo y un niño solos para sacar adelante el trabajo y mantener a la familia.

—¿No ibas a la escuela?

—Me gustaba mucho, pero ese año ya no pude ir, ni el otro, ni el otro. Ya no volví nunca.

—¿Ni cuando terminó la guerra?

—Si no había ni para comer, con qué iban a comprarme los cuadernos y los lápices. Y ya era muy grande además, me parecía que me había hecho un hombre, y estaba orgulloso de ganar un jornal. Me habría dado vergüenza ir a la escuela. Me gustaba ir a galope por estos caminos, montado a pelo en una yegua blanca que tenía mi padre...

—¿No hubieras querido estudiar algo?

—¿Cómo iba a querer una cosa que era imposible?

—De pequeño, cuando ibas a la escuela, ¿no te imaginabas que de mayor harías una carrera?

—Las carreras sólo eran para los señoritos. Pero tenía un maestro que me quería mucho, y me decía que si me empeñaba podría estudiar.

—¿Para médico, o para abogado?

—Para ingeniero agrónomo. Eso era lo que mi maestro quería que yo estudiara. Luego a él lo mataron los nacionales cuando ganaron la guerra. Qué les habría hecho el pobre hombre a los muy malnacidos.

El sol ya está alto, y nos quema en el cuello y en las espaldas dobladas, pero mi padre y yo hemos terminado de recoger los frutos más frágiles, que se dañarían si el calor los reblandeciera: los tomates, las ciruelas, los higos. Los riñones me duelen cuando me incorporo, y la cuerda de esparto con que cargo a la espalda una canasta llena me lacera el hombro. En la penumbra de la casilla, que sirve sobre todo de almacén y de refugio contra el calor, y en invierno contra el frío y la lluvia, mi padre, sentado en una silla vieja, examina algunos de los mejores tomates, que serán los que guarde para conservar sus semillas. Parte uno por la mitad con su navaja y me muestra la carne maciza y rosada que tiene al contraluz un brillo suculento.

—Fíjate: no hay nada de hueco, todo carne jugosa. Por eso les pusieron ese nombre que tienen.

—¿Cómo les llaman?

—*Carne de doncella.*

Con la punta de la navaja mi padre extrae las semillas diminutas, y las va dejando sobre una hoja de papel de periódico. «Cada pepita tiene dentro una mata entera», murmura, pensando en voz alta, «qué misterio más grande». En el interior de cada pepita está contenida la forma de cada una de las miles de hojas y de las largas ramas quebradizas y sinuosas y de cada uno de los tomates que brotarán primero como pequeñas bolas verde claro entre los sépalos que dejen las flores al marchitarse e irán creciendo poco a poco y volviéndose rosados gracias al efecto del sol, adquiriendo esa carne que es a la vez un depósito de agua y un almacén para las nuevas semillas, algunas de las cuales, las que intuye mejores, mi padre seca al sol y luego guarda en una bolsa de tela como las monedas de un tesoro que volverán a fructificar el año que viene, en el futuro previsible y tranquilizador que es idéntico al pasado. Y luego nos comemos cada uno en dos bocados su mitad del tomate, tan fresco todavía, tan oloroso a savia, y nos limpiamos con la mano el jugo que nos rebosa de la boca.

Hace años, cuando yo tenía siete u ocho, mi padre me llevó con él una noche al cine de verano. Es raro ese recuerdo, porque mi padre y yo raramente estábamos solos fuera de la huerta, y porque con quien yo iba al cine era con mi madre y con mis abuelos, y también muy lejanamente con mi tía Lola, antes de que su novio empezara a llevársela de nuestro lado. A mi padre ir al cine en familia no debía de apetecerle mucho, y además, como madrugaba siempre tanto, solía ya estar dormido cuando empezaba la primera sesión, a la caída del anochecer, a las nueve. A mi madre, a mis abuelos y a mí nos gustaba tanto el cine, y estaba tan cerca de casa, en los jardines de la Cava, que nos íbamos casi todas las noches, y algunas veces no nos saciaba una sola función y nos quedábamos a la segunda, para ver otra vez la misma película, sobre todo las noches calurosas, cuando era una delicia disfrutar la brisa que se levantaba hacia medianoche, viniendo de los pinares y las huertas que había al otro lado de los muros blancos del cine. Sobre nuestras cabezas se prolonga el chorro de luz que venía de las ventanillas horizontales de la sala de proyección y cubría de imágenes el rectángulo inmenso de la pantalla. Miraba uno hacia arriba y veía una niebla de millones de puntos luminosos, un polvo estelar en el que misteriosamente viajaban las figuras, los paisajes, las caras y las voces de la película. Pero lo que daba vértigo era que por encima, muy lejos, mucho más arriba, brillaban con una tenue intermitencia las constelaciones que cuajaban el cielo azul muy oscuro, cruzado por una larga nube inmóvil que parecía un jirón remoto de niebla, hecho de una materia más sutil que el polvo que flotaba en la luz cónica del proyector. Si uno lograba contar sin equivocarse todas las estrellas que había en el cielo en una noche de verano Dios lo castigaba con la muerte inmediata. Y esa nube larga y misteriosa que no se movía nunca era el Camino de Santiago, y Dios lo había puesto en el cielo para guiar por la noche a los peregrinos que caminaban hacia el Finisterre en busca de la tumba y del santuario del Apóstol. Había estrellas que cruzaban a toda velocidad y se extinguían tan rápidamente como habían aparecido. Otros puntos de luz se movían con mayor regularidad y no desaparecían tan rápido: incluso parpadeaban rítmicamente, a veces con una claridad rojiza, y eran aviones que volaban de noche, quizás camino de América, adonde llegarían dentro de muchas horas. También podían ser satélites artificiales, o naves que navegaban por el espacio, sin que nadie las pilotara, o llevando dentro a un perro o a un mono que respiraban en el interior de una escafandra de cristal o habían sido amaestrados para manejar los mandos, según contaban con incredulidad los mayores, que lo habían escuchado en la radio.

El suelo del cine de verano era de una grava muy fina de la que se levantaba polvo bajo las pisadas, y las sillas plegables eran de hierro. Bajo la pantalla, y a lo largo de los muros encalados, había arbustos de boj y de galanes de noche. El sonido de la gravilla bajo los pasos apresurados de quien no quería llegar tarde, el olor del polvo, el aroma de los galanes de noche, el crujido de las sillas metálicas, la música de moda que sonaba en los altavoces cuando aún estaban encendidas las luces, el picor en el paladar de las gaseosas muy frías, recién compradas en el ambigú, eran una parte tan sustancial de la felicidad de ir al cine como la misma película, como los colores vibrantes sobre la pantalla, recortada contra un fondo de cielo oscuro de verano y palmeras, cuyo rumor cuando el viento las estremecía llegaba a confundirse con el de la tormenta imaginaria en tecnicolor que estaba haciendo naufragar a un velero contra los arrecifes de una isla.

Pero esta noche de mi recuerdo yo había ido al cine sólo con mi padre y la película era antigua y en blanco y negro, *Los hermanos Marx en el Oeste.*

—Ya verás cómo te va a gustar —dijo mi padre, apretándome la mano, para que caminara más aprisa, porque acabábamos de entrar en el cine y ya se habían apagado las luces y sonaba la música del noticiario—. Yo la vi de chico, durante la guerra.

—¿En la guerra la gente también iba al cine?

Al principio no me enteraba de mucho ni entendía por qué mi padre se reía tanto, como no solía hacerlo cuando estaba en casa. La risa hacía que se le pusieran los ojos brillantes. A mí me alarmaban aquellos personajes apresurados y estrambóticos, que estaban siempre huyendo de algo o corriendo hacia algo que yo no sabía lo que era, el charlatán del bigote negro pintado de un brochazo en la cara, el pequeño del sombrero cónico y la expresión de pillo, y sobre todo el otro, el mudo de los ojos fanáticos y la peluca rubia y la carcajada silenciosa, que sacaba toda clase de objetos de los bolsillos sin fondo de su gabardina desastrada y corría como un mono detrás de las mujeres.

Casi todas las noches me llevaban al cine, pero yo veía las películas como yuxtaposiciones de imágenes poderosas y aisladas o como secuencias discontinuas, que me hechizaban más porque no tenían trazas de similitud con el mundo real y porque mi imaginación no podía organizarlas en historias. Una película era sobre todo una sostenida alucinación que seguía actuando a la salida del cine, primero en el recuerdo y luego en los sueños. Era el eco enorme de las voces amplificadas en la noche de verano, el enigma del chorro moteado de luz que flotaba sobre mi cabeza y se convertía en imágenes planas y desmesuradas en la pantalla, sin explicación posible; era el mareo de mirar hacia arriba y ver en la negrura cóncava las puntas innumerables de alfiler que nadie habría sido capaz de contar nunca y quizás la Luna ancha y pánfila que parecía mirar hacia nosotros como una cara redonda asomada al brocal de un pozo.

Pero ahora yo miraba la película con la misma atención que mi padre, y había empezado a reírme tan sonoramente como él, como el público entero del cine que aplaudía y silbaba a nuestro alrededor, coreando las órdenes dementes del hombre de las gafas de broma, el bigote pintado y el puro entre los dientes:

—¡Más madera! ¡Esto es la guerra!

Por algún motivo que yo no llegaba a entender el hombre del bigote, el del gorrito redondo y el mudo de la peluca rizada iban en un tren a toda velocidad, pero la locomotora se estaba quedando sin combustible. Y entonces empezaban a desguazar las puertas, a arrancar los asientos, a destruir con una felicidad demente todo lo que encontraban para quemarlo en la caldera, y cuanto más rápido iba el tren y estaba más en peligro de descarrilar, con más ahínco aquellos tres lunáticos destrozaban a hachazos los vagones y se iban quedando sin una plataforma que los sustentara, entregados triunfalmente a un desastre cuya consigna repetían como un grito de batalla el hombre del bigote y el público entusiasta y ruidoso:

—¡Más madera!

Cuando volvíamos a casa, a la salida del cine, yo revivía con voz aguda y excitada la escena del tren, y mi padre imitaba el vozarrón engolado de Groucho Marx en la película, quizás recordando a través de mí al niño que él había sido y que la había disfrutado tanto treinta años atrás, en un verano de la guerra, cuando su padre estaba en el frente y él había empezado a madrugar y a trabajar como un hombre. Durante mucho tiempo nos acordamos él y yo de aquella noche singular en la que habíamos estado solos en el cine, y cuando nos contábamos de nuevo el uno al otro los pormenores de la aventura del tren destrozado a hachazos, el grito de *más madera* tenía algo de contraseña secreta entre nosotros.

12

Justo ahora mismo, a las seis y veintidós de la tarde, cuando mi tía Lola acaba de golpear el llamador en la puerta de nuestra casa, ha estallado una llamarada roja sobre la cara oculta de la Luna. La manera de llamar de mi tía Lola no se parece a ninguna otra: es rápida, decidida, ligera, casi burlona, golpes rápidos de la aldaba que tienen algo de mensaje telegráfico. Cuando yo era pequeño su cercanía me daba siempre una secreta felicidad que era intensamente erótica. El propulsor principal de la nave Columbia se ha encendido para situarla en una órbita elíptica. Los astronautas se asoman a una oscuridad que jamás han intentado traspasar unos ojos humanos, y durante los próximos cuarenta y ocho minutos permanecerán aislados de toda comunicación con la Tierra, navegando por esa región de sombra a la que no llegan las señales de radio. Dormía con mi tía Lola en las noches heladas de invierno y me apretaba contra ella para cobijarme de la oscuridad y del frío, y a mi tía le daba una risa que se me contagiaba y los dos escondíamos las cabezas bajo las mantas pesadas y la piel de borrego para que nadie nos escuchara. Dentro de menos de veinticuatro horas el módulo lunar Eagle se separará del módulo de mando Columbia, desplegará sus patas articuladas y encenderá sus motores para emprender un descenso de cien kilómetros hacia un punto situado en el Mar de la Tranquilidad. Sólo dos de los tres astronautas culminarán esa parte del viaje. El tercero, Michael Collins, permanecerá solo en el módulo de mando, desde la tarde del domingo hasta la del lunes, dando vueltas alrededor de la Luna, casi treinta horas en ese tiempo insomne sin noches ni días que mide el reloj en el panel de mandos. Solo y atento, en guardia, mirando la negrura exterior sobre el horizonte gris del satélite, en el que verá aparecer la esfera distante y azulada de la Tierra, dividida por un cerco de sombra.

Recorto informaciones, titulares y fotografías del periódico y las voy pegando en las hojas anchas y recias de un cuaderno de dibujo. *Los vuelos espaciales son el mayor exponente de la nueva era en la que ha entrado la Humanidad y han sido posibles gracias a los computadores electrónicos*. Atesoro recortes, datos y palabras, refugiado en mi habitación, en lo más alto de la casa, como si viviera en un faro o en un observatorio astronómico, yo solo, igual que el astronauta Collins mientras sus dos compañeros caminan sobre la Luna. Palabras traídas del griego y del latín que nombran hechos de la ciencia y tienen resonancias de mitología. Aposelenio, periselenio. El punto más alejado de la órbita elíptica se llama aposelenio, y sitúa a la nave Columbia a 314 kilómetros de la superficie de la Luna: periselenio es el punto más cercano, a 112 kilómetros. *¿No llegará un día en el que esas máquinas superrevolucionadas se rebelen contra los amos que las construyeron y que ya no podrán seguir controlándolas?*

A las 22:44, esta noche, el propulsor se encenderá automáticamente de nuevo para que la nave adopte una órbita circular, a cien kilómetros de altura. «Las matemáticas explican el Universo», dice el Padre Director, «hacen visibles para la limitada razón humana las leyes eternas y sutiles que trazó Dios en la Creación». El espacio negro por el que viaja el Apolo XI es un vacío tan perfecto como el de la pizarra en la que el Padre Director dibuja círculos y elipses y garabatea fórmulas con un trozo de tiza. La sustancia blanca de la tiza está hecha con las conchas pulverizadas de unos moluscos diminutos que se extinguieron hace doscientos millones de años, tan innumerables que forman los acantilados blancos de la costa sur de Inglaterra. Nada es simple, nada es lo que parece a primera vista, y cualquier fragmento mínimo de la realidad contiene tales posibilidades de conocimiento y de misterio que da vértigo asomarse a ellas. Millones de ángeles cabrían en la punta de un alfiler, y todos los ceros que pueden dibujarse en la pizarra de la clase detrás de un solo uno no bastan para expresar la duración de la cienmillonésima parte de la Eternidad. Hacia cualquier lado que mires te asalta un mareo de cifras imposibles. ¿Qué mortandades, qué extinciones masivas de espermatozoides provoco yo mismo cada vez que me hago una paja, despilfarrando así los dones del plan divino establecido en el Génesis, *Creced y multiplicaos*? Millones de moluscos tuvieron que morir para que existiera el cabo de tiza con el que el Padre Director escribe una ecuación aterradora en la pizarra: el polvo de sus conchas fósiles se queda flotando en el aire cuando el Padre Director se limpia las manos o da una palmada para llamar nuestra atención o formular una nueva amenaza, la fecha de un examen cercano. ¿Y si hay miles, millones de otros mundos habitados por seres inteligentes, a una distancia tan inmensa que jamás podremos tener noticias de ninguno de ellos, por mucho que hablen los periódicos de avistamientos de naves extraterrestres? Aparte del Sol, la estrella más cercana a la Tierra es Alfa Centauro, y está a más de cuatro años luz, billones de veces más lejos que la Luna. *Posiblemente, el problema que más está en la calle se refiere a la posibilidad de que estos hombres de otros planetas tuvieran también pecado original*, escribe en *Singladura* el periodista L. Quesada, al que la gente llama Lorencito, y que cada día llena páginas y páginas de información sobre el viaje a la Luna, aparte de intervenir en un programa semanal sobre Ufología y misterios del espacio que yo procuro escuchar cada viernes por la noche en Radio Mágina. Anoche terminó la emisión recitando un poema sobre el Apolo XI que al parecer le había llegado de manera anónima, aunque él insinuó con tono de misterio que por el estilo y por el matasellos se podría asegurar que su autor era alguno de los poetas que escriben en nuestra ciudad, tan abundante en ellos, y no de los peores:

El hombre por el Cosmos se aventura,
supera con su espíritu el espanto
de tanta inmensidad jamás hollada...

—Pobre Lorencito —dice mi tía Lola, que es cliente suya en El Sistema Métrico—. El viaje a la Luna va a acabar con él. Está muy pálido, dice que no duerme, y se equivoca midiendo las telas y haciendo las cuentas de las cosas. Esta mañana le entró un mareo cuando estaba atendiéndome y tuvo que sentarse, y le trajeron un vaso de agua. El pobre sudaba, pero no de calor, sino de escalofríos. Como que después de pasarse el día entero de pie atendiendo al público se va corriendo a su casa a escribir para el periódico, y a veces se pasa la noche entera escribiendo y escuchando las últimas noticias en la radio, y antes del amanecer ya está en la Telefónica haciendo cola para dictar sus artículos. Y eso que no le pagan, pero a él le da lo mismo.

—Será que es tonto.

—O que tiene mucha vocación.

—¿Y ése qué sabe de la Luna y de los astronautas, si se ha pasado la vida cortando telas y rezando rosarios?

—Ha estudiado por correspondencia —dice mi tía Lola, con mucha convicción—. Tiene un diploma de periodista, y otro de astrólogo.

—¿De astrólogo o de astrónomo?
—A tanto no llego yo, hijo mío.

Mi tía Lola tiene los labios pintados de rojo, la risa fácil, los dientes luminosos, las encías frescas y rosadas, los ojos grandes subrayados por el rímel de las pestañas. Se casó con un hombre que ha ganado mucho dinero, pero desde que era muy joven y desde que yo tengo memoria la he recordado siempre así: como una flor lujosa en nuestra casa sombría de trabajo y austeridad, a salvo del desgaste de las tareas domésticas y de la resignación obstinada con que mi madre y mi abuela sobrellevan sus vidas. Desde muy joven se pintaba las uñas y los labios y se pasaba las horas delante del espejo, o escuchando las canciones de la radio, sin hacer mucho caso de las órdenes de mi abuela ni dejarse doblegar por sus castigos. Sus tacones repican jubilosamente por las escaleras y los portales de la casa, al mismo tiempo que se expande por ella el aroma de su colonia y el sonido de las pulseras que agita al mover las manos mientras habla. Mi tía Lola trae consigo el resplandor del dinero y el de la vida a todo color que se ve en los anuncios de las revistas satinadas que hay siempre en su casa, y que ella deja en la nuestra cuando ya las ha leído: anuncios de cosas que nosotros no tenemos y que nos parecerían puramente fantásticas si no las hubiéramos visto en casa de mi tía Lola y en la tienda de electrodomésticos de su marido: televisores de pantalla enorme y abombada, frigoríficos, lavadoras, lavavajillas de un blanco refulgente que se corresponde con la sonrisa de las mujeres casi siempre rubias que posan junto a ellos, estufas de gas, calentadores de agua, aspiradoras, planchas de vapor, máquinas de afeitar eléctricas, relojes de pulsera sumergibles a los que no hace falta darles cuerda. USTED PUEDE LLEVAR AHORA EL RELOJ OMEGA QUE LOS ASTRONAUTAS UTILIZARÁN EN EL VIAJE A LA LUNA. En las revistas que nos trae mi tía Lola y de las que yo recorto las fotos en color de los reportajes sobre el proyecto Apolo mujeres tan jóvenes y tan bien vestidas como ella, sin el menor rastro de desgaste del trabajo físico, toman el sol vestidas con bañadores incitantes a la orilla del mar o junto al azul del cloro de las piscinas y sostienen en la mano, con una sonrisa de invitación que no deja de tentarme, frascos de cristal con perfumes de nombres en francés y recipientes de plástico con etiquetas de productos que yo no sé para qué sirven y no he visto nunca en la realidad, a no ser cuando he curioseado en el armario de su cuarto de baño: cremas bronceadoras, depilatorias, anticelulíticas, champús para cabellos teñidos, mascarillas faciales. Ni siquiera en los anuncios de la televisión los electrodomésticos, los coches y las mujeres que los anuncian resplandecen tanto, al ser en blanco y negro. En las revistas de mi tía los frigoríficos de los anuncios están abiertos y llenos de alimentos casi tan exóticos como las cremas de belleza: yogures de todos los colores, botellas grandes de Coca-Cola y de Fanta de naranja y limón, frutas mucho más redondas y perfectas que las que nosotros criamos en nuestra huerta, piñas tropicales, leche embotellada, bloques de mantequilla en envoltorios relucientes, cajas de queso en porciones que tienen dibujada en la tapa la cabeza de una vaca risueña.

Desde antes de que mi tía Lola entrara en casa y me llamara yo ya he sabido que venía, tan sólo por su manera enérgica de golpear el llamador, con un poco de guasa, antes de empujar la puerta entornada de la calle. Me llama asomándose al hueco de las escaleras y yo dejo mi cuaderno, las tijeras y el puñado de recortes y bajo enseguida a darle un beso y a respirar el júbilo de su presencia. Mi hermana también ha sabido que venía y entra corriendo de la calle, dejando el corro sonoro de sus amigas, con las que jugaba a la comba. Mi tía Lola siempre trae novedades y regalos: hoy, un puñado de revistas y de periódicos recientes para mí, una cinta del pelo para mi hermana, y también una pequeña nevera portátil llena de helado que ella misma ha hecho en un aparato eléctrico recién llegado a la tienda de su marido. En el corral, a la caída de la tarde, bajo la parra llena de racimos todavía verdes y sonora de avispas y de pájaros, mi madre y mi abuela dejan su labor de costura para deleitarse con los helados de chocolate y café y leche merengada que mi tía saca de su nevera portátil como de una chistera de prodigios y con las historias y las novedades que ha traído. Mi tía corta una porción de helado, haciendo sonar sus pulseras, le pone a los lados dos galletas finas y cuadradas y nos la va pasando, chupando la parte derretida que le chorrea por los dedos. Mi hermana lame el suyo, probándose con la mano que le queda libre la cinta para el pelo, y yo devoro a bocados el mío, su triple capa de chocolate, leche merengada y café, mientras empiezo a hojear los periódicos de los últimos días, sus primeras páginas ocupadas por grandes titulares. ¿QUÉ LES ESPERA A LOS ASTRONAUTAS CUANDO SALGAN DE LA CÁPSULA? INQUIETUD UNIVERSAL. ALDRIN PREGUNTA A SU DIRECTOR ESPIRITUAL QUÉ ACTITUD DEBE ADOPTAR AL PISAR LA LUNA.

—El último adelanto —dice mi tía Lola—. Se bate el helado, dándole a un botón, se pone en el molde, se guarda en el congelador del frigorífico y a la media hora ya puedes comértelo, y es mucho más sano y más sabroso que los de las heladerías.

—Pero es que nosotros no tenemos frigorífico —dice melancólicamente mi hermana.

—Ni falta que nos hace —dice mi abuela—. Para qué lo queremos teniendo un pozo tan fresco.

—Pues porque no queréis. Carlos viene con la furgoneta, lo instala en un rato y se lo pagáis en tantos plazos que ni os daríais cuenta.

—¿Y qué hacemos con los plazos de la cocina de butano y de la tele? —dice mi madre.

—Hija mía —mi abuela siempre tiene un punto de seca censura cuando le habla a mi tía Lola—. Tu marido siempre está queriendo vendernos cosas.

—Más falta nos haría una lavadora.

—¿Y una máquina de lavar los platos?

—¿También hay máquinas para eso?

—Para tener una lavadora primero tiene que haber agua corriente.

—En eso tiene razón el chiquillo. Mira que seguir trayendo el agua de la fuente en cántaros, en los tiempos que corren.

—Bien rica y bien fresca que está la que nos trae tu padre de la fuente de la Alameda.

—En la burra, en las aguaderas de esparto. Se tarda menos en llegar a la Luna que en ir y volver de la Alameda.

—Pues nos compramos un grifo, lo pegamos en la pared y ya está.

—Cállate, niña, no digas tonterías.

—¿Quieres no hablarle así a tu hermana?

En las revistas hay páginas enteras a todo color con fotografías del proyecto Apolo. Reflectores blancos iluminan de noche el cohete gigante Saturno V sobre la plataforma de despegue, rodeado de nubes que parecen producidas por la combustión de los motores y son de los gases de refrigeración del combustible. Ciento diez metros de altura y siete mil toneladas de peso, y en el pináculo la pequeña forma cónica de la nave Columbia, un resplandor blanco y vertical en la noche, observado desde lejos por los espectadores que aguardan en las playas, en torno a hogueras encendidas, controlado en cada pormenor por los ingenieros que no duermen y miran las pantallas de los computadores electrónicos, escuchando cada uno en sus auriculares los números de la cuenta atrás. Hace tres días, hace poco más de setenta y cinco horas, y la nave diminuta y frágil que en el momento del despegue parecía a punto de ser devorada por el fuego de los motores ha recorrido más de trescientos mil kilómetros y está ahora mismo en órbita alrededor de la Luna.

Con las escafandras puestas, un poco antes de entrar por la escotilla de la cápsula, los tres astronautas saludan desde la pasarela roja que se separará del cohete en el momento del despegue: sonríen, sin escuchar ya nada, las tres cabezas sumergidas en el silencio de las esferas de plástico, con sus trajes blancos, moviendo en un gesto de adiós las grandes manos enguantadas, avanzando luego con pasos pesados sobre las suelas de buzo con las que dos de ellos pisarán el polvo de la Luna. Pero entonces los trajes espaciales y las mochilas con los depósitos de aire y los instrumentos de comunicación pesarán seis veces menos que en la Tierra, y los astronautas experimentarán una ligereza superior a la de los nadadores en el agua. Tomas un leve impulso, das un salto y te quedas flotando, y caes despacio de nuevo unos metros más allá, entre el polvo tenue y lentísimo que tus pies han levantado, y que probablemente no se había estremecido desde mucho antes de que se formaran los continentes de la Tierra. ¿CONTENDRÁN LOS ASTEROIDES DE LA LUNA ALGÚN AGENTE NOCIVO QUE INTRODUCIDO EN LA CABINA ESPACIAL RESULTE UN PELIGRO PARA LAS VIDAS DE LOS ASTRONAUTAS Y DESENCADENE UNA TRÁGICA EPIDEMIA EN NUESTRO PLANETA?

—He ido a casa de Baltasar —dice mi tía Lola, seria de pronto—. La sobrina le decía mi nombre, pero yo creo que no me ha conocido.

—Al día de Santiago no llega.

—A esa gente tan mala parece que no la mata ni la muerte misma.

—Ave María Purísima —mi tía Lola se santigua, pero de una manera aproximada—. No digáis eso de una persona que está agonizando.

—La mujer creo que ya ni lo mira. Con lo señora que es no quiere andar limpiándole la mierda.

—¿Baltasar se hace caca, como los niños chicos?

—Las personas se van del mundo igual que vienen a él, cagándose encima.

—No digas eso, Dios nos libre —dice mi madre—. Seguro que con las personas buenas el Señor tiene más compasión.

—La sobrina le limpia el culo y le lava los calzoncillos en la pila, y mientras la señora se pasa el día peinándose, pintándose la cara y viendo la televisión.

—Con lo que va a heredar, bien podrá comprarse un aparato en color.

—Dice Carlos que la gente se ha vuelto loca comprando teles, con esto de la Luna.

Según la mujer de Baltasar los televisores en color ya están inventados, y aunque su marido y ella podrían tener uno, a pesar de lo caros que son, hasta ahora han preferido no hacerlo, ya que el color se produce en esos aparatos en virtud de unos polvos muy finos, de diversas tonalidades, que flotan en el interior de la pantalla. Pero ella ha sabido —se lo dijo a mi abuela, confidencialmente— lo que los vendedores mantienen oculto, y es que por ahora esos polvos no están perfeccionados y se gastan muy pronto, de modo que las imágenes, al principio nítidas y de colores brillantes —«igual que en el cine»—, poco a poco van empalideciendo, y los colores se apagan, de modo que al poco tiempo lo que uno vuelve a tener es un televisor en blanco y negro.

—Esa mujer es tonta —dictamina mi tío Carlos, el marido de mi tía Lola, que debe de saber de lo que habla, porque se ha hecho rico en poco tiempo vendiendo electrodomésticos, sobre todo televisores—. Qué sabrá ella de receptores a todo color, si hasta ayer mismo estaba arrancando cebollas en el campo.

Que se llame Carlos es un indicio de que mi tío estaba destinado a llegar lejos en la vida. Ni en nuestra familia ni en todo el barrio de San Lorenzo hay nadie que se llame así. Los hombres se llaman Pedro, Manuel, Luis, Juan, Francisco, Antonio, Nicolás, José, Lorenzo, Vicente, Baltasar. Heredan esos nombres de sus abuelos y se los transmiten a sus nietos varones, y los celebran austeramente cada año en el día del santo, que es mucho más importante que el cumpleaños, y que está relacionado con el paso de las estaciones y de los trabajos del campo. Será que el cumpleaños conlleva una idea lineal del tiempo, de cambio sin regreso, y el santo parece que asegura lo que a ellos más les gusta, la monotonía agraria de la repetición. El cumpleaños es individual, pero el santo es colectivo: lo celebran juntos todos los que llevan el mismo nombre en la familia, y los nombres son tan repetidos que algunos días de santo tienen algo de fiesta local. Carlos es un nombre de personaje rico, o de personaje de película o novela de la radio, casi como Ricardo, o Daniel, o Gustavo. Si uno se llama Carlos es seguro que no trabaja al sol ni con sus manos y que celebra su cumpleaños. De joven mi tío Carlos trabajaba de aprendiz en un taller de reparación de máquinas de coser Singer. Como era espabilado y simpático, de aprendiz pasó a dependiente en la tienda, y al poco tiempo, cuando ya empezaba a cortejar a mi tía Lola, dejó la tienda para instalarse por su cuenta y se hizo representante de cocinas de gas. A mi abuelo aquella decisión del aspirante a novio de su hija más joven le hizo sospechar que el individuo en cuestión carecía de juicio. ¿Quién iba a querer cocinar en aquellos aparatos, cuando los de carbón eran tan económicos y tan seguros, y además cuando todas las mujeres lo que preferían era cocinar en una buena lumbre de leña de olivo? El gas era un peligro, un veneno atroz. Él, mi abuelo, se acordaba de haber oído decir, cuando era muchacho, que el gas era un arma terrible que mataba a millones de hombres en la Guerra Europea. Podía estallar con más fuerza que un obús y hundir una casa entera, y envenenaba la comida que se preparase con él, según bastaba ver mirando la llama azul y enfermiza con la que ardía.

Al poco tiempo, mi tío Carlos había vendido tantas cocinas de gas que ahorró lo bastante para abrir una tienda, en un portal de un edificio en la calle Nueva que sólo unos años más tarde derribó entero para construir una de las primeras casas con ascensor que hubo en Mágina, con un escaparate enorme en la planta baja y un letrero luminoso que atravesaba en diagonal la fachada entera, y en el que intervenían como elementos decorativos una pantalla de televisor, el esquema de un átomo, las ondas electromagnéticas, un rayo y un nombre raro y sonoro, resultado de unir las tres primeras letras de su nombre y las del de mi tía: CARLOL-ELECTROHOGAR 2.000.

Cuando obtuvo de mi abuelo el permiso para visitar a mi tía Lola en el portal todas las noches y sacarla a misa y de paseo los domingos, mi tío Carlos se compró una Vespa y unas gafas de sol. Como yo no había conocido a nadie hasta entonces que usara gafas de sol y condujera una moto, las dos cosas quedaron asociadas durante mucho tiempo en mi imaginación al dinero y al éxito. Mi tío Carlos llegaba a la plaza de San Lorenzo en su Vespa y la frenaba delante de nuestra puerta y hacía sonar la bocina varias veces, con una cierta cadencia, para llamar a mi tía Lola, que estaba ya esperando su llegada, vestida y pintada, oliendo a colonia, a laca, a polvos de maquillaje y a lápiz de labios. La oía bajar por las escaleras con el repique ligero de sus tacones —«Chiquilla, que te vas a matar», le advertía en vano mi abuela— y luego, tras la persiana de un balcón, la veía recogerse el vuelo de la falda y sentarse en el sillín detrás de mi tío Carlos, abrazada a su cintura.

Me moría de celos.

Sin quitarse las gafas de sol mi tío aceleraba la moto enfilando la calle del Pozo, y sus bocinazos asustaban a los burros y a los mulos que volvían cargados del campo, a los rebaños de cabras, de ovejas o de vacas que a la caída de la tarde bajaban a beber agua al pilar de la puerta de Granada, el mismo en el que lavaban la ropa las gitanas que unos años después me trastornaban con sus tetas temblorosas y blancas, agitadas por el movimiento enérgico de frotar la ropa con jabón sobre las tablas estriadas de madera. Mi madre, mi abuela y yo nos asomábamos a veces para asistir a la partida de la moto, con mi tía sentada de lado con las rodillas juntas y la corola de la falda cubriendo el sillín, como si la despidiéramos para un viaje largo y lleno de incertidumbres. Ella nos decía adiós, agitando una mano luminosa de pulseras y de uñas pintadas, como una actriz en el noticiario del cine. Con sus alpargatas a chancla, con sus delantales viejos, en los que se secaban las manos enrojecidas y ásperas, mi madre y mi abuela parecían pertenecer no a otra generación, sino a otro mundo más pobre y antiguo que el que habitaba mi tía Lola. Yo sentía sin darme cuenta la vejación doble de quedarme con ellas y de que mi tía Lola me dejara por otro.

—Se va a matar un día ese chalado con la moto, sin ver nada, con las gafas oscuras, con el cigarro en la boca —vaticinaba sombríamente mi abuelo, mirando el reloj de pared cuando acababan de dar las once de la noche y mi tía Lola aún no había regresado—. Se va a matar y va a matarla a ella, y si no se mata se buscará una ruina, metiéndose en todos esos negocios.

Después de cada vaticinio mi tío Carlos se lanzaba a un negocio todavía más audaz y ganaba el doble de dinero. Al poco tiempo de casarse con mi tía Lola inauguró la tienda Carlol-Electrohogar 2.000, con su gran escaparate en el que se apilaban los televisores, y que mi abuelo miraba moviendo la cabeza con una expresión lúgubre, pensando que nadie iba a comprar aquellos aparatos tan caros y tan complicados, y de imágenes tan mezquinas por comparación con el tamaño glorioso de las pantallas y los colores magníficos del cine. ¿Y cuántos televisores tendría que vender su yerno para pagar los plazos de la hipoteca insensata en la que se había metido al construir el edificio entero en el que estaba la tienda, y las facturas de electricidad por la iluminación del escaparate y del letrero con aquel nombre estrambótico que la mayor parte de la gente que pasara por la calle Nueva ni siquiera sabría pronunciar? Mi tío Carlos vendía televisores, frigoríficos, lavadoras, lavavajillas, cocinas eléctricas y de gas, aspiradoras, pero se negaba a vender o a reparar aparatos de radio como el que nosotros teníamos en casa.

—Ese producto tiene los días contados —le decía a mi abuelo, espantándolo con una prueba más de su temeridad y su falta de juicio—. Cuando se le estropee su receptor lo mejor que hace usted es tirarlo.

En los primeros tiempos del noviazgo de mi tía Lola, mi tío Pedro y mi tío Manolo eran todavía muy jóvenes, y seguían trabajando en el campo con mi abuelo. La opinión que tenían sobre el aspirante a novio de su hermana oscilaba entre considerarlo un botarate o un sinvergüenza. No siendo, además, de una familia campesina, vistiendo trajes, usando colonias y gafas de sol, incluso un anillo de oro, y fumando cigarrillos rubios, era posible que también tuvieran dudas acerca de su hombría, y, simultáneamente, sin que advirtieran la contradicción, sobre la rectitud de sus intenciones con respecto a mi tía Lola, que al fin y al cabo era la hermana más joven y por lo tanto aquella cuya honra era preciso custodiar.

Por encargo de mi abuelo, mi tío Pedro y mi tío Manolo empezaron a seguir a la pareja a una cierta distancia, turnándose si les parecía oportuno como dos policías que no quieren alarmar a un sospechoso. Si mi tía Lola iba con su novio al Ideal Cinema —y al patio de butacas, que nadie de nuestra familia había pisado hasta entonces—, mi tío Pedro y mi tío Manolo entraban a la misma sesión, pero a los altos del gallinero, y desde allí se asomaban para mantener la vigilancia. Les hacían señas inclinados sobre la barandilla, incluso les silbaban para llamar su atención, en parte para advertir de su presencia censora, y en parte también por la ilusión pueril de celebrar que su hermana estaba sentada como una señora en el patio de butacas. Ella, que los había estado observando de reojo desde el principio del paseo, fingía no verlos, y hasta procuraba distraer la atención de su novio, temiendo con razón que montara en cólera. Pero los dos hermanos insistían en los saludos, en los silbidos y en los visajes desde el gallinero, y el novio, en el límite de la paciencia, la tomaba de la mano para llevarla a otra localidad que no fuera visible desde arriba. Lo malo era que los sábados y los domingos el cine estaba siempre lleno, así que mi tío Carlos tenía que conformarse y hacer como que no se enteraba de nada, o perdía del todo la paciencia y se llevaba a mi tía del cine. Pero este ardid tenía que emplearlo cuando las luces ya estaban apagadas, porque si los dos hermanos se daban cuenta de la retirada salían a toda prisa ellos también, y esperaban escondidos en un portal de la calle Real a que aparecieran los novios, o los buscaban hasta encontrarlos en algún punto del itinerario forzoso que seguían las parejas: calle Real, plaza del General Orduña, calle Mesones, calle Nueva, explanada del hospital de Santiago y regreso.

El problema era que los domingos por la mañana mi tío Manolo y mi tío Pedro estaban trabajando en el campo y no podían mantener la vigilancia. Fue así como mi abuela y mi madre idearon el remedio de utilizarme a mí como carabina infantil de los novios, y me regalaron sin proponérselo algunas de las mañanas de domingo más felices de mi vida, ayudando además a mi secreta reconciliación con mi tío Carlos, hacia el que hasta entonces había sentido unos celos enconados, un rencor venenoso. Hasta entonces, los domingos por la mañana, cuando yo veía a mi tía Lola vestirse y maquillarse, la felicidad que me daba observarla —con su punzada de emoción erótica— estaba ensombrecida por la conciencia de que todo eso lo hacía ella para gustarle al intruso que vendría a buscarla. La seguía por la casa tan dócilmente como un pequeño perro doméstico y la observaba desde mi breve estatura con la misma devota atención. Si se lavaba en la palangana, delante del espejo oval que había en su cuarto, yo le tenía preparada la toalla. La miraba sin pestañear mientras me contaba historias o películas o cantaba las canciones de moda que sonaban en la radio, y que no eran las mismas que les gustaban a mi madre y a mi abuela, porque muchas veces, cuando mi tía subía el volumen para escuchar mejor una de sus canciones y la cantaba al mismo tiempo, bailando incluso, poniéndome a mí a bailar con ella —las rodillas flexionadas, las caderas moviéndose, el cuerpo entero basculando sobre los talones—, enseguida se escuchaban los gritos de alguien ordenándole que bajara la radio, que nos íbamos todos a volver locos con aquella música. A mi tía le daba la risa y no hacía ningún caso, y yo sentía miedo por ella.

Me daba cuenta, con melancolía confusa, de la diferencia entre ella y el resto de nosotros, en esas mañanas de domingo en que aparecía arreglada y perfumada, con sus tacones blancos de punta, que le daban una forma tan delicada a los tobillos y a los empeines, a sus piernas sin medias, con su peinado alto y sus faldas en forma de corola. Mientras tanto mi madre y mi abuela iban vestidas con batas viejas y mandiles y alpargatas de cáñamo y si se arreglaban era para ir a misa o a un entierro y se vestían de oscuro. Veía todo eso con mis ojos infantiles como una especie de augurio que no hubiera sabido expresar y que nunca confesé a nadie. Cuando sonaba el llamador de la puerta mi tía Lola bajaba a toda velocidad las escaleras para abrirle a su novio, dejando atrás el revuelo de la falda y las enaguas y un olor a jabón y a colonia, a lápiz de labios, a laca de uñas. Se inclinaba hacia mí para darme un beso de adiós y yo aprovechaba ese instante para disfrutar toda la voluptuosidad que se contenía en él: los labios rojos, el rímel subrayando sus ojos tan grandes y sus largas pestañas, las clavículas, los brazos desnudos, la tela estampada del vestido, que era la única cosa de colores vibrantes que había en nuestra casa, con excepción de las flores de los geranios. Y cuando se había ido yo advertía en la penumbra del portal el gesto de reprobación con que mi madre y mi abuela la habían despedido y me ponía silenciosamente de parte de ella, con un fervor apasionado, con la abnegación de un caballero que defendería a su dama contra los acechos de los monstruos sombríos y de las maledicencias que se cebaran con ella, y que además no le reprocharía su frivolidad ni su ingratitud al marcharse con otro.

—La señorita se va sin hacer ni siquiera su cama.

—Y mira cómo lo deja todo. Esa se arregla mucho, pero por donde pasa parece que han pasado las cabras.

—Una cabeza de cabra es la que ella tiene.

—Sale a la calle y ya se va riendo.

—A ver si tanta risa no termina en llanto.

Pero ahora, en virtud de la consigna de vigilancia estricta, que se aplicaba a cada movimiento de mi tía Lola, yo, su partidario más ferviente, era enrolado como espía, sin que nadie advirtiera de qué lado estaba mi lealtad. Y los domingos por la mañana, en vez de asistir tristemente a su transformación, que me recordaba la de Cenicienta en el cuento, yo me beneficiaba de ella, recibía dichosamente su influjo luminoso, al menos en el tiempo en que mi tío Carlos aún no se había comprado la Vespa, haciendo cualquier vigilancia imposible. Me ponían mis mejores pantalones cortos y mis tirantes de hebilla plateada, me lavaban la cara y las rodillas con el estropajo hasta dejármelas enrojecidas, me ponían mis calcetines blancos y mis zapatos charolados, y cuando mi madre y mi abuela habían terminado de arreglarme era mi tía Lola quien se encargaba de la última inspección, agregando un detalle imaginativo o caprichoso, quizás desordenándome el flequillo demasiado recto que mi madre había aplastado con agua sobre la frente.

Y cuando sonaba la llamada —un repique especial del llamador que era la contraseña de los novios—, yo era el primero que bajaba y abría la puerta, y como el novio no estaba todavía autorizado a entrar en la casa me quedaba con él en la plazuela, explicándole que mi tía Lola iba a bajar enseguida, con un principio de complicidad que sin embargo no excluía del todo el antiguo rencor.

—Mujeres —me decía él, apoyándose en la esquina, con un cigarrillo rubio en los labios, como haciéndome una confidencia que me sería útil en la vida—. Siempre te hacen esperar.

Al salir, mi tía miraba rápidamente a su alrededor para ver si había alguna vecina espiando y le daba al novio un beso instantáneo como el picotazo de un pájaro, y eso bastaba para que reviviera en mí el antiguo rencor. Un momento después ya estaban mi madre y mi abuela en la puerta, y en la de Baltasar su mujer y la sobrina, y tal vez había algunas vecinas más que habían aparecido con una escoba o asomadas a las ventanas, regando las macetas.

—Andad con Dios.

—Lola, no tardes.

—No se preocupe, señora, que no pienso robarla.

—No le compréis marranerías al niño, que se le quitan las ganas de comer.

Yo iba entre ellos, con el instinto del niño celoso que procura impedir la excesiva cercanía entre dos adultos. Sobre el empedrado de la calle del Pozo resonaban los tacones de mi tía Lola, y en los bolsillos de su novio tintineaban llaves o monedas, el metal del mechero. Yo era consciente de la singularidad de mi tía y del modo en que la miraban las otras mujeres —también me había fijado en cómo la miraban a veces los hombres por la calle—, y me imaginaba que ella y Carlos eran mis verdaderos padres, o unos tíos mundanos y muy viajeros que llegaban a buscarme desde un país lejano y me llevaban luego con ellos en un tren o en un transatlántico. Salía con ellos de la plaza de San Lorenzo y de los callejones donde transcurrían nuestras vidas y me llevaban a los espacios abiertos por donde se paseaba la gente muy arreglada en las mañanas del domingo: el paseo de Santa María, en el que repicaban las campanas de las iglesias con el toque de la misa mayor; la calle Real y el paseo del Mercado, donde la banda municipal tocaba en el kiosco de la música; la plaza del General Orduña, donde estaban el kiosco de periódicos y tebeos y el puesto de los helados, y frente a ellos, al otro lado de la estatua del general taladrada de disparos, los tenderetes de los soportales, donde se vendían tebeos, novelas del Oeste, sobres de cromos, pelotas de goma, bolsas de pipas, pirulís sabrosos de caramelo rojo circundado por una banda de azúcar, indios y vaqueros de plástico, cinturones con cartucheras y pistolas de juguete, espadas, corazas y hasta morriones de romanos. Me sentaba con mi tío Carlos y mi tía Lola en un velador de aluminio de la cafetería Monterrey y me embebía en la lectura del tebeo y en el sabor del refresco que me habían comprado y se me olvidaba por completo mi vigilancia recelosa. Ya no me sentaba entre los dos, ni me fijaba en lo que hacían con las manos. Las cañas de cerveza que les había servido el camarero tenían el mismo resplandor dorado de la mañana de domingo. A mi tía, cuando bebía un trago, la espuma blanca le manchaba los labios, y luego quedaba en la copa vacía un cerco de carmín.

Bajábamos luego por el Rastro hacia los jardines de la Cava, junto al cine de verano, que eran la gran novedad en nuestro vecindario, con sus fuentes de taza, sus bancos de piedra, sus setos de arrayán y sus macizos de rosas y jazmines que trepaban por pérgolas pintadas de blanco, dominando toda la amplitud del valle del Guadalquivir. Yo ya estaba mareado de cansancio, aturdido de felicidad, empachado de pirulís y cacahuetes, de patatas fritas, de almendras saladas, pero en los jardines de la Cava, donde había también puestos de helados y refrescos y vendedores ambulantes de globos y de juguetes, aún quedaba ocasión para un regalo más. Mi tía y su novio se sentaban en un banco, a la sombra de las rosaledas y los setos, y yo me olvidaba por completo de ellos, jugando con mi pelota de goma o con mi diligencia del Oeste o mi barquito de vela, leyendo mi tebeo que tenía colores brillantes y un olor a tinta tan delicioso como el de la vegetación de los jardines. Si había empezado la temporada de verano, miraba los cartelones de la película que pondrían esa noche, y el bastidor con fotogramas colgado junto a la taquilla. Me asomaba con una sensación de vértigo a la balconada que daba al valle del Guadalquivir, mirando las huertas, las extensiones de sembrados, los olivos que progresaban en líneas rectas hacia las laderas de la sierra, de un azul no mucho más oscuro ni menos transparente que el cielo. En aquel lugar la gente era muy parecida a mi tía y a su novio, tan joven como ellos, tan impecable y pujante como los setos y los rosales del parque, tan nueva como la pintura blanca de las pérgolas. Las parejas de novios paseaban tomadas del brazo, los hombres con trajes, gafas oscuras y pelo brillante, las mujeres con vestidos claros y zapatos de tacón, y los más modernos se tomaban de la mano según una moda reciente que mi tía Lola y mi tío Carlos habrían aprendido en alguna película y adoptado con entusiasmo, y que empezaban a practicar en cuanto doblaban la última esquina de la calle del Pozo y mi madre y mi abuela ya no podían verlos.

Una mañana, sobre nuestras cabezas, en los jardines de la Cava, apareció una avioneta blanca que había venido volando por encima de los tejados y las torres de los palacios y los campanarios de las iglesias. En su cola ondeaba una larga bandera amarilla con un letrero que decía: CINZANO. En medio de los jardines todo el mundo miraba hacia el cielo haciéndose visera con las manos. La avioneta dio un giro sobre la pantalla del cine de verano y se alejó hacia el valle y la sierra, dejando un largo rastro blanco en el cielo sin nubes, un blanco tan limpio como espuma de cerveza. Se iba volviendo muy pequeña y ya no se oía el ruido del motor, que a mi tía le había hecho taparse los oídos mientras pasaba sobre nuestras cabezas y parecía que fuera a rozarlas. Poco a poco, cuando ya casi no se la veía en el cielo, la avioneta hizo un amplio giro y el sol relumbró un instante en sus ventanillas. Llegó a la altura del cuartel de Infantería, al final de la ciudad, y desde allí volvió en línea recta hacia donde nosotros estábamos, cada vez más cercana y más atronadora. Pasó sobre la pantalla del cine de verano agitando con un vendaval las copas de las palmeras que hay detrás de ella, y al sobrevolar de nuevo los jardines de la Cava sentimos un golpe de viento contra nuestras caras y vimos un instante, tras las ventanillas cuadradas, la cara con gafas de sol y la camisa blanca con galones del piloto. La gente aplaudió cuando una mano apareció saludando por una ventanilla, y algunos padres alzaban en brazos a sus hijos pequeños que estiraban las manos como queriendo alcanzar las alas blancas de la avioneta. La banderola amarilla de Cinzano vibraba en el cielo muy azul con un resplandor de oro, restallando en el viento. Volvimos todos las cabezas según la avioneta pasaba volando cada vez más bajo sobre el mirador de las murallas y luego sobre el campanario cubierto de hiedra de la iglesia de San Lorenzo, en dirección a la plaza de Santa María. Mi tío Carlos le indicaba la trayectoria del vuelo a mi tía con un brazo extendido, y el otro se lo pasaba como por casualidad por la cintura, sobre el talle estrecho de su vestido estampado.

—Pues eso no es nada —dijo mi tío Carlos cuando la avioneta ya se había perdido en el cielo, más allá de la sierra de Mágina—. Ha dicho el presidente Kennedy que muy pronto el hombre llegará volando a la Luna.

—¿Y ese presidente quién es? —dijo mi tía.

—El de Estados Unidos, el que más manda en el mundo.

—¿Más que Franco?

—Como de aquí a Lima...

Volvimos a casa por la calle del Pozo, yo ahora entre ellos, y cuando mi tío se fue y mi madre y mi abuela pusieron la comida, un potaje de garbanzos con espinacas o acelgas, a mí casi me dieron arcadas nada más ver la olla y oler los garbanzos, el repollo, el tocino.

—Mira que te lo advertimos, hija mía, pero tú ni caso. Le habéis dado porquerías al niño y ahora no quiere comer.

13

El rumor ha ido creciendo en la plaza mientras caía la tarde de domingo. Se ha ido haciendo más fuerte sin que yo prestara atención a lo que llegaba a mis oídos, un ruido de fondo como el de las campanas que llaman a misa con un timbre distinto en cada una de las iglesias de la ciudad y como el de los vencejos que iniciaban sus vuelos de cacería sobre los tejados y las copas de los álamos. He escuchado voces, golpes de llamadores, el motor de un coche que se detenía casi debajo de mi balcón y lo más que he pensado lejanamente, sin apartar los ojos del libro, ha sido que Baltasar se habrá puesto peor, y que ese coche es el del médico o una ambulancia que se lo lleva al hospital del que es muy probable que no regrese. Lo que más me importa sucede en las páginas de un libro o en un punto del espacio situado a casi cuatrocientos mil kilómetros de aquí, en la órbita de la Luna. Palabras, instrucciones, pulsaciones eléctricas, cruzan esa distancia en menos de un minuto. En los receptores del centro de control de Houston se oyen los latidos de los corazones de los astronautas. Ingenieros con la mirada fija en la pantalla de las computadoras y con pequeños auriculares incrustados en los oídos estudian la respiración de los tres hombres mientras duermen y consultan los relojes que miden el tiempo sin días ni noches del viaje para despertarlos a la hora justa. Voces atravesando la negrura del espacio vacío, latidos humanos, susurros de respiraciones. *Experimentos telepáticos serán realizados por los astronautas del Apolo XI, aprovechando un medio como el espacial que podría ser más propicio para las comunicaciones mentales que el atmosférico de la Tierra.* Los tres hombres dormidos en la penumbra del módulo de mando que gira alrededor de la Luna, respirando como en un dormitorio demasiado estrecho mientras los indicadores parpadean y los relojes digitales saltan de segundo a segundo en dirección al momento en que serán despertados, al comienzo de este día terrenal en el que dos de ellos se posarán sobre la superficie blanca y gris que se desliza mientras ellos duermen por las ventanillas de la nave.

El sonido es una vibración en ondas concéntricas del aire, como las ondas que se propagan sobre el agua lisa cuando una piedra cae en ella. Cada material vibra con una longitud de onda distinta, y el oído humano distingue así el origen y la calidad de los sonidos, el metal de un llamador en una puerta, el roce o el golpe de unos pasos sobre los peldaños de una escalera, el timbre preciso de una voz. Pero otras ondas sonoras cruzan el aire sin que yo pueda percibirlas, aunque las captan las membranas infinitamente más sensibles del oído de un perro o de un gato o el de un murciélago. Los murciélagos empezarán a volar cuando haya oscurecido un poco más y no quede suficiente luz para que vuelen y cacen los vencejos. Gritos agudísimos, alaridos incesantes atravesarán el silencio igual que habrá toda clase de seres moviéndose por la oscuridad en la que yo no veo nada. Las ondas de radio que lanza al aire una emisora ascienden hasta chocar con la ionosfera y rebotando en ella vuelven a la Tierra y por eso pueden ser atrapadas por los receptores. Pero algunas escapan al espacio exterior y podrán continuar viajando por él durante cientos o miles o millones de años y quizás acaben siendo captadas por aparatos de escucha creados por los habitantes de planetas lejanos. Ondas sonoras viajan por el espacio entre la Tierra y la Luna, entre la Luna y la Tierra, uniendo el centro de control espacial de Houston y la nave Apolo, transmitiendo imágenes borrosas, voces humanas distorsionadas por la lejanía, latidos de corazones. El rumor crece en la plaza, bajo mis balcones, se multiplica en voces de alarma y golpes de llamadores, queda sumido unos instantes bajo el escándalo de una sirena de ambulancia. ¿Y si también estos sonidos que yo oigo ahora viajaran tan ilimitadamente como la luz o las ondas de radio y en algún lugar muy lejano y en un punto remoto del futuro un receptor muy sensible pudiera captar y reconstituir las voces, los pasos, los ruidos cotidianos que llegan hasta mí desde el fondo de esta casa, los que se repiten cada día en la plaza? Una máquina dotada de la capacidad de registrar los ecos más débiles, los residuos de las ondas más lejanas, las grabará en cintas magnéticas en las que quedarán registrados todas las voces de los muertos, todos los sonidos que nadie ha oído desde hace muchísimo tiempo, y que parecían borrados del mundo. Así captan los telescopios la luz que brilló hace millones de años en estrellas extinguidas. La claridad que dora en este momento de la tarde las ventanas más altas y las gárgolas de la Casa de las Torres y los tejados de la plaza de San Lorenzo ha tardado ocho minutos en llegar aquí desde el Sol. Las voces que escucho parecen llegar desde mucho más lejos, hasta que de pronto los chirridos de neumáticos, los golpes de las puertas metálicas al abrirse y cerrarse, las órdenes gritadas, se imponen en el presente y reclaman mi atención. La máquina de los sonidos será una Máquina del Tiempo que permitirá viajar a las distancias más remotas del pasado. En un laboratorio de paredes blancas y asépticas del año 2000 ingenieros con uniformes muy ajustados al cuerpo auscultan los sensores conectados a antenas parabólicas capaces de captar las ondas sonoras más débiles, que luego reconstruyen los computadores para convertirlas de nuevo en voces humanas. Así han captado los astrónomos el fragor de fondo de la explosión que dio lugar al universo hace quince mil millones de años: así es como captan ahora mismo las antenas de las estaciones de seguimiento situadas en lugares altos y desérticos del mundo las señales que envían los astronautas desde la Luna: el momento en que el módulo lunar pilotado por Armstrong y Aldrin se ha separado del módulo de mando, disponiéndose a iniciar el descenso: los latidos del corazón y el rumor del aliento del astronauta Collins, quien durante las próximas veinticuatro horas va a permanecer solo.

Me asomo al balcón y nuestra esquina de la plaza está llena de gente. Las voces llegan desde la calle y también a través del hueco de la escalera de mi casa, porque la puerta está abierta. El tumulto no es frente a la casa de Baltasar, sino al lado de la nuestra, en la casa que llaman del rincón, donde vive el ciego que no habla con nadie. En nuestra plaza pequeña y recogida las voces son siempre voces familiares que resonaran en el interior de una casa. Hay policías con uniformes grises que cierran el paso a la gente y médicos o enfermeros de batas blancas que abren la parte trasera de la ambulancia y sacan de ella una camilla. Hay mujeres en todas las ventanas, y hasta la mujer y la sobrina de Baltasar se han asomado a la puerta de la calle. Mi hermana y sus amigas han dejado de saltar a la comba y se acercan a la casa del rincón hasta que los policías les impiden el paso. Oigo a mi madre llamar a mi hermana, y luego a mi abuelo que explica sonoramente algo que no acierto a entender. Luego los pasos menudos y veloces de mi hermana suenan en la escalera, y su voz aguda y excitada me llama desde abajo:

—¡Que se ha muerto el ciego! ¡Que dicen que se ha ahorcado!

A medianoche los corros en la calle del Pozo son más nutridos que nunca, y hay más puertas abiertas y más ventanas iluminadas, y nadie tiene encendida la televisión, a pesar de que se sabe que el módulo lunar ya se ha posado sobre la Luna y dentro de una o dos horas Armstrong y Aldrin ya estarán caminando sobre ella. Por respeto al muerto de la casa de al lado, a quien nadie quería y con quien casi nadie hablaba, mis padres no me dejan poner la televisión. En la radio de la cocina busco una emisora donde den las últimas noticias, y aun desde el fondo de la casa, por las ventanas abiertas, escucho el rumor de las conversaciones en la calle, en los corros de la noche de verano. Gente que no es del vecindario se acerca a preguntar y se queda escuchando las historias que circulan de un corro a otro, las novedades y las repeticiones con que se alimenta la curiosidad, la excitación morbosa que produce una muerte violenta. La única casa a oscuras es la del rincón, donde la policía ha dejado un precinto que cruza la puerta en diagonal y prohíbe el paso. «Como si alguien tuviera la tentación de entrar», dice mi abuela. Hay quien dice que el muerto aún no ha sido descolgado, porque el juez de guardia está ausente y sin su autorización no se puede levantar el cadáver. «Proceder al levantamiento del cadáver», dice mi abuelo, con su amor por las pompas verbales, quizás acordándose del lenguaje forense que aprendió cuando era un policía de uniforme al servicio de la República. ¿Si está ahorcado, colgado de una viga, cómo van a levantarlo? El cuerpo rígido, imagino, el cuello torcido, la cara terrible de la que quizás se hayan caído las gafas oscuras que no llegaban a tapar del todo las cicatrices. Pero no es verdad, dicen, vino el juez y descolgaron el cadáver y se vio cómo lo sacaban en una camilla, cubierto por una sábana blanca. ¿Y si lo que había debajo de la sábana no era el cuerpo del muerto, sino un bulto cualquiera pensado para que la gente creyera que se lo llevaban? ¿Y por qué iban a querer engañarnos a todos? Ese hombre era muy raro, siempre solo, en la casa cerrada, salvo cuando iba de vez en cuando a verlo un sobrino o un antiguo asistente que le hacía limpieza y ponía un poco de orden en el desastre de las habitaciones. ¿Quién puede saber cómo estaba la casa por dentro, si ningún vecino entró nunca a ella? Cada cual recuerda la última vez que vio al ciego: el viernes, dicen, el 18 de julio salió por la mañana con su uniforme de falangista para asistir a la misa de campaña y a la concentración patriótica en la plaza de Santa María. Alguien lo vio bajando por la calle estrecha al costado de la Casa de las Torres, siempre muy cerca de la pared, rozándola con una mano, con la otra extendiendo el bastón, los ojos siempre ocultos tras las gafas oscuras, que eran muy anchas pero no llegaban a cubrir del todo las cicatrices rojizas de la cara. ¿Serían las ocho, las nueve de la mañana? Alguien recuerda que le dijo buenos días, y que el ciego no contestó, y que parece que iba tropezando más de la cuenta, que quizás había estado bebiendo esa noche. ¿No lo veían a veces en las tabernas más pobres de los arrabales, sentado en un rincón, los brazos cruzados, la cara al frente, los ojos borrados por la doble oscuridad de la ceguera y de los cristales de las gafas, delante de una botella y de una copa de coñac? No necesitaba que nadie le sirviera, vertía él mismo el alcohol en la copa y sabía por el sonido cuándo detenerse antes de que la copa rebosara. Pero si no bebía, atestigua alguien, en otro corro, lo que le pasaba era que no podía dormir nunca, por el dolor que le había quedado de las heridas de la guerra, un trozo de metralla cerca de la columna vertebral. Por el dolor no, por el miedo, porque tenía muchos crímenes sobre su conciencia y estaba seguro de que más pronto o más tarde alguien iba a venir a tomarse la venganza. Por eso él se pasaba el día encerrado en casa con sus perros y sólo salía a la calle después de medianoche, y llevaba siempre una pistola amartillada que al acostarse dejaba sobre la mesa de noche. ¿Qué utilidad tendría una pistola, si no podía ver nada? Pero los ciegos tienen un sexto sentido, dicen, como los murciélagos, oyen lo que nosotros no podemos oír y sienten en el aire la cercanía de alguien y hasta saben distinguir los movimientos, y reconocen a la gente antes de escuchar las voces, por el ruido que hacen al andar, hasta por el olor. Yo lo veía venir hacia mí y antes de cruzarse conmigo ya sabía quién era y me llamaba por mi nombre. Pues ya es raro que hablara contigo, porque no saludaba a nadie, el tío orgulloso y amargado. Cómo no iba a estar amargado, después de tanto como le pasó en la vida. Primero van a buscarlo para darle el paseo y luego lo cazan por los tejados como un perro. Y quién lo salvaría, quién fue el que tuvo compasión de él. Cuentan de nuevo lo que han contado tantas veces, que huyendo por los tejados de los milicianos anarquistas que lo perseguían se escondió en un granero y se cubrió con un montón de paja. Con horcas de puntas afiladas y con las bayonetas de los fusiles los milicianos atravesaban la paja y uno de ellos alcanzó su cuerpo, y él pensó que estaba perdido, que las púas de hierro de la horca o la bayoneta afilada le atravesarían el pecho, o que el miliciano gritaría alertando a los otros. Pero después de un instante la horca o la bayoneta se retiró, y el mismo hombre que la empuñaba dijo a los otros: «Vámonos, que aquí no está escondido.» Se quedó en el pajar hasta que se hizo de noche y logró salir de la ciudad sin que nadie lo viera y llegar hasta las líneas enemigas. Pero él no tuvo compasión cuando volvió después de la guerra condecorado y convertido en juez militar y se puso a firmar penas de muerte, que dicen que las firmaba con las dos manos, para ganar tiempo y mandar a más condenados a las tapias del cementerio. El pasado circula de unos corros a otros como la brisa de medianoche que esparce las voces por la calle del Pozo, las que se alzan en una afirmación o un desmentido —yo lo oí volver anoche cuando ya me estaba acostando, no es verdad que nadie viniera a visitarlo, hasta algunas noches se vio entrar y salir furtivamente a una mujer muy pintada— y las que se vuelven sigilosas y cautas, recordando que el ciego no tuvo escrúpulos en quedarse con la casa de un hombre inocente al que él mismo había mandado a la muerte. «El pobre Justo Solana», dice mi padre, «un hombre que no se metió nunca en nada y que tenía la huerta al lado de la nuestra y no quiso salir de ella mientras durara la guerra». «Pagan justos por pecadores», dice alguien, «siempre pasa lo mismo, y más en una guerra entre hermanos». Siempre hay quien dice esas cosas en un corro con una seriedad definitiva, como si acabaran de ocurrírsele, como si él hubiera descubierto ahora mismo una terrible ley moral. Pagan justos por pecadores, no hay mal que por bien no venga, allá cada cual con su conciencia. «Pagó por su hijo», explica mi abuelo, «que había dejado al padre solo y viejo en la huerta para irse a Madrid, porque tenía la cabeza llena de pájaros, mira qué ruinas y qué desgracias traen las ideas». «Yo me acuerdo de cuando vinieron a buscar a ese hombre», dice mi madre. «Cómo te vas a acordar tú, si eras una chiquilla.» Pero tenía nueve años, recién cumplidos, y se acuerda de que estaba siempre esperando que sonara el llamador de la puerta y fuera su padre que volvía de la prisión, y de que se había despertado muy temprano y veía la lenta llegada de la claridad del amanecer y escuchaba los pájaros en las copas de los álamos y de pronto la sobresaltó el motor de un coche y pensó cándidamente que en él vendría su padre liberado de la cárcel. Pero sintió la ira y la urgencia con que se abrían y cerraban las puertas de metal, los golpes brutales de las botas sobre el empedrado repitiéndose un instante después en el llamador de la casa del rincón. «¿Y por culpa del hijo mataron al padre?» «Eso es lo que piensa la gente», dice alguien en un corro, «pero había una denuncia por medio, y el juez Domingo González no iba a perdonar». «Pero si el hombre no había hecho nada», dice mi padre, «sólo trabajar de sol a sol en su huerta y no meterse con nadie, y hacernos favores a mi abuelo y a mí cada vez que se los pedíamos. Qué asco de mundo, tantos canallas sueltos y a un hombre trabajador y cabal lo matan a tiros como a una alimaña». «Para que veas tú lo que son las ideas, y las fantasías», dice mi abuelo, «si aquel hijo se hubiera quedado con su padre ahora tendría su casa y su huerta y podría estar sentado al fresco igual que nosotros».

Hablan de lo sucedido hace treinta años como si hubiera pasado ayer mismo y como si algo pudiera aún ser corregido: reviven pormenores de entonces tan febrilmente como los de esta tarde, y la muerte del ciego parece ya tan antigua en sus relatos y tan gastada por infinitas variaciones que cobra en mis oídos una irrealidad idéntica a la de las historias de la guerra, borrosa igual que ellas, sumergida en la confusión y en la sangre. Llevaba ahorcado desde el viernes por la noche, ha dicho el forense, y con el calor que hace ya había empezado a descomponerse. ¿No se habría extendido el olor hasta nuestro corral, que está contiguo al suyo? ¿No lo vieron ayer sábado por la mañana, muy temprano, todavía con la fresca, sentado en un banco de los jardines de la Cava? Lo encontró el sobrino o asistente, porque lo llamaba cada dos o tres noches por teléfono para saber cómo estaba y le extrañó que no contestara. «Sonaba el teléfono, sonaba y no paraba de sonar», dice una vecina, «y mi marido y yo nos despertamos en mitad de la noche, porque nuestro dormitorio y el del ciego están pared con pared, y yo le digo a mi marido, ¿y ese hombre cómo es que no se despierta y contesta al teléfono? ¿Y si es que le ha pasado algo? Pues no le había pasado nada, porque eso fue el viernes por la noche, cuando nos despertamos a las tantas, y ayer por la mañana lo vimos doblando la esquina de la Casa de las Torres». Pero otro rumor dice que el sobrino o asistente asegura no haber sido él quien llamaba por teléfono, y menos a esas horas. «Yo no lo llamaba», dicen que ha dicho, «porque me lo tenía prohibido», y entonces para qué tenía el aparato, pues para llamar él en caso de que le hiciera falta. «El que algo teme algo debe, dicen», enuncia mi abuelo con su voz lúgubre, y yo ahora me acuerdo de haber oído ese timbre cuando me quedaba despierto hasta muy tarde y luego no podía dormirme, estas noches en las que encendía la luz y miraba el reloj calculando la hora exacta del vuelo del Apolo XI, queriendo imaginar lo que estarían haciendo los astronautas en ese momento, a qué distancia de la Tierra habrían llegado ya. El ciego solo, en la casa de al lado, a tan pocos metros de mí y en otro mundo de oscuridad y tal vez de terror, despierto toda la noche, vigilando los ruidos nocturnos con un oído más sagaz y alerta que el mío, escuchando el timbre del teléfono que se queda callado y vuelve a sonar a los pocos minutos, dejándole tan sólo el tiempo preciso para que se apacigüe un poco y conciba la esperanza de que no sonará más. Le costaría trabajo, dicen, buscar la soga, subirse a tientas a una silla para pasarla por la viga de la cuadra, hacer el nudo, tener la sangre fría para ponérselo al cuello, la soga del cubo con el que sacaba el agua del pozo, precisa alguien, y luego discuten si tenía o no las gafas negras puestas cuando lo encontraron colgado de la viga y hay alguien que cuenta como si hubiera estado allí que las gafas estaban pisoteadas en el suelo y en medio de un charco de orines, porque los ahorcados se mean, en el último momento, y alguien mueve la cabeza y añade en voz baja, mirando alrededor por si hay niños escuchando, los ahorcados no se mean, «los ahorcados se corren y mueren empalmados».

—No me quiero dormir —dice mi hermana, en su cuarto, de donde no deja que se vaya mi madre—. Que si me duermo sueño con el muerto.

—Pero si se lo han llevado ya, si los muertos no hacen nada.

—¿Y si se me presenta como un fantasma?

—Ay, mama mía, quién será, cállate, hija mía, que ya se irá —canto desde la escalera, y mi hermana llora de miedo, igual que lloraba yo cuando era más pequeño y mis tíos me cantaban esa misma canción.

—Verás como tu padre se despierte, y se entere de que estás asustando a la niña.

—No te vayas, no me apagues la luz, que veo cosas en la oscuridad.

Subo con sigilo por la escalera, camino de mi cuarto, pero no tengo intención de dormir: en cuanto ellos estén dormidos me levantaré para poner la televisión y ver en directo el paseo de los astronautas. Desde el rellano de la segunda planta oigo los ronquidos de mi padre, que siempre es el primero en dormirse, las quejas de mi hermana y el murmullo tranquilizador de mi madre, la conversación de mis abuelos, cuando paso junto a la puerta de su dormitorio, callado y sigiloso, procurando que no se escuchen mis pasos en las baldosas, como un espía o un fantasma, como un espía que fuera un fantasma.

—Hiciera lo que hiciera, ya habrá descansado.

—¿Tú crees que los que se ahorcan descansan? Si ni siquiera pueden enterrarlos en tierra bendecida.

—Lo llevarán al fondo del cementerio, al Corral de los Matados.

—Como que es un pecado muy grande, quitarse la vida uno mismo.

—¿Y quién te dice que ha sido él quien se la ha quitado?

—¿Ya estás con tus desvaríos?

—Acuérdate de lo que le dijo el que le disparó en la cara.

—Cómo voy a acordarme, si yo no estaba allí.

—Le dijo: «Espérame, porque volveré a buscarte algún día.»

—¿Con esas mismas palabras? ¿Y por qué ibas a saberlas tú?

—Yo me entero de cosas.

—No me hables así, que pareces el locutor de una novela de la radio.

—Lo que yo te digo es que la mano que le puso la soga al cuello no era la suya. ¿Tú sabes que los policías han encontrado arrancados los cables del teléfono?

—Ni yo lo sé, ni tú tampoco.

—La gente lo dice.

—La gente habla sin saber.

—El que vino a matarlo arrancó el cable del teléfono para que no pidiera ayuda.

—Igual que en las películas... Anda, apaga la luz y cállate, que me mareo de oírte.

—... O lo llamó y lo llamó por teléfono hasta que el ciego no pudo más y se ahorcó él mismo.

—¿Pues no has dicho hace un momento que fue otra mano la que le puso la soga al cuello?

—Es una hipótesis.

—Dónde habrás aprendido tú tantas palabras. Apaga la luz, que se me cierran los ojos.

—¿No has oído algo? En la escalera, unos pasos.

—Será el ciego, que vuelve.

—Mujer, qué cosas tienes. Eso no lo digas ni en broma.

Bajo despacio, tanteando las paredes, pisando con mucha cautela para que las baldosas sueltas no resuenen en el silencio de la casa. Por los balcones abiertos, con las persianas echadas, entra la claridad débil y listada de las bombillas en las esquinas de la plaza, y también el olor de los geranios y el de las flores de los álamos. Así se movería el ciego por la oscuridad cóncava de la casa en la que vivía como un muerto en vida, como un sonámbulo que nunca estaba dormido y nunca llegaba a despertar plenamente. Las yemas de los dedos rozando la cal áspera de la pared, la otra mano en la baranda, y en el silencio de la casa los rumores que sembraría el miedo, quizás un crujido que podría ser el de la puerta de la calle al abrirse, a pesar de que él había echado la llave y ajustado la tranca, quizás el disparo súbito del timbre del teléfono. Me detengo en el rellano donde están los dormitorios, y escucho respiraciones pesadas, ronquidos de cuerpos grandes a los que rindió el trabajo. Mi abuelo, que ronca tan enfáticamente como habla, mi padre, que se despertará el primero, cuando aún sea de noche, para ir al mercado. Alguien habla, y me quedo inmóvil, por miedo a que me sorprenda, pero es mi hermana, que murmura y se queja dormida, soñando algo. La casa entera es un gran depósito, un acuario de las aguas densas del sueño, cruzadas de raras criaturas que nadie ve a la luz del día y que no se recuerdan al despertar. Yo bajo de mi habitación en la planta más alta como un buzo que se va sumergiendo, mis pies lastrados de plomo para no quedarme flotando en el agua, flotando en una ingravidez líquida parecida a la que experimentan los astronautas cuando la nave atraviesa el límite de la gravedad terrestre. En la casa de al lado no hay nadie, quizás un teléfono arrancado en el suelo de un dormitorio o unas gafas negras junto a la silla volcada a la que se subió el ciego para ahorcarse. En la de Baltasar hay varias ventanas iluminadas, y de una de ellas, en la planta baja, entre los visillos, fluye la claridad azulada y convulsa de un televisor. Baltasar ve la televisión para distraer su agonía, o es su mujer quien la ha encendido, muy maquillada, insomne, mirándola sin hacer mucho caso del hombre que se va muriendo muy lentamente a su lado. En la planta baja se oye la respiración del mulo y de la burra en la cuadra, dormidos de pie, junto a los pesebres, los cascos golpeando a veces el suelo acolchado de estiércol, y también, unos segundos más tarde, cuando el oído se ajusta más perfectamente al silencio, suena el mecanismo del reloj de pared, al que mi abuelo le dio cuerda un poco antes de subir a acostarse, como asegurándose de que el tiempo seguiría avanzando al ritmo preciso a través de la noche, mientras todos en la casa están dormidos. Los golpes del reloj, los latidos de cada corazón, encogiéndose y dilatándose en el interior cavernoso y oscuro del cuerpo, el corazón de mi padre, el de mi madre, el corazón pequeño de mi hermana, el de mi abuela, el de mi abuelo, que debe de ser el más robusto y el más grande de todos, para sostener su envergadura: los corazones de las gallinas en el corral, los que empezarán a latir en los embriones que cobran forma en el interior de los huevos, el corazón enorme del mulo, el de la burra que dormita a su lado, el mío, tan urgente ahora mismo en mi pecho, cuando sin dar la luz enciendo el televisor e inmediatamente le bajo el volumen para no despertar a nadie: una polifonía de latidos, como golpes cautelosos de tambores en esas selvas que atravesaban los exploradores británicos en busca de las fuentes del Nilo. Y a cuatrocientos mil kilómetros de aquí, resonando en pulsaciones de radio a través del espacio, el corazón del astronauta Neil Armstrong, que pilotaba el módulo lunar y en los últimos minutos del descenso desconectó el computador que dirigía la maniobra para hacerse cargo él mismo del gobierno de la nave. Se estaba acabando el combustible, el módulo lunar sobrevolaba muy bajo un terreno demasiado rocoso sobre el que ya se proyectaba su sombra rara de arácnido. Si el combustible llegaba a agotarse antes de que hubieran aterrizado el módulo se desplomaría y era posible que sufriera una grave avería y ya no pudiera levantar el vuelo de nuevo. A ciento cuarenta y cuatro pulsaciones por minuto latía el corazón de Neil Armstrong, mientras en las ventanillas triangulares del módulo se sucedían rocas y cráteres erizados como estalagmitas de hielo, quedaba combustible exactamente para treinta segundos. De pronto apareció un terreno que parecía llano y favorable, y la nave en forma de prisma con cuatro patas articuladas adquirió una posición vertical y descendió muy suavemente, levantando una nube de polvo que no se habría movido en los últimos tres mil millones de años y que cubrió ligeramente el cristal de las ventanillas. Ahora el horizonte se había quedado inmóvil, muy próximo, curvado, una línea exacta dividiendo el gris y el blanco incandescente de las rocas de la negrura sin estrellas del cielo. Piensan entonces, pero ninguno de los dos lo dice, y no hay sensores que registren o puedan descifrar el secreto de los pensamientos: «Y si los motores del despegue se han averiado y no llegan a encenderse, y si nos quedamos encallados como náufragos en la superficie estéril de la Luna.»

14

Me desperté y era noche cerrada, pero desde la parte baja de la casa llegaban los ruidos madrugadores del trabajo, los pasos violentos de los hombres en la escalera, los cascos de las bestias que salían de la cuadra y ya estaban siendo aparejadas. Llaman las bestias a los animales de carga, los caballos, los mulos, los burros. En sus cabezas abatidas y en sus ojos enormes hay una desolación de esclavitud. Antes de que nadie me llamara me expulsaban del sueño los sonidos del día de trabajo que empezaba cuando aún era de noche y sólo acabaría cuando la noche hubiera caído de nuevo. Era el 21 de diciembre del año pasado, hace siete meses exactos, el primer día de las vacaciones de Navidad, la primera vez que yo iba a trabajar a cambio de un salario. En Cabo Kennedy sería medianoche: dentro de cuatro horas exactas los astronautas que iban a viajar hacia la órbita de la Luna en el Apolo VIII serían despertados y tendrían una sensación parecida a la mía: el sobresalto de abrir los ojos cuando todavía es noche cerrada y la pereza de no desear que el día comience, al menos no todavía, de disfrutar de unos pocos minutos de indulgencia, de tránsito apaciguado entre el sueño y la vigilia, entre el paraíso originario de la oscuridad protegida y la inconsciencia y la luz cruda y las obligaciones inaplazables de la vigilia.

Más allá de las mantas y del embozo que me cubría hasta más arriba de la mitad de la cara notaba el aire helado, el frío que se había ido adueñando de toda la casa a lo largo de la noche y que me alcanzaría en cuanto saliera del refugio de las sábanas, las pesadas mantas, la piel de oveja que me ponían sobre la colcha, el frío húmedo adherido a las paredes de cal y a las baldosas de barro sobre las que se apoyarían mis pies como sobre láminas de hielo.

Sabía que faltaban pocos minutos para que me llamaran y apuraba segundo a segundo la sensación de calor y de pereza, los residuos de dulzura de un sueño en el que quizás había vislumbrado la espalda desnuda de Faye Dunaway, el resplandor de su pelo a los lados de los pómulos, de un rubio tan claro, tan cegador como el de un trigal en el mediodía de verano. Faye Dunaway tendida a mi lado, con sus labios carnales y sus pómulos asiáticos, su presencia casi tangible emanando del calor de mi cuerpo y de la intensidad de mi deseo.

En esta misma cama me acostaba a veces de niño junto a mi tía Lola, y para dormirme y quitarme el frío y no tener miedo de la oscuridad me abrazaba a ella, su cuerpo cálido como el pan recién hecho que llegaba a casa por las mañanas en un cesto de mimbre tapado con un lienzo. Con la mano extendida tocaba el calor y la forma plena y mullida del pan caliente bajo la tela: muy apretado contra ella tocaba el cuerpo acogedor de mi tía Lola bajo la tela de su camisón y ya dejaba de tiritar y de tener miedo. «Cobíjate bien, que hace mucho frío.» Me abrazaba a ella más fuerte, le rozaba los pies con los míos y los notaba helados, mi tía levantaba el embozo hasta que nos cubría las cabezas y en el interior de ese espacio oscuro y caliente su cuerpo desprendía una temperatura y un aroma más sabrosos que los del pan recién traído del horno. Nos hundíamos en el colchón de lana, pesaban sobre nosotros las mantas acumuladas y más allá, por encima, a nuestro alrededor, a los pies de la cama, debajo de ella, se mantenía intacto el asedio del frío, que ahora no podía nada contra nosotros, mientras nos mantuviéramos escondidos e inmóviles.

El frío del invierno es una invasión misteriosa que se cuela bajo las puertas y entre los postigos mal ajustados y avanza gradualmente por las habitaciones y los pasillos a oscuras, que sube invisible por las escaleras y se extiende sobre cada superficie con un cerco afilado, sobre el cristal de las ventanas donde la respiración forma un vaho inmediato, sobre los barrotes de hierro y las cabezas de cobre y de latón dorado de las camas, sobre la cal humedecida, sobre los cuadriláteros de las baldosas. En las habitaciones donde hay un fuego encendido o un brasero de candela y de ascuas el frío se aproxima al límite de la irradiación del calor y aguarda como una alimaña sigilosa a que las llamas mengüen o se apaguen, a que la ceniza tibia y luego fría recubra las ascuas del brasero: entonces el frío avanza, va rozando la espalda, el cogote, se va infiltrando bajo los dobleces de la ropa, sube desde el suelo hasta las plantas de los pies y luego se apodera de los tobillos, y una vez que ha progresado tanto en su invasión ya es difícil buscar refugio contra él, y te seguirá incluso escaleras arriba hacia tu dormitorio o estará esperándote en la oscuridad cuando abras la puerta. Y aunque te des mucha prisa en desnudarte el frío te asaltará los pies en cuanto los dejes un instante desnudos sobre las baldosas, y cuando te cobijes debajo de las mantas y te cubras bien con el embozo y pienses que te has librado de él, el frío te habrá seguido y se habrá inoculado en ese refugio en el que ni siquiera la temperatura de tu cuerpo puede al principio disiparlo. Te asaltará la mano que sacas del interior caliente para apagar la luz, y te dejará heladas las dos si las empleas para sostener un libro. Escaparás de él, como escondiéndote en lo más hondo y más oscuro de una madriguera, pero se quedará esperando mientras duermes y en el silencio de tu cuarto irá creciendo minuto a minuto, y cuando te despiertes traspasará con sus aristas invisibles de hielo todo el espacio de la habitación. En casa de mi tía Lola hay calefacción, y pequeñas estufas eléctricas por si la calefacción no es suficiente, y alfombras a los pies de las camas donde los pies se posan sobre una materia cálida y acogedora. En nuestra casa grande y destartalada, con cuartos enormes, con postigos que no encajan, el único calor que hay durante el invierno está en el brasero de la mesa camilla del comedor y en el fuego de la chimenea de la cocina, al que mi madre y mi abuela arrimaban los pucheros y las trébedes de las sartenes antes de que mi tío Carlos le vendiera a mi padre una hornilla blanca de gas que da una llama azulada, y que ha de ser encendida con precauciones extraordinarias. Quisieras tener un traje acolchado y grueso de astronauta, uno de esos trajes blancos y mullidos con botas gruesas y guantes enormes como el que llevaba Buzz Aldrin cuando salió a pasear por el espacio en el último vuelo del proyecto Gemini. Flotaba, sin peso, unido a la nave por una especie de cordón umbilical, ajeno al frío sin límites de la nada exterior, viendo moverse la Tierra azulada e inmensa, la esfera que giraba majestuosa y lentísima debajo de sus pies como un globo translúcido, tan falto de peso como él mismo, un globo azul perdido en la negrura y el vacío, cubierto a medias por espirales de nubes, reflejando como un gran espejo convexo la luz solar. Veía la frontera de la noche avanzando de este a oeste, la oscuridad tragándose continentes y océanos, y de pronto le costaba recordar a las personas queridas que estaban esperando su regreso y hasta sentir un vínculo personal con ese planeta perdido como una ínfima mota de polvo en la espiral de una galaxia. Los astronautas que ahora mismo duermen y que despegarán dentro de unas horas van a volar mucho más lejos, más allá de lo que cualquier ser humano ha llegado nunca. A una velocidad de más de treinta mil kilómetros por hora la nave Apolo VIII romperá el influjo de imán de la gravedad terrestre y cruzará el espacio en dirección a la Luna, pero ninguno de sus tripulantes llegará a pisarla. La mirarán desde muy cerca, mientras giran en su órbita, desde una distancia de no más de cien kilómetros. Pero también es posible que la nave se incendie antes del despegue, como le ocurrió al Apolo VII hace tres meses, el 11 de octubre, cuando el módulo de mando, por culpa de la chispa de un cortocircuito que incendió en un instante el oxígeno puro que respiraban los astronautas, se convirtió en una trampa de llamas y de gases asfixiantes.

Mi abuelo y mi padre se han levantado muy de noche para aparejar a las bestias, pero mi madre y mi abuela se levantaron mucho antes que ellos, para encender el fuego y preparar la comida del día. Han bajado a la cocina en la que el frío hacía más intenso el olor a ceniza de la lumbre que apagaron anoche antes de dormirse. Mientras dormían el frío se ha adueñado de toda la planta baja de la casa como de una ciudad sitiada donde los centinelas se rindieron al sueño, y ahora ellas tienen que empeñarse en recobrar una parte del espacio perdido, igual que ayer cuando amaneció y que mañana cuando vuelvan a levantarse y que cada uno de los días del invierno. A la luz de la bombilla que cuelga del techo han barrido la ceniza y fregado las baldosas ennegrecidas del hogar con el agua helada de un cubo que han sacado del pozo. Han vaciado los orinales en el retrete del corral. Han cruzado el corral reluciente de escarcha para ir al cobertizo en el que se guarda apilada la leña de olivo y al entrar en él han sobresaltado a las gallinas y a los conejos que dormían al calor del estiércol. Han vuelto a la cocina cada una con un brazado de leña y han dispuesto los troncos ásperos en el hogar de la mejor manera para que el fuego prenda cuanto antes, arrimándoles un puñado de paja seca, una hoja retorcida de periódico que encienden con una cerilla. Cuando los hombres bajan a la cocina el fuego crepita y asciende por el hueco grande de la chimenea y ya hay sobre la mesa tazones de leche recién hervida y rebanadas de pan tostado untadas en aceite o en manteca. Se acercan a la lumbre para calentarse y en sus caras y en sus manos se refleja el esplendor de las llamas. El frío se ha retirado, al menos de la cocina en la que crepita el fuego, ha ido a agazaparse en las habitaciones cercanas y en los huecos más sombríos de los pasillos y las escaleras. En el retrete del corral mi abuelo y mi padre se han aliviado con largas meadas resonantes y han examinado el cielo y considerado la textura del aire y la dirección del viento para saber cómo se presentará el día de aceituna. Mi madre y mi abuela preparan la comida fría que llevaremos al campo, las fiambreras de carne o sardinas con tomate, las lonchas de tocino salado, los chorizos, las morcillas que descuelgan del techo con una vara larga terminada en un gancho, las tortas de manteca y pimentón, los grandes panes de corteza dura y polvorienta de harina y miga densa, y lo guardan todo en un zurrón de esparto al que llaman la barja. Mi madre sube fatigada y enérgica las escaleras para dejar hechas las camas antes de que nos vayamos al campo. Y esta tarde, cuando regresemos, yo me sentaré a leer junto al fuego y mi abuelo se irá a conversar sobre cosechas, temporales y sequías, junto a los grupos rumorosos de hombres vestidos de oscuro que ocupan los soportales de la plaza del General Orduña: pero mi madre, sin descansar ni un minuto, tendrá que ponerse a preparar la cena con mi abuela, y quizás antes saldrá al cobertizo del corral a lavar la ropa de todos nosotros restregándola con sus manos enrojecidas en la pila de piedra, lavándola con un jabón rudo y casero que escuece la piel, aclarándola con agua helada.

Me da envidia de mi hermana, que sólo tiene siete años y puede seguir durmiendo, que se levantará tarde y se pasará el día con mi abuela en la casa silenciosa o saldrá a jugar con sus amigas a la plaza más sosegada que nunca, porque en la temporada de la aceituna el barrio entero se queda desierto. El reino en el que todavía vive mi hermana es un recuerdo tan cercano aún para mí como el de las sábanas acogedoras y calientes que he dejado atrás en mi dormitorio, ahora ya invadido por el frío. Por culpa del pecado original Adán y Eva fueron expulsados del paraíso y condenados al trabajo. *Ganarás el pan con el sudor de tu frente.* Pero esa maldición que según los curas es universal sólo me afecta a mí entre los alumnos de mi curso, porque ayer fue el último día de clase y se repartieron las notas y había un ambiente nervioso y festivo incluso entre los internos. El réprobo Fulgencio canta *O sinner man* con la voz más grave y el ritmo más acelerado que nunca, acompañándose con imitaciones vocales del bajo eléctrico y de metales sincopados, con solos de batería —regla, compás y tiralíneas— que retumban al fondo del aula. Gregorio se ríe como un conejo después de que se le descompusieran fétidamente los intestinos mientras el Padre Director guardaba un largo silencio antes de dar lectura a las notas de Matemáticas. En vísperas de las vacaciones yo soy el único que trabajará en el campo desde el día siguiente, y no en la huerta de mi padre, sino a cambio de un jornal, en la cuadrilla de aceituneros de un propietario rico que tiene varios miles de olivos.

—El trabajo manual ennoblece —dice el padre Peter, cuando se lo cuento. Me ha visto solo y cabizbajo en el patio y se me ha acercado para preguntarme qué me pasaba—. Los curas obreros que ahora escandalizan tanto en realidad ya existían desde que se fundaron los monasterios benedictinos: «*Ora et labora.*»

Ora et labora. Al pobre don Basilio, el ciego de Latín, Endrino y Rufián Rufián le volvieron a poner un pupitre en su camino y se dio un golpe tan fuerte en los testículos que soltó un *Me cago en Dios* y se le cayeron al suelo las hojas en braille sobre las que deslizaba los dedos leyendo nuestras notas. Se agachó a recogerlas, porque don Basilio es un ciego cabezón al que no le gusta pedir ayuda, y se dio otro golpe en la frente con el mismo canto del pupitre, lo cual fue motivo de algarabía general, y de una amenaza de suspenso colectivo. Sobre las risas de todos destacaba la carcajada bronquítica del réprobo Fulgencio, que no había aprobado ninguna asignatura, ni la Religión ni la Gimnasia, ni la Formación del Espíritu Nacional, y que tendría que pasarse las vacaciones enteras castigado en el colegio, solo en los dormitorios deshabitados y en el comedor donde no habría más comensales que él y los curas cuya principal tarea iba a ser la de vigilarlo.

Ganarás el pan con el sudor de tu frente. Ganarás el pan con tus manos casi infantiles todavía rígidas de frío y con tus rodillas desolladas de arrastrarte sobre la tierra endurecida por la escarcha, con el dolor de tu cintura y el de tu espalda que llevarás doblada todo el día. La piel de los dedos en torno a las uñas se te quedará en carne viva al arañarse con las aristas de la tierra helada cuando quieras recoger las aceitunas medio hundidas en ella, y cuando avance la mañana y el sol disuelva la escarcha se te hundirán los pies y las rodillas en el barro. Los hombres van por delante, arrastrando los grandes mantones de lona alrededor de los troncos de los olivos, golpeando con varas largas y gruesas como lanzas las ramas dobladas por el peso de los racimos de aceitunas verdes o negras, púrpuras, violetas, tan henchidas de jugo que revientan al pisarlas. A cada golpe las aceitunas caen como rachas sonoras de granizo sobre los mantones. Los hombres asedian el olivo, los más ágiles se suben a la horquilla del tronco para alcanzar las ramas más altas, hablan a gritos y ríen a carcajadas y muchas veces trabajan briosamente sin quitarse el cigarrillo de la boca. Llevan gorras o boinas, chalecos viejos de lana, pantalones de pana atados con una cuerda o con una correa a la cintura y botas sucias de barro. Trabajan metódicos, enconados, joviales, sujetando las varas bruñidas por el tacto de las manos, tirando de los mantones cargados de aceituna de un olivo a otro como cuadrillas de pescadores que arrastran sobre la arena una red rebosante de peces. Cuando un mantón está colmado y ya pesa tanto que no se puede tirar de él los hombres gritan: «¡Pleita!» o «¡Espuerta!», y llegan corriendo los criboneros, con sus grandes espuertas de goma negra o de esparto áspero en las que los hombres vuelcan los mantones. Los criboneros son chicos algo mayores que yo, o de mi misma edad pero con más experiencia: de dos en dos llevan las espuertas llenas de aceituna hasta la criba plantada entre dos hileras de olivos. Allí vuelcan las aceitunas sobre una tolva que se prolonga en un plano inclinado hecho de cables de alambre: en la caída las aceitunas se separan de las hojas y las ramas rotas de olivo, y mientras caen los criboneros las limpian todavía más con movimientos rápidos de las manos. Uno de ellos abre un saco o un capacho de esparto, el otro levanta la espuerta de aceitunas limpias hasta que el saco está lleno, y entonces se cierra y se ata con un trozo de cuerda de cáñamo. Los sacos se van apilando según avanza el día, las manos de los criboneros separan la aceituna de las hojas, aprietan nudos en las bocas de los sacos, sujetan las asas de las espuertas otra vez llenas de aceitunas, tan pesadas que caminan tambaleándose sobre la tierra o se les hunden los pies en ella cuando hay mucho barro. Y mientras las mujeres y los niños van cubriendo el terreno por el que los hombres han pasado, avanzando de rodillas, recogiendo las aceitunas que cayeron antes del vareo o las que han salido despedidas fuera de los mantones, arrastrándose debajo de las ramas y de la aspereza mineral de los troncos. Las mujeres y los niños ganan la mitad de jornal que los hombres. Pero ese es el único trabajo que a ellas les está permitido hacer fuera de la casa, y al final de los dos meses que dura la temporada de aceituna habrán ganado lo bastante para comprar ropa nueva a los hijos o pagar en la tienda de comestibles o en El Sistema Métrico las cuentas aplazadas. En la aceituna las mujeres y los hombres se relacionan con una soltura que no existe en ninguna otra circunstancia, se gastan bromas procaces que estarían prohibidas en la vida normal, y a veces, de las gavillas de mujeres arrodilladas, se levanta un escándalo de risas provocadas por historias que a algunas de ellas las hacen enrojecer y que los niños no entienden, o por una copla pícara que entonan a coro varias voces agudas:

En tiempo de aceituna
se hacen las bodas.
La que no sale al campo
no se enamora.

Yo avanzo de rodillas, siempre al lado de mi madre, fijándome en la velocidad con que ellas recogen aceitunas con las dos manos, picoteándolas entre el índice y el pulgar de cada una como si fueran dos pájaros. Con los jornales que ganemos los dos este invierno me encargará un traje y pagaremos los primeros plazos para un televisor. Yo soy mucho más lento que ella, se me forman padrastros dolorosos, se me rompen las uñas, recojo aceitunas y al poco se me caen de las manos, o voy a tirarlas a la espuerta y lo hago con tan mala puntería que caen fuera. Sin dejar de mover los dedos veloces y de avanzar arrodilladas las mujeres me miran y se mueren de risa, burlándose de mi torpeza, y yo me pongo rojo y me vuelvo más torpe todavía.

—Mira qué manos tiene, que parecen de niña.

—Pero si al pobre no se le han calentado todavía, no puede ni juntar las puntas de los dedos.

—Manos de estudiante, y no de aceitunero.

—Pues a todo hay que hacerse en la vida.

—La aceituna que recoge con una mano se le va escapando de la otra.

—Veréis cuando coja lo que yo me sé, cómo no se le escapa.

—Pero mujer, que es un niño, que se ha puesto colorado.

—Será un niño pero seguro que ya sabe manejar la mano del mortero...

Me arde la cara, me he puesto más rojo todavía, me pica el cuero cabelludo, y cuanto más rojo me pongo más alto se ríen las mujeres, arrodilladas bajo las ramas del olivo, guiñándole el ojo a mi madre, que oculta su incomodidad y su timidez bajo una media sonrisa. Cuando la vergüenza me inunda no hay nada que pueda remediarla, la vergüenza y una paralizadora sensación de ridículo. Ahora me gustaría volverme invisible, encogerme como uno de esos insectos que se repliegan hasta formar una bola, como cuando me encojo en la cama todavía de noche y cierro los ojos apretando los párpados y me hundo bajo las mantas imaginando que así no oiré las llamadas de mi padre o de mi abuelo desde el hueco de la escalera y estaré a salvo del madrugón y de las horas interminables de trabajo en el campo. Sin saber cómo ni cuándo ni por qué he sido expulsado de mi vida anterior y me encuentro tan perdido que no hay para mí un lugar seguro que no sea vulnerable o inventado y no hay nadie que yo no sienta como hostil hacia mí o que no se me haya vuelto extraño. Lo que añoro es tan inaccesible para mi entendimiento como lo que deseo, y la infancia se me ha quedado tan lejos como una vida adulta que no sé imaginar. Sin saber bien cómo ni por qué he perdido a los amigos con los que jugaba en la plaza de San Lorenzo y con los que iba a la escuela: han dejado de estudiar, se han ido al campo con sus padres o han entrado como aprendices en talleres y tiendas, y de pronto los veo y ya me parece que pasó mucho tiempo desde que jugábamos a la pelota o a las bolas o al burro y llevábamos pantalones cortos y mandiles azul marino de la escuela de los jesuitas. Ellos han empezado a convertirse en campesinos, en carpinteros, en mecánicos: sin saber muy bien cómo yo me he visto apartado, al menos provisionalmente, del destino común que me unía a ellos, y ahora voy a un colegio en el que he comprobado de cerca por primera vez que en el mundo hay pobres y ricos, alumnos becarios y alumnos de pago, hijos de notarios o de médicos o de terratenientes o registradores de la propiedad e hijos de pobres cuyas familias no conoce nadie. En la escuela primaria todos los niños eran como yo y casi todos procedían de mi mismo barrio de campesinos y hortelanos: en el colegio, inesperadamente, estoy solo y no me parezco a los demás, y observo la deferencia con que los curas tratan a algunos alumnos por muy crueles o revoltosos que sean y la altanería con que otros alumnos me miran y me hablan, hijos de los médicos y notarios cuyas placas doradas he empezado a reconocer junto a los portales más lujosos de la calle Nueva: herederos de los nombres más sonoros de Mágina, de la fundición en la que trabajan mis tíos y de la tienda de tejidos El Sistema Métrico, de la familia del general que tiene su estatua fusilada en el centro de la plaza, y también de la finca de millares de olivos en la que mi madre, mi abuelo y yo recogemos aceituna a cambio de un jornal.

Hemos subido todavía de noche hacia una casa detrás de la iglesia de la Trinidad donde se reúne la cuadrilla antes de partir hacia los olivares. Mi abuelo montado en su burra menuda y quejosa, mi madre envuelta en un mantón negro de lana, yo con un abrigo viejo, unos guantes que no me salvan las manos del frío. Es de noche pero las calles están llenas de cuadrillas de aceituneros y reatas de mulos, de carros con grandes ruedas de madera o de neumático. Parece que Mágina es una ciudad que está siendo evacuada antes de que llegue el día: mujeres y niños se agrupan sobre los carros para darse calor, hombres con cigarros encendidos guían a las reatas de burros o de mulos echándose las riendas sobre los hombros. Con mantones, abrigos, chaquetones recios, gorras caladas, bufandas, pañuelos sobre las cabezas, varas o zurrones de comida a la espalda, los aceituneros salen hacia el campo por los últimos callejones de la ciudad como una riada numerosa de refugiados que huyen: se ven de lejos sus hileras ocupando los caminos, se escucha el relincho de las bestias, los golpes de los cascos, las ruedas de los carros, el motor de algún Land Rover, el rumor multiplicado de los pasos de la gente sobre las veredas de tierra endurecida, en la oscuridad que se va volviendo grisácea y luego azulada. Mucho más lejos se levantan columnas de humo y arden las hogueras encendidas por los más madrugadores, los que han tostado en las llamas una loncha de tocino ensartada de una vara delgada de olivo y se lo han ido comiendo cortándola con una navaja sobre un trozo de pan untado de grasa, los que calientan las largas varas haciéndolas girar sobre el fuego para que pierdan el frío y no entumezcan las manos. Mi madre, mi abuelo y yo bajamos por los anchos caminos junto a nuestra cuadrilla, los vareadores, las granilleras locuaces, los criboneros, los muleros que se pasarán el día llevando al molino de aceite los sacos hinchados de aceitunas. Hacia el este, sobre la sierra de Cazorla, hay una hilera de nubes cárdenas en las que se insinúa la primera claridad rojiza del día. Si las nubes se abren sobre la sierra al amanecer, aunque el resto del cielo esté despejado, es posible que llueva.

—*Guadiana abierta...*

—*Agua en la puerta.*

«Pero no lloverá porque hace mucho frío», dice mi abuelo, y en el cielo todavía oscuro brillan las constelaciones con una claridad afilada de cristales de escarcha. Desde los ventanales del edificio donde se preparan para emprender el viaje los astronautas verán insinuarse la luz del amanecer sobre el horizonte del Atlántico y se preguntarán si este día que empieza será el último de sus vidas. Si lloviera algún día en estas vacaciones yo podría quedarme en la cama hasta que estuviera bien entrada la mañana. Si no llueve se trabaja un día tras otro, sin descansar nunca, ni en Navidad ni en Año Nuevo: se termina de recoger la aceituna de un olivo y se pasa al siguiente, y siempre queda por delante una hilera que no parece que vaya a acabarse nunca. Las cuadrículas de olivares se prolongan hasta difuminarse en el horizonte, igual que los caminos inundados de aceituneros. Mientras varean los hombres hablan sin descanso de fincas, de números de olivos, de los cientos o millares de kilos de aceituna que dio un olivar en la pasada cosecha. Hablan, se ríen a carcajadas, repiten bromas o refranes que son los mismos que dirán mañana y el año que viene y los que decían hace diez o veinte años, se suben a los troncos, dan golpes tremendos y a la vez muy calculados a las ramas para que la aceituna se desprenda de ellas sin que sea dañada, encienden cigarrillos que se les quedan apagados entre los labios, se raspan de las botas el barro que se adhiere a las suelas, tiran al unísono de los mantones cargados de aceituna. El árbol es una deidad austera y resistente a los golpes de las varas, un organismo de una fortaleza hosca, casi mineral, adaptado a los extremos del clima, a la escasez de agua, a las heladas del invierno, con un tronco duro y rugoso por el que parece imposible que circule la savia, con el volumen y la textura de una roca o de una joroba de bisonte, con raíces tan hondas que pueden alcanzar las humedades más escondidas de la tierra, con hojas puntiagudas, con el haz verde oscuro y el envés de un gris de polvo, hojas pequeñas y combadas para resistir en el aire muy seco reduciendo al mínimo la evaporación. Plantados en filas paralelas, a distancias iguales, sobre la tierra clara y arcillosa, los olivos cuadriculan el paisaje con una seca geometría que sólo se suaviza en las distancias, cuando la bruma azulada y la sucesión de las copas enormes ofrece un espejismo de frondosidad. De cerca son figuras ascéticas, hurañas, altivamente aisladas entre sí, de una longevidad y una envergadura que vuelven triviales por comparación a las personas que se afanan mezquinamente en torno a ellos, arrastrándose por el suelo para recoger sus frutos, empeñando todas sus fuerzas y todas sus ambiciones, las energías enteras de sus vidas, a cambio de un beneficio escaso e inseguro, que ni siquiera es del todo generoso ni en los mejores años de abundancia, salvo para los dueños de grandes olivares. Una cosecha que se anuncia buena cuando al final de la primavera brotan los racimos de flores amarillas se malogrará si no llueve a tiempo ese año o si al principio del invierno caen unos hielos demasiado fuertes.

De eso hablan los hombres mientras varean, o cuando descansan a mediodía para comer en torno al fuego, de hielos, sequías, kilos de aceituna, toneladas de aceite, olivares de riego o de secano, olivares comprados o vendidos, heredados, malbaratados por la mala cabeza de un heredero inútil o de un terrateniente dominado por la pasión del juego. A lo largo del día van subiendo hacia Mágina por los caminos reatas de mulos y de burros y carros cargados con sacos de aceituna que se vuelcan luego en los grandes depósitos de los molinos, formando ríos que suben y descienden por las altas cribas mecánicas, pirámides enormes, montañas de ese fruto negro, violeta, verde oscuro, de piel brillante, que enseguida revienta bajo las pisadas o los golpes, que nos da el aceite con el que cocinamos, cuyos huesos machacados y carbonizados son el combustible de los braseros con los que nos calentamos, igual que la leña de nuestras hogueras es la de las ramas del árbol y que el dinero con el que subsistimos la mayor parte del año es el de los jornales que ganamos durante la cosecha. Marea la multiplicación de los números, la conciencia intuitiva y casi aterrada de la pura repetición de las cosas. Cualquier especulación eclesiástica, cualquier presunto milagro o desvarío de la imaginación resulta seco y hasta despreciable si uno lo compara con la complejidad fantástica de lo que parece más común en la naturaleza: el número de las hojas de un solo olivo, su crecimiento a lo largo de siglos, el laberinto visible de sus ramas o subterráneo de sus raíces. Deshecho de cansancio, muerto de hambre, con las rodillas y las puntas de los dedos desolladas, arrastrándome sobre la tierra junto a las mujeres que picotean aceitunas a dos manos y a toda velocidad, pienso en el número de olivos que habrá en todo el paisaje ondulado y monótono de nuestra provincia, en cuántas manos se afanarán ahora mismo como criaturas gemelas de cinco extremidades bajo las anchas copas de color verde oscuro y gris, en cuántos millones y millones de aceitunas se habrán recogido hoy cuando al declinar el sol y regresar el frío los capataces decidan que hay que suspender el trabajo. Cuando sean las dos y media de la tarde el Apolo VIII habrá despegado de Cabo Kennedy quemando en los cuatro primeros segundos de la ignición dos mil toneladas de combustible: cuando hayan dado las cinco y mi madre, mi abuelo y yo estemos regresando a Mágina por los caminos de nuevo inundados de gente, añadiendo al agotamiento de la jornada el cansancio de la caminata de regreso, los motores de la última fase del cohete se habrán encendido para alcanzar la velocidad de alejamiento de la órbita terrestre. A nosotros nos pesará entonces más que nunca la fuerza de gravedad del planeta, mientras ellos flotan en el interior de la cápsula: pesarán las piernas doloridas, los pies calzados con botas a cuyas suelas se adhiere el barro, pesarán los brazos, las manos llagadas, las horas lentas del trabajo, la conciencia de que mañana habrá que levantarse otra vez cuando sea de noche y atravesar un día idéntico al de hoy, y al de pasado mañana, ordenado en una sucesión tan monótona como la de las hileras de olivos. Cuando llegamos a la ciudad y nos acercamos a la plaza de San Lorenzo ya casi ha anochecido y sube el frío de la tierra endurecida y de los guijarros del empedrado. Las niñas que jugaban en corros a saltar a la comba cantan una canción de burlesca bienvenida que forma parte tan intensamente de estas tardes de diciembre como el olor a humo de leña de olivo y el escalofrío de humedad del aire:

—Aceituneros del pío pío.
¿Cuántas fanegas habéis cogido?
—Fanega y media, porque ha llovido.

Voy tan cansado que arrastro los pies y se me cierran los ojos. Me duele todo, las rodillas, las manos, los riñones, de tanto inclinarme sobre la tierra. Sólo deseo llegar a casa y sentarme al calor del brasero. La desolación de pensar que mañana antes del amanecer volverán a levantarme me apaga hasta la expectativa de encender la radio y enterarme del despegue del Apolo VIII. Noto entonces unas punzadas frías en la cara, como pinchazos tenues, como roces de patas de pájaros: por encima de los tejados el cielo se ha vuelto liso y muy blanco, como si un resplandor pálido se filtrara desde el interior de las nubes.

Con un sobresalto de felicidad descubro que ha empezado a nevar: los copos, casi imperceptibles si no fuera por las punzadas suaves en mi cara, se arremolinan silenciosamente en torno a las bombillas de las esquinas. Esa noche, cuando me asomo al balcón antes de acostarme, el cristal se queda empañado con mi aliento, y los corrales de la casa de Baltasar y los tejados del barrio de San Lorenzo están cubiertos por la nieve, y los copos son tan densos que no se ve en la lejanía el valle del Guadalquivir. Me acurruco en la cama, sin quitarme la camisa ni los calcetines, y el calor de mi cuerpo va disolviendo el frío de las sábanas y me envuelve como los hilos de seda al gusano que va tejiendo su capullo. Agotado, protegido, absuelto, sabiendo que gracias a la nieve mañana no tendré que madrugar, me sumerjo en el sueño como si flotara en el espacio bien protegido en el interior del traje y de la escafandra, unido a la nave por un largo tubo de plástico blanco, mientras los copos de nieve surgen en remolinos de la oscuridad y chocan silenciosamente contra el cristal helado de mi ventana.

15

Nadie ha estado nunca más solo en el mundo, si se exceptúa a Adán, para quien crea en su existencia. Pero Adán tenía cerca de sí a las criaturas recién nombradas por él mismo y creadas unos días antes por Dios, las aves del cielo y los animales de la tierra, ya mugiendo, cacareando, rondando en las primeras noches del paraíso terrenal, donde muy pronto la soledad empezó a fatigarlo. Tú estás solo, en la celda cónica del módulo de mando, y las voces nasales y distorsionadas que escuchas las han traído las ondas de radio desde una distancia de casi cuatrocientos mil kilómetros, o desde el módulo lunar, que ahora mismo desciende hacia una superficie de cráteres gigantes y llanuras de polvo con nombres de mares en la que tus pies no van a dejar sus huellas. Estás solo, mirando a veces por las ventanillas hacia el espacio negro en el que no se ve la Tierra, y otras hacia la presencia esférica y enorme de la Luna, a menos de cien kilómetros de ti, y despojada de la belleza abstracta y de la lisa luminosidad que tuvo en la lejanía. Tan cerca, la Luna es un mundo áspero y devastado, amenazador en la escala de su desolación, de grises funerarios, de océanos de ceniza y de polvo, de acantilados y cordilleras de lava que se enfrió hace tres mil millones de años, de cráteres como los de una tierra de nadie torturada por bombardeos: miles, millones de cráteres de todos los tamaños, negros como bocas de pozos o túneles, como erupciones de viruela y como fosos abiertos por inconcebibles explosiones nucleares, agigantados por el contraste sin matices entre la sombra y la luz en un mundo donde no hay atmósfera. La claridad ciega siempre y cada sombra tiene una negrura tan profunda como la del espacio exterior. Cuando la luz solar se vuelve oblicua y menos dura y las sombras son más largas a veces da la impresión de que el color de la Luna no es un gris de piedra pómez, sino un marrón suave, con matices rosados. Pero ninguno de los astronautas que ha pisado la Luna o la ha visto muy de cerca es capaz de recordar cuáles eran los colores exactos que veía, y sus testimonios casi nunca coinciden, salvo en el estupor de comprobar que ninguna cámara fotográfica ha podido retratar de verdad esa luz, tan ajena a los hábitos de la mirada humana como la luz que pintó Leonardo al fondo de *La Virgen de las rocas*. Disciplinadamente cumples cada tarea programada y eludes el pensamiento de que no es improbable que esta soledad dure para siempre: si tus dos compañeros no vuelven, si hay un fallo en la ignición de los motores que dentro de veinticuatro horas deben encenderse para propulsar la cápsula fuera de la órbita de la Luna y en la trayectoria del regreso. El motor de despegue del módulo lunar no se ha encendido nunca: si tiene un defecto de diseño que nadie advirtió, si ha sido dañado en la maniobra del descenso, tus dos compañeros se quedarán para siempre en la superficie de la Luna. Para siempre no: su reserva de oxígeno durará unas horas. Según se acercaba la fecha del viaje tenías sueños en los que regresabas solo a la Tierra, superviviente único y manchado por la vergüenza de haber dejado atrás a tus dos compañeros. Consuela pensar que tu espera tampoco sería demasiado larga, si por algún motivo el módulo de mando no pudiera emprender el regreso o se extraviara en el espacio: en unos pocos días se habrá agotado el oxígeno. Permanecerás tendido, en uno de los tres sillones acolchados, sujeto por los cinturones, para no flotar como cadáver prematuro, llevado de un lado a otro por las olas, respirando despacio, para alargar al máximo la reserva de oxígeno, consciente de que esta cápsula de aluminio y de plástico será tu ataúd y girará durante cientos o miles de años como un satélite en torno a la Luna, hasta que la alternancia perpetua del calor y el frío y las partículas del viento solar la vayan desguazando o sea pulverizada por la colisión de un meteorito, o hasta que poco a poco se vaya deteriorando su órbita por la atracción de la Luna y acabe estrellándose contra ella. Cerrar los ojos, dejar en reposo las manos y las piernas, respirar por la nariz y expulsar el aire cautelosamente por la boca, sabiendo que cada breve exhalación aporta un poco del veneno que acabará asfixiándote, el anhídrido carbónico que en el curso de cuatro o cinco días habrá sustituido por completo al oxígeno.

Una vez estuve a punto de ahogarme, en la huerta de mi padre, en la alberca, cuando tenía nueve o diez años, un anochecer de verano. Iba corriendo por una vereda estrecha paralela a la alberca, me tropecé en la media luz rosada y tardía del crepúsculo y caí al agua, que no estaba profunda, porque se había gastado casi toda en los riegos del día, y me di un golpe contra una piedra en el fondo. Mi padre no estaba muy lejos, pero no oyó el ruido del chapuzón y no se enteró de nada. Debí perder el conocimiento durante unos segundos. Abrí los ojos y no sabía dónde estaba. Yacía boca arriba sobre el cieno y la vegetación sumergida de la alberca. Medio yacía, medio flotaba, ahogándome, aletargado, con los ojos abiertos, viendo tras el filtro verdoso del agua el vacío del cielo sin nubes en el que la Luna y Venus ya habían aparecido, las ovas que flotaban en la superficie, las ramas de una higuera que pendía sobre la alberca, buscando su humedad. Me habría ahogado no por no saber nadar sino porque no llegaba a tener conciencia de lo que estaba sucediéndome, y porque sentía una rara placidez que luego no he experimentado nunca, narcotizado por una dulce conformidad hacia algo que parecía la llegada del sueño o la de la noche, suspendido sin peso en el agua templada, entre el suave cieno y las algas del fondo y la superficie vaga y luminosa como un cristal empañado de vaho. Me revolví un instante después, manoteando en el agua de repente turbia que me inundaba los pulmones, logré agarrarme ciegamente a algo, la rama de la higuera, emergí como el que se despierta de una pesadilla, la boca muy abierta sin emitir ningún sonido, chorreando ovas y cieno, vomitando agua cenagosa mientras oía desde muy lejos la voz de mi padre llamándome. «Ay, hijo mío, qué torpe eres», me dijo luego, queriendo amortiguar el susto con un poco de ironía, mientras me ayudaba a secarme y me apretaba contra él para contener la tiritera de frío y de pánico retardado, «a nadie más que a ti se le ocurre ahogarse en tres palmos de agua».

Pero cuando te quedas solo de verdad es cuando se corta toda comunicación cada vez que la cápsula llega en su órbita al otro lado de la Luna. Ningún mensaje se escucha y nadie sabe nada de ti durante los cuarenta y ocho minutos que dura la travesía de la cara oculta. Se apaga tu voz en los receptores de la base de Houston y dejan de oírse los latidos de tu corazón en los monitores junto a los cuales los médicos de la misión permanecen en vela, y las cintas magnéticas giran en silencio, sin registrar ningún sonido. Al otro lado de las ventanillas la Luna es una ingente oscuridad en la que podrían alojarse los paisajes más fantásticos y las formas más primitivas y alucinatorias del miedo. Qué raro destino el de unos ojos humanos que miran de cerca lo que no ha podido mirar nadie, lo que resume todo lo oculto, todo lo que está al otro lado y en el reverso de las cosas. Ningún ojo, desde las acumulaciones rudimentarias de células sensibles a la luz que captaron por primera vez la de ese círculo blanco en medio del cielo de la noche. Los ojos de los peces, de los dinosaurios, de los australopitecos que alcanzaban a erguir la cabeza sobre los yerbazales de las sabanas de África. Y tú el más solo de todos, animales o humanos, el más aislado no ya de tu propia especie humana, sino de todas las especies vivas que han poblado la Tierra. En el Nepal la gente piensa que los muertos habitan en la cara oculta de la Luna y que los astronautas vislumbrarán en la oscuridad sus muchedumbres quejumbrosas. Tú flotas en silencio, en la penumbra del interior del módulo, iluminada débilmente por los indicadores y los números de los mandos, por la pantalla fosforescente de la computadora, que emite columnas de cifras y de letras de códigos, como una inteligencia insomne que espiara la tuya. Durante cuarenta y ocho minutos la presencia de la Luna es una pura negrura sin claridades ni matices ni puntos de referencia, pero es justo en ese tiempo cuando se vuelven visibles las estrellas: tan innumerables como no se ven jamás desde la Tierra, formando nuevas constelaciones que sólo pueden ver tus ojos, resplandeciendo en el espacio vacío sin la titilación que provoca el aire terrestre. Miras hacia el exterior con la cara pegada al cristal, hacia los millones de soles y las nubes galácticas de un universo que no parece el mismo hacia el que se alzan los ojos de los otros seres humanos. Miras cobijado en el interior seguro y a la vez tan frágil de la cápsula, navegando en medio de la oscuridad y el silencio, impulsado no por un motor sino por la misma gravitación universal que mueve la Luna ahora invisible y gracias a la cual dentro de unos minutos verás de nuevo aparecer la Tierra. Primero surge una penumbra en la que se define el arco de un horizonte muy curvado, e inmediatamente después irrumpe el brillo oblicuo del sol que borra del cielo los resplandores de las estrellas y revela de nuevo el paisaje geológico de cráteres y cordilleras tan altas que parecería posible que la cápsula chocara con uno de sus picos agudos. Y entonces, en ese amanecer acelerado que se repite cada hora, se alza sobre el horizonte la esfera azul y lejana de la Tierra, sola y nítida, muy luminosa en medio de la negrura, la Tierra que parece infinitamente frágil, perdida, casi tan imposible de alcanzar de nuevo como una de esas estrellas hacia las que se tardarían millones de años en llegar aunque se viajara en una nave a la velocidad de la luz. Intentas imaginar qué estarán haciendo ahora mismo las personas que quieres, tu mujer y tus hijos, recordar con detalle los lugares de tu casa, y te sorprende que la memoria se ha vuelto muy vaga y que no sabes calcular, sin consultar los instrumentos, qué hora es ahora mismo para ellos, si estarán sentados delante del televisor para saber las últimas noticias del viaje o si dormirán olvidados de todo, en la sólida y duradera oscuridad de la noche terrestre, en una cama en la que el peso de sus cuerpos les permite la sensación tan gustosa de hundirse ligeramente en el colchón, horizontales, inmóviles, anclados al descanso por la atracción familiar de la gravedad. Qué lejana la cadencia inmemorial, el ritmo binario de los días y las noches que está inscrito con la misma precisión en el sistema nervioso de las criaturas más rudimentarias y en el de los seres humanos, cuando en tu viaje alrededor de la Luna el día vertiginoso dura algo más de una hora y la noche que parece definitiva se acaba en cuarenta y ocho minutos. La luz del sol hiere tus pupilas desconcertadas que no la esperaban, aunque lo supiera tu conciencia afilada e insomne. Las voces suenan de nuevo, se llena de ellas el espacio estrecho de la cápsula, las voces que vienen en línea recta desde el centro de control situado en algún punto de esa esfera azulada y las que proceden de mucho más cerca, de otro punto igualmente invisible en la superficie de la Luna, las de los dos astronautas que ya se han posado sobre ella pero aún no se aventuran a abandonar el módulo lunar. Te llaman, dicen tu nombre, y al oírlo te parece que vuelves a recobrar una identidad vinculada a él y a la existencia y la atención de los otros después de un desvanecimiento o de un período de olvido cuya duración es ajena a los minutos exactos que marcan los relojes. Quién puede medir lo que dura un minuto en el silencio y en la oscuridad de la cara oculta de la Luna: las redes invisibles de las ondas de radio te atrapan cuando ya estabas más perdido, y sólo ahora te das cuenta de lo lejos que has estado mientras duraba el silencio. Como un tripulante de la misión Gemini que hubiera salido de la nave y flotara en el espacio y al que se le rompiera de pronto el largo tubo umbilical que lo mantenía unido a ella: se iría alejando, agitaría en el vacío las manos y las piernas, igual que un nadador al que una corriente lo aparta de la costa, y a cada instante la distancia se haría mayor y el astronauta ya no podría ver la nave de la que se había apartado. Vería la Tierra, su globo inmenso que le daría la impresión de girar como una rueda lentísima, y se abandonaría poco a poco a la resignación de morir, escuchando quizás las voces que lo llamaban en los auriculares, en el interior del casco donde se agotaba el oxígeno, ya convertido en un satélite del planeta al que no iba a regresar. Vería el delicado resplandor azul que separa la atmósfera de la oscuridad exterior: reconocería los perfiles de los continentes, tan precisos como si estuvieran dibujados en un planisferio; distinguiría el marrón terroso de los desiertos y las manchas suaves de verde en el cinturón de los bosques ecuatoriales. Le parecería mentira haber pertenecido a ese mundo, haberse alejado de él tan sólo uno o dos días antes. Pero esas palabras ya no significan nada, día o noche, ayer o mañana, arriba o abajo. No hay arriba ni abajo ni día ni noche ni mañana ni ayer. Hay una fuerza que atrae a los cuerpos celestes entre sí y otra que los aleja en las ondas expansivas de una gran explosión que tuvo lugar hace quince mil millones de años. Tú eres menos que una mota de polvo, que una chispa de fuego, que un átomo, que un electrón girando en torno al núcleo a una distancia proporcional como la que separa a Saturno o a Urano del Sol: eres menos todavía que una de esas partículas elementales de las que están hechos los electrones y los protones y los neutrones del núcleo. Y sin embargo tienes una conciencia, una memoria, un cerebro hecho de células tan innumerables como las estrellas de la galaxia, entre las cuales circulan las descargas eléctricas de las imágenes y las sensaciones a la velocidad de la luz. Oyes tu nombre repetido en los auriculares y ves tu cara a la media luz del interior de la cápsula, tu cara familiar y fantasma reflejada en el cristal convexo de la pantalla de la computadora. Te pones delante de la cámara de televisión que transmitirá tu imagen pálida y solitaria a la Tierra y ves tu cara en la lente como en un espejo diminuto. Mientras la nave cruza sobre la parte iluminada de la Luna, en los setenta y dos minutos que dura el día para ti, miras por las ventanillas buscando algún indicio que te permita descubrir el punto de aterrizaje del módulo lunar, pero estás demasiado lejos, y no llegas a ver nada, aunque a veces los ojos te engañan y te parece que has distinguido algo. No hay nada, sólo las cordilleras grises de picachos agudos, los cráteres que se multiplican en otros cráteres como los estallidos congelados de las grandes gotas de una tormenta, los océanos minerales, y un poco más allá el horizonte siempre curvado y cercano, hacia el que vas avanzando como una balsa que se acercara al filo de una catarata, la gran catarata de oscuridad y terror en la que te sumerges de nuevo cuando se hace el silencio de la cara oculta de la Luna.

16

—Ha venido don Diego, el párroco de Santa María.

—¿Y habéis visto si traía el santolio?

—Mama, eso yo ya no lo distingo.

—Hija mía, ni que fueras atea.

—Habría venido con un monaguillo.

—A lo mejor sólo quiere confesarse.

—Pues entonces va a tener tarea.

—Por eso tarda tanto en salir el cura.

—¿Y hay perdón para todos los pecados, por muy malo que haya sido uno?

—Algo ayuda si se dan buenas limosnas a la iglesia.

—Y si se invita de vez en cuando a chocolate con churros al párroco y se le manda algún pollo con la cresta bien roja.

—Qué cosas tienes, Lola. ¿Tú crees que el perdón de Dios se gana con regalos?

—Bien claro lo dice el refrán: *a Dios rogando y con el mazo dando.*

—De cuándo habrás sabido tú de refranes.

—El que no ha vuelto desde hace días es el médico.

—Poco remedio le puede dar ya.

—Será que quiere ahorrarse el dinero de las visitas.

—A mi hijo lo han llamado varias veces para que les haga no sé qué cuentas y no le han dado más que un vaso de limonada.

—Como si el dinero y las fincas se los pudiera llevar al otro mundo.

—Ya se encargará la viuda de disfrutarlos en este. Cuanto peor está el marido más fresca se la ve a ella.

—Qué sabemos nosotras si la procesión va por dentro.

—Muy por dentro ha de ir cuando ella sale todas las mañanas a la puerta pintada como una cómica. A lo mejor no llora para que no se le corra el maquillaje.

—No es de cristianos pensar mal de la gente.

—¿Y no es de tontos pensar bien de todo el mundo? *Piensa mal y acertarás*.

—Hija mía, hoy te ha dado por los refranes.

—Mira la sobrina, en cambio: cada día más estropeada, la pobre.

—Esa sí que lo va a sentir cuando falte su tío.

—Va a sentir que no tendrá que seguir limpiándole la mierda.

—Y que él ya no le dará más correazos.

—¿Tanto le pegaba?

—¿Pues tú no te acuerdas, cuando se oían los gritos y los golpes en toda la plazuela?

—Ésta no se acuerda de nada, como si no se hubiera criado en esta casa.

—Qué valientes, los hombres, con el pantalón de pana y la correa, se creen algunos los amos del mundo.

—¿Eso también lo perdona Dios, pegarle a una pobre coja indefensa?

—Se ha ido el sol y todavía sube fuego de la tierra.

—Y eso que en este corral estamos frescas, con la sombra de la parra.

—Poco calor tendrás tú, con esa falda tan corta y esos tirantes.

—No te metas con ella. Si su marido la deja, ¿quién eres tú para decirle nada?

—Su madre, ni más ni menos. No me gusta que las vecinas se asomen y que los hombres se vuelvan cuando ella pasa.

—Qué buenos racimos hay este año. ¿Puedo comerme uno?

—Mírala, como si no le hablara a ella.

—No seas impaciente, Lola, que todavía no están dulces. Acuérdate del refrán: *Por Santiago y Santa Ana pintan las uvas...*

—*Para la Virgen de agosto ya están maduras.*

—Es que las veo tan redondas y tan verdes y se me hace la boca agua.

—Dc chica cras igual de impaciente. Te subías a la tapadera del pozo para alcanzar los racimos.

—De eso yo no me acuerdo.

—Pues yo sí, que tenía que ir detrás de ti todo el día para que no hicieras diabluras.

—Para eso eras mi hermana mayor.

—Más de una vez te habría cambiado el puesto.

—Qué cabeza, hija mía, subirte al pozo. Si llega a romperse la tapa te habrías ahogado.

—Eso sí que no, que yo la vigilaba siempre.

—Yo creo que se ha cerrado la puerta.

—¿Qué puerta? Yo no he oído nada.

—La de Baltasar.

—Yo también la he oído. Si cierran ya es que no esperan que haya novedad esta noche.

—Qué buen oído tenéis las dos. Sin asomaros a la puerta os enteráis de todo lo que pasa en la plaza.

—Sin necesidad de ver la tele o de hablar por teléfono como tú.

—Yo oía sonar el teléfono todas las noches en la casa del ciego. Él no lo contestaba nunca. Me despertaba oyendo el timbre y ya me quedaba desvelada.

—A saber quién lo llamaría.

—De ciertas cosas es mejor no enterarse.

—Ya estáis las dos con los misterios.

—¿Es verdad que él y Baltasar fueron muy amigos?

—Eran amigos antes de la guerra, y parece que se hicieron socios después.

—Pues yo no me acuerdo de verlos hablar en la plazuela, ni de que entrara el uno en la casa del otro.

—A lo mejor Baltasar engañó al ciego, igual que había engañado a vuestro padre.

—Ya vuelves con lo mismo.

—Y volveré mientras viva.

—Hiciera lo que hiciera, bien lo está pagando.

—Eso sí que no. Pagamos antes nosotros, pasando hambre y miseria. Y luego he tenido que seguir toda mi vida viéndole la cara a ese hombre que nos había traído la ruina y le he dado los buenos días y las buenas noches y he ido a su casa y he aguantado que él y su mujer presumieran delante de mí de todas las cosas que tenían, porque vuestro padre será muy mandón con los suyos pero muy manso con los extraños, y en vez de negarle el saludo y de volver la cara cuando se cruzaba con él ha estado siempre haciéndole la reverencia. Si nos convidaba el día de su santo y yo no quería ir vuestro padre se ponía hecho un mulo conmigo, que había que ver lo mal educada y lo desagradecida que yo era, cuando Baltasar no invitaba a más vecinos que a nosotros. «Porque los demás no irían si los invitaran», le decía yo, y él contestaba, «como no los invitan dicen que no irían, pero por dentro se mueren de envidia. Y además se portó como un amigo cuando me hizo falta». «¿Como un amigo?», le decía yo, «¿cuánto tardó en firmar el aval diciendo que eras afecto al Movimiento?». «Tardara lo que tardara, si no llega a ser por él me habría muerto de hambre o de tifus en el campo de concentración.» «Ay, qué tonto eres, hijo mío, firmó el aval cuando vio que no había cargos contra ti y que de todas maneras iban a soltarte.» ¿Tú sabes cuántas veces tuve yo que cruzar de nuestra casa a la suya y llamar a su puerta para pedirle que firmara ese papel miserable? Llamaba y no me respondían, me quedaba esperando y tenía que volver a llamar, como si fuera una mendiga. Y yo sabía que los dos estaban dentro de la casa y que me hacían esperar a propósito, hasta los oía cuchichear y reírse muy bajo. Y a todo esto sin saber si vuestro padre estaba vivo o estaba muerto, sin poder mandarle cartas porque yo no tenía quién me las escribiera, con mi padre a mi cargo y cinco hijos a los que no tenía qué darles de comer, echándome a la calle cada día para pedir prestado aunque me muriera de vergüenza y haciendo cola a la puerta de las oficinas y de los cuarteles donde pudieran darme razón del paradero seguro de mi marido y de todos los papeles que harían falta para solicitar que lo soltaran. Qué podía yo entender de papeles, si apenas sé leer y casi no soy capaz ni de escribir mi nombre. Hasta carbón nos faltaba algunos días para calentar el puchero. ¿No os acordáis?

—¿Cómo quieres que me acuerde, si yo no había nacido?

—Pues tu hermana bien que se acuerda, a que sí.

—Cómo iba a olvidárseme. Ya tenía nueve años cuando acabó la guerra.

—Nueve años y llevabas adelante la casa y cuidabas a tus hermanos como si fueras una mujer, mientras yo andaba por ahí buscando algo de comer y queriendo averiguar si vuestro padre estaba vivo o lo habían fusilado o si lo iban a condenar a veinte años de cárcel.

—Pero si él no había hecho nada.

—Siempre pagan justos por pecadores.

—Pagan los tontos, y vuestro padre lo era. Se lo creía todo. Se creía la propaganda de los del otro lado: «No tendrá nada que temer quien no se haya manchado las manos de sangre.» Y lo mismo que se creía todos los discursos se creyó las mentiras que le contaba Baltasar sobre los billetes que valdrían y los que no valdrían cuando por fin entraran en Mágina las tropas de Franco.

—¿Y Baltasar cómo podía saber eso?

—Hija mía, pareces más tonta que tu padre.

—Baltasar era un fascista, aunque lo disimulaba.

—Baltasar no era ni rojo ni fascista, era del que estuviera mandando y de quien él pudiera sacar más provecho arrimándose. Como trabajaba de arriero y andaba siempre de un lado para otro aprovechaba para ayudar a los que más pudieran agradecerle luego los favores. Traía y llevaba recados y a más de uno le ayudó a cruzar las líneas. ¿Cómo crees tú que pudo pasarse al otro lado el ciego Domingo González? Y no lo hacía por buenos sentimientos. Tenía buen cuidado de ayudar a quien pudiera luego ayudarle a él, y como era más listo que el hambre enseguida se dio cuenta de que la guerra iban a ganarla los otros. No como vuestro padre, que se estuvo creyendo hasta el final los embustes que el doctor Negrín contaba en la radio, cuando hasta el más tonto o el más ciego podía ver que todo aquello estaba hundiéndose. Pues él nada. Dijeron en la radio de Franco que Madrid había caído, y él, que se lo creía todo, de pronto no se creyó precisamente eso, decía que a él no lo engañaban, que la toma de Madrid era un golpe de propaganda inventado para desmoralizarnos. Como si no estuviéramos todos ya bastante desmoralizados después de tres años de penalidades y de guerra. Todos menos él, claro, que se lo pasaba estupendamente presumiendo de uniforme, con lo alto y lo buen mozo que era, desfilando con su mosquetón al hombro cada catorce de abril. Yo le decía: «Manuel, si esto acaba mal y ganan los del otro bando, ¿qué va a ser de nosotros?» Y él tan fresco, «mujer, cómo van a ganarle unos cuantos militares sublevados al gobierno legítimo de la República». Él siempre con esas palabras que le gustaban tanto. «Y si pasara algo», decía, «que no pasará, ¿no estamos guardando cada semana más de la mitad de mi paga fija, para hacer frente a lo que sea?». De eso estaba tan orgulloso como del uniforme y de los correajes, del sobre con billetes que me traía cada sábado. Y a mí también me parecía mentira, después de haber pasado tantas necesidades en la vida, de no saber nunca si al día siguiente íbamos a tener un jornal o si se iba a arruinar una cosecha porque no lloviera nada o porque lloviera a destiempo. Igual que os digo una cosa os digo la otra, listo no será vuestro padre, pero trabajador más que nadie. Desde niño se ganó la vida en los cortijos y en las huertas, pero el que no tiene nada más que sus manos no saca nada en limpio por mucho que trabaje, y por muy buenas palabras que le digan los señores o los capataces. Los peones de los cortijos dormían en las cuadras con los animales y el día en que estaba lloviendo o en que se ponían malos no cobraban el jornal. Y cuando llegó la República y a pesar de todas las promesas había menos trabajo todavía, los señoritos y los capataces les decían a los hombres del campo: «Decidle a vuestra República que os dé de comer.»

—Dice Carlos que de esas cosas antiguas más vale no acordarse.

—Como si acordarse o no acordarse estuviera en la mano de uno.

—Hasta para nacer tuviste suerte tú, Lola, que viniste al mundo cuando lo peor había pasado.

—Cuando estalló la guerra nosotros estábamos algo mejor, y habíamos podido mudarnos a esta casa, porque a vuestro padre lo habían hecho aperador o jefe de muleros o comoquiera que se diga en el cortijo de los señores de Orduña. Pero llegaron unas patrullas en camionetas de aquellos milicianos que llevaban pañuelos rojos y negros y dijeron que incautaban el cortijo. Me acuerdo de esa palabra porque vuestro padre la decía mucho. Pero lo que hicieron fue quemar la casa, matar a tiros a los animales y pegarle fuego a la cosecha de trigo y de cebada, y hasta a vuestro padre estuvieron a punto de fusilarlo.

—¿Y él qué había hecho?

—Pues lo que ha hecho siempre y lo que ha sido su ruina, meterse donde no lo llamaban y hablar cuando tendría que haberse callado. Después de emborracharse con el vino de la bodega de los señores los milicianos empezaron a tirar al patio por los balcones del cortijo todo lo que encontraban, los muebles, los libros de la biblioteca, los cuadros, las imágenes de los santos, y cuando tenían una pila que llegaba más alta que los tejados lo rociaron todo de gasolina. Los peones estaban allí, mirando, sin hacer nada, pero vuestro padre se acercó a los milicianos y les dijo, «pero, hombre, vais a quemar también los libros y los santos, qué mal os han hecho». Y el miliciano lo agarró por la pechera de la camisa, aunque era más pequeño que él, y le dijo, «pues a ver si vas a ir tú también derecho a la hoguera».

—Qué valiente, mi padre.

—Qué insensato, más bien. Por mucho menos a otros les dieron el paseo, y tuvieron sus familias que buscarlos por las cunetas, tirados como perros, con las bocas abiertas y los ojos comidos por las moscas.

—Habría que verlo, lo orgulloso que iría, con su uniforme de guardia.

—Guardia de Asalto. Con todo el tiempo que ha pasado y todavía le gusta decir el nombre.

—¿Cómo sacó la plaza?

—Porque era muy alto, y porque sabía leer y escribir y hacer cuentas. Y porque a los guardias más jóvenes los mandaban al frente y como los mataban tan rápido siempre hacía falta gente nueva. Había aprendido a leer y a escribir en el cortijo, de noche, a la luz de un candil, con otro peón que había sido asistente de un capellán en la guerra de África.

—Yo me asomaba a la ventana para verlo venir.

Salía corriendo y él me levantaba en brazos, y me ponía la gorra de plato. Las otras niñas que jugaban en la calle se morían de envidia.

—Y lo mejor era el sobre, cada sábado, lloviera o nevara o hubiera sequía, parecía mentira, los billetes tan nuevos, que olían tan bien, sin mugre ni manoseo, como si los hubieran planchado, un jornal seguro por primera vez en nuestra vida. Y por tan poco tiempo. Pero yo veía cada semana que mi caja de lata iba estando más llena, y la guardaba en el fondo del armario. Él me decía, «mujer, no seas tan económica, que la semana que viene habrá otro sobre igual que este». Pero yo escuchaba las noticias de la guerra, aunque no entendía casi nada, y miraba las caras de hambre de la gente, y los puestos del mercado que se iban quedando vacíos, y los soldados que volvían de los frentes con un brazo o una pierna de menos o sin los dos brazos o las dos piernas, y pensaba, «esto no va a durar mucho, y cuando se acabe estaremos mucho peor que antes de que empezara». Al final mi caja de lata estaba llena de billetes, bien apretados, con ese olor a nuevo que me gustaba tanto, pero de qué me servían, si ya no había casi nada que se pudiera comprar con ellos, si el campo no daba trigo ni aceite después de tres años de dejarlo en barbecho. Algunas noches me desvelaba al lado de él, que roncaba y ocupaba la cama casi entera con las piernas abiertas, porque a él nada le quitaba el sueño, aunque cada día llegaran a Mágina más refugiados de los pueblos que iban tomando las tropas de Franco, aunque ya no tuviéramos para comer más que pan de algarrobas y lentejas agujereadas por los bichos y hervidas en un caldo de agua. Me desvelaba, iba al armario, buscaba a tientas mi caja, me la llevaba a la cocina y encendía una vela para contar mis billetes, pero estaba tan nerviosa que perdía la cuenta, o pensaba de pronto, «mira si cuando manden los de Franco deciden que el dinero de los rojos no vale». A él le faltó tiempo para reírse de mí cuando se lo dije a la mañana siguiente, nada más abrió los ojos. «Mujer, qué tonterías más grandes se te ocurren, para qué hablas de lo que no entiendes. Lo primero es que esos militares chusqueros no van a derrotar al gobierno legítimo de la República. Y lo segundo, poniendo que ganaran, que no ganarán, si dejaran sin efecto la moneda de curso legal, ¿cómo se mantendría la actividad económica?» Palabras nunca le han faltado. A mí podía aturdirme con ellas, pero yo no me quedaba tranquila. Un billete es una estampa pintada de colores, por mucho que se empeñe uno. «Un billete no es una mollaza de pan», pensaba yo, «ni una orza de lomo en manteca, ni una garrafa de aceite. Con papeles de colores no se enciende una lumbre ni se caldea una casa ni se llena una despensa». Y es como si Dios me hubiera abierto los ojos porque a los pocos días de aquello veo que vuestro padre vuelve de casa de Baltasar y entra en el dormitorio muy misterioso y en vez de quitarse el uniforme empieza a buscar en el armario, y yo que no le quito ojo y he ido detrás de él le digo, «qué buscas», y él, «la caja de lata, para guardar el sueldo de esta semana». Yo hacía como que no me daba cuenta, pero había notado que algunos días, cuando vuestro padre volvía, Baltasar estaba en la puerta de su casa, y lo saludaba muy atento, y se ponía a charlar con él, pidiéndole que le contara noticias de la guerra, como si él, que al fin y al cabo no era más que un guardia, supiera mucho de batallas y de política y estuviera al tanto de lo que los demás no sabíamos. Algunos días lo invitaba a que pasara, y le daba un vaso de vino, y a lo mejor algo de comida para nosotros que sacaría Dios sabe de dónde. En esa época todavía no se había mudado a la casa más grande, no había empezado a ganar dinero a espuertas y a comprarse olivares que le vendían por una miseria los señoritos arruinados después de la guerra. Era como los piojos y como la sarna, que prosperan más cuando hay más miseria. Yo me asomaba a la puerta, y me llevaban los demonios, porque conozco a vuestro padre y sabía que de aquello no podía salir nada bueno. «Qué buenas amistades estás haciendo con el vecino», le decía cuando llegaba a casa, con olor a vino en el aliento, «se ve que tenéis muchas cosas que hablar». «Cosas de hombres que a ti no te importan.» Y a mí me daba miedo que se fuera de la lengua, por darse importancia, o que Baltasar lo enredara en alguna de sus sinvergonzonerías, aprovechándose de que era tonto y de que iba de uniforme. «Como sabe que estoy bien situado me pregunta mi opinión sobre el desenlace de la guerra», decía, como si fuera un general, «¿y de qué te quejas, si me ha dado aceite, tocino y pan blanco para comer varios días?». «¿De dónde los habrá sacado? ¿Qué busca de ti cuando te regala esas cosas?» Me dejaba hablar y me miraba muy serio, con esa cara de ofendido que pone cuando se le lleva la contraria, como si me tuviera lástima por mi ignorancia, y ya no me dirigía la palabra ni cuando nos acostábamos. Pero al día siguiente, cuando se acercaba la hora de que volviera de su guardia, Baltasar ya estaba en la puerta, esperándolo otra vez, haciendo como que se había asomado para ver el tiempo que hacía. Yo lo veía aparecer al fondo de la plaza, tan alto, con su uniforme azul, con su correaje y su pistola al cinto, con su porra, y me decía, tan gallardo y tan simple, con tantas palabras y tantos pájaros en la cabeza hueca. Iba derecho hacia el otro, hacia Baltasar, como una mosca hacia una telaraña, pero yo me adelantaba y me acercaba a él como si tuviera urgencia de decirle algo y me lo llevaba conmigo. Pero duraba poco mi contento, porque al poco rato sonaba el llamador y era Baltasar que estaba en el portal preguntando por él y trayendo algo para vosotros, que también os ibais corriendo como tontos hacia él, porque os daba cosas que en nuestra casa no teníamos, naranjas valencianas o tabletas de chocolate. Vuestro padre acababa yéndose con él, y yo veía que el otro, más pequeño, le hablaba acercándosele mucho y vuestro padre bajaba la cabeza y decía que sí. «Qué trola le estará metiendo», me preguntaba yo, «por dónde nos va a salir esta amistad». Y me acabé enterando ese día que subió al dormitorio creyendo que yo no me daba cuenta y lo pillé buscando entre la ropa del armario. «Qué haces», le digo, y veo que se pone colorado, «qué voy a hacer, que he traído el sobre con la paga y quiero guardar la mitad en la caja de lata». Y entonces me mira muy serio y me dice que tiene que contarme algo muy importante, y a mí me da un sobresalto el corazón, «¿es que ha pasado algo?, ¿es que se ha muerto alguien?». Y él pone esa cara de drama, esa cara de saber cosas muy graves y muy escondidas y me dice: «Júrame que no vas a contar nada de lo que yo te diga ahora mismo», y yo le digo, «estarás acostumbrado a que yo hable tanto como tú», y él, «esto no es momento para bromas, júramelo o no te cuento nada». «Pues lo juro», le digo, «pero lo que sea cuéntamelo rápido y sin dar muchas vueltas, que tengo todavía que darles la cena a los chiquillos». Y entonces él me dice, como en el teatro cuando van a dar una mala noticia: «Leonor, la guerra está perdida.» Y yo casi me echo a reír. «Pues vaya secreto que me has contado», le digo, «si eso lo sabe todo el mundo, hasta los tontos de la calle, si yo te lo decía y tú no querías enterarte». «Una cosa son los rumores y otra las informaciones ciertas, y yo, por la responsabilidad de mi posición, tengo que distinguir lo que es verdad de lo que pueden ser mentiras de la propaganda enemiga.» «¿Y no vendrán por ti y te meterán en la cárcel? ¿No te quitarán de guardia y nos quedaremos en la calle?» «Eso es imposible», me dice, «y parece mentira que pienses una cosa así. ¿Por qué me van a perseguir a mí, si sólo he cumplido con mi deber? El general Queipo de Llano lo ha dicho en Radio Sevilla: "No tienen nada que temer los que no se hayan manchado las manos de sangre"». «¿Y tú cuándo has escuchado Radio Sevilla? ¿No me decías a mí que era un delito de traición escuchar las emisoras enemigas? ¿A eso vas todos los días a casa de Baltasar?» «A lo que yo vaya o deje de ir, eso no es cosa tuya. Baltasar me ha dado su palabra de que si hubiera algún problema, si las nuevas autoridades tuvieran alguna duda sobre mi ejecutoria, él me avalará.» «¿Y él cómo sabe tanto?», le digo. «Tiene sus contactos», me contesta muy misterioso. «¿Y si lo detienen los nuestros antes de que lleguen los otros», le digo, «y lo fusilan por traidor, y te llevan a ti por medio?». «¡Yo no me he apartado ni el negro de una uña del cumplimiento de mi deber! ¡Y mi obligación es servir y defender al gobierno constituido, sea el que sea!» «No hables tan alto», le digo, «que te van a oír en la calle del Pozo». Entonces baja mucho la voz y vuelve a ponerse misterioso. «Hay otra cosa más, que voy a decirte muy en secreto, y que es verdad aunque tú no te la quieras creer. Cuando entren las tropas de Franco, una gran parte del papel moneda emitido por la República será declarado sin valor.» «¿Cómo no me lo voy a creer», le digo, «si fui yo quien te lo dijo ayer mismo, sin que me lo contara nadie, y tú me llamaste idiota?». Entonces sí que me dio temblor en las piernas, y se me secó la boca, y se me encogió el estómago. Todo lo que yo había ahorrado en casi tres años se iba a quedar en nada, como si abriera mi caja de lata y volcara los billetes en la lumbre y en un momento no me quedaran más que las cenizas. «¿Ves cómo a las mujeres no se os puede contar nada?», me dice él. «¿Tú te imaginas que yo no estaba al tanto de todo, que no me preocupaba de encontrar a tiempo una solución? No he dicho que se vaya a anular todo el papel moneda: he dicho que una parte, "una gran parte". Habrá otra que seguirá valiendo, y que se podrá cambiar en los bancos por una cantidad equivalente del nuevo dinero de curso legal.» «¿Y cómo va a distinguirse el dinero que vale del que no vale?» Parece que se le nubla otra vez la cara y baja mucho la voz para decirme: «He prometido guardar el secreto y tú ya sabes que ni sometiéndome a tortura se me obligará a traicionar la confianza que se ha depositado en mí.» «Así que de eso era de lo que tanto tenías que hablar con Baltasar. Él te ha contado que sabe cuáles billetes valdrán, y cuáles no, y a ti te ha faltado tiempo para creértelo, y ahora vienes a buscar la caja de lata para llevársela a ese tío sinvergüenza y dejarle que mangonee en lo que a mí me ha costado tanto ahorrar.» Cerré la puerta del armario, eché la llave y me la guardé en el bolsillo del mandil, y me planté delante de él con los brazos cruzados. «Parece mentira», me dice él, «parece mentira que tengas tan poco juicio. ¿Quieres guardar esos billetes, y que no valgan nada dentro de unos pocos días?». «Lo que no quiero es que nadie me robe lo que es mío y de mis hijos.» «Dame la llave», me dice, y se me acerca un poco más, tan alto como el armario. «No me da la gana», le digo. «Dame la llave del armario si no quieres que tengamos un disgusto.» «Como te acerques más empiezo a gritar pidiendo ayuda a los vecinos y armo un escándalo.»

—Pero al final se la diste.

—Con un hombre tan grande, que se ponía tan mulo, como para no dársela.

—No se la di porque le tuviera miedo. Abrí yo misma el armario y saqué mi caja de lata porque pensé que a lo mejor tenía razón. Y porque me prometió que no iba a dejar que Baltasar se quedara con los billetes, o se los cambiara por otros. Me dijo que sólo iba a mirar los números, que a Baltasar y a algunos de su cuerda, los del otro lado, para pagarles su ayuda, les habían dicho las series de billetes que seguirían valiendo y las que no. «Pues si quiere mirar los números que venga aquí y que lo haga delante de mí», le dije. «Mujer, eso no puedo hacerlo», dice vuestro padre, «sería tanto como reconocer que he traicionado su confianza».

—Y tú le hiciste caso.

—Y me he arrepentido siempre.

—¿Os cambió todos los billetes?

—Yo no sé lo que hizo. El caso es que vuestro padre volvió con la caja de lata igual de llena, sólo que con algunos billetes mucho más usados, y yo los miraba y los remiraba y me parecía que eran igual de buenos, y como nunca he sabido mucho de cuentas tampoco podía estar segura de si ahora teníamos más o menos dinero. «¿Lo ves, cabezona?», me decía vuestro padre, «ahora sí que no tenemos nada de lo que preocuparnos. Pase lo que pase, yo tendré mi puesto y mi paga y tú nuestros ahorros en la caja de lata».

—¿Y qué hacía Baltasar con los billetes que no iban a valer?

—Pues comprar cosas con ellos, pagando lo que fuera, engañando a la gente que le vendía olivares, huertas y casas, lo que fuera, porque todo el mundo estaba tan desquiciado y tan hambriento como nosotros, y algunos querían vender muy rápido todo lo que pudieran para escaparse antes de que llegaran las tropas de Franco. El único que estaba tan tranquilo era vuestro padre. Iba a hacer sus guardias, a poner orden en las colas del racionamiento, a lucir su uniforme, como si no pasara nada. Caía de noche en la cama, tan grande como es, empezaba a roncar y se abría de piernas y a mí me dejaba en el filo, a punto de caerme. Y un día se fue con su uniforme de gala porque era domingo y cuando volví a verlo estaba detrás de una valla de alambre con pinchos entre una nube de presos tan flacos y tan hambrientos como él, que parecían todos más muertos que vivos, tirándose contra la alambrada, mirando con aquellos ojos de fiebre y de miedo que tenían, envueltos en harapos, comiendo en el suelo como animales. Cómo estaría de cambiado que yo miraba entre la gente y no lo conocí ni cuando lo tenía delante de mis ojos. Empezó a hablarme pero los otros prisioneros se aplastaban contra la alambrada y daban gritos a las familias que habían ido a saber algo de ellos, y los soldados moros los apartaban a culatazos. «Ve al banco», me decía él, «cambia los billetes, recuérdale a Baltasar que te firme el aval para que puedan soltarme». Fui al banco con mi caja de lata, me puse en una cola y estuve en ella todo el día, con vuestros hermanos pequeños de la mano, y cuando llegué a la ventanilla y enseñé los billetes el cajero los fue mirando uno por uno sin levantar la cabeza, y yo temblando, con las piernas tan flojas como si fuera a marearme. Y por fin aquel hombre con gafas volvió a poner los billetes en la caja de lata y yo le pregunté: «¿Hay alguno que no valga?» «Valer valen todos, señora», me dijo, «pero nada más que para encender el fuego o por si usted quisiera empapelar con ellos su casa».

17

Las cosas tienen un color, una consistencia de ceniza, que se podría disgregar si se tocara como una hoja de papel que ha conservado su forma después de quemarse. La Luna, al aproximarse a ella, era una esfera de ceniza compacta, de áspera piedra pómez, acribillada de cráteres, cruzada por cordilleras de lava congelada con aristas agudas, no suavizadas por ninguna erosión. *Como una playa llena de pisadas*, dijo uno de los astronautas que la miró de cerca, en la órbita lunar del Apolo VIII, *como una playa de arena grisácea*. Un globo de roca y polvo gris inmóvil en medio de una negrura sin estrellas, sin fondo posible. Dónde está el límite del Universo, y qué hay más allá. Sobre el horizonte curvado y demasiado próximo, abrupto como el filo de un abismo más allá del cual sólo hay oscuridad, flota la semiesfera azulada y blanca de la Tierra, solitaria y frágil en mitad de la nada, tan liviana como una mota de polvo irisada por un rayo de sol. He bajado las escaleras en la oscuridad para no despertar a nadie, he cruzado a tientas los portales de la planta baja, a los que llegaba un poco de la claridad de las bombillas en las esquinas de la plaza, listada por las persianas. Mientras yo aguardaba a que se hiciera el silencio Neil Armstrong y Edwin Aldrin han permanecido inmóviles en el interior del módulo lunar, hechizados por la incredulidad de lo que está sucediéndoles, mirando el paisaje exterior por las ventanillas triangulares. Cuando las patas metálicas y flexionadas como extremidades de un arácnido se posaron sobre la superficie hubo un ligero estremecimiento y se vio el polvo levantarse y caer en oleadas idénticas, flotando demorado en el espacio sin gravedad, cayendo en líneas iguales al no quedar sostenido por la resistencia del aire. El módulo lunar no se ha hundido en una capa impalpable de cien metros de polvo finísimo, según vaticinó aquel astrónomo de la Universidad de Duke: al otro lado de las ventanillas no hay construcciones fantásticas, pirámides de cristal erigidas por viajeros de otros mundos. Tan sólo la llanura ondulada, la claridad blanca y oblicua que relumbra en el gris de las rocas y perfila las sombras tan nítidamente como si estuvieran esculpidas en pedernal. La sombra alargada del módulo lunar es una silueta negra recortada contra la claridad cegadora del día. Ahora, en la penumbra del interior, iluminado por los números verdosos y las pulsaciones rojas y amarillas del computador, los dos hombres terminan de vestirse para la salida al exterior, sintiendo en sus movimientos la ligereza de una gravedad menguada, mirándose el uno al otro como los testigos únicos de algo que ha de suceder muy rápido y que no les dejará tiempo apenas para detenerse a mirar cuando se encuentren fuera, cuando empiece a contar el cronómetro urgente de sus dos horas únicas de caminata por la Luna, las que permite el depósito de oxígeno adherido como una gran joroba a la espalda del traje espacial. Se ajustan el uno al otro la escafandra, que se cierra con un resorte hermético, y se ven cada uno desde la reclusión y el silencio en el que empiezan a escuchar el rumor del oxígeno, el fluir de los delgados conductos capilares por los que circula el agua fría que mantendrá refrigerada la coraza blanca de plástico y tejidos sintéticos en cuyo interior se mueven con dificultad: las manos torpes, enguantadas, los brazos casi rígidos, extendidos, las miradas ansiosas y los labios que se mueven inaudiblemente detrás de la escafandra. Dos horas y unos pocos minutos y todo habrá terminado. Sólo dos horas al cabo de tantos años, de toda una vida, dos horas medidas segundo a segundo, como los latidos de sus corazones y cada una de las bocanadas de oxígeno que respiren: algo más de ciento cuarenta minutos apurados hasta el extremo en cada una de las tareas que han aprendido de memoria y a las que deberán dedicarse nada más pisen el polvo lunar con sus grandes botas de suelas ralladas. Recoger muestras de polvo, guijarros, fragmentos de rocas, plantar una bandera, instalar un espejo que reflejará un rayo láser enviado desde la Tierra para medir la distancia exacta con la Luna, un sismógrafo que registrará como un estruendo lejano cada una de sus pisadas, un receptor de partículas solares. Tanto tiempo esperando para tener sólo dos horas por delante, dos horas tan urgentes que no les dejarán la quietud necesaria para mirar espaciosamente en torno suyo, para decirse lo increíble, lo que nadie hasta ahora ha podido decir: *Estamos en la Luna, las tenues dunas de polvo en las que se marcan nuestras pisadas habían permanecido inalteradas desde mucho antes de que hubiera seres humanos sobre la Tierra, rudimentarios organismos vivos palpitando en el océano.* Yo avanzo a tientas, la mano derecha rozando la pared, buscando la puerta del comedor, donde está la televisión, temiendo haber dormido demasiado y llegar ahora demasiado tarde. Así caminaba hasta ayer mismo el vecino Domingo González, escondido en la doble oscuridad de su ceguera y de su casa, oyendo el timbre del teléfono que esta noche ha dejado de sonar. Alguien, el hijo o hermano o padre de alguna de sus víctimas, de alguno de los hombres a los que había mandado a la muerte poniendo su firma al pie de una sentencia, lo había dejado ciego de un tiro de sal en los ojos y le habría prometido que alguna vez iba a volver para matarlo. Y él ha estado esperando todos estos años, y al final quizás ni siquiera ha sido necesario que regresara su verdugo para que la venganza se cumpliera, para que el terror lo empujara a ahorcarse, tanteando en la oscuridad, queriendo huir de los timbrazos del teléfono. El silencio, la oscuridad, el sigilo, constituyen casi una especie de ingravidez. La plaza de San Lorenzo es un lago de silencio y de tiempo suspendido, en la que todo duerme y nada duerme, en la que están apagadas las luces de todas las ventanas salvo las de la habitación en la que Baltasar se muere muy lentamente, recostado frente al televisor, acompañado por la sobrina coja que dormita como un perro. La luz móvil y azulada del televisor enorme de Baltasar se filtra tras los visillos, por la ventana entornada para aliviar el calor de la noche de julio. La futura viuda y opulenta heredera duerme con pleno desahogo en la cama conyugal donde Baltasar no volverá a acostarse, tan ajena a la agonía tediosa de su marido como a la transmisión en directo de la llegada del hombre a la Luna. «Para lunas estoy yo», dice mi abuela que le ha dicho, «con la desgracia tan grande que tengo en esta casa». Tanto le afecta la desgracia, la deja tan exhausta, que cuando cae en la cama se queda dormida aunque ella no quisiera, y dice mi abuela que desde su dormitorio, desde un balcón a otro, puede escuchar cómo retumban los ronquidos de la viuda inminente.

La ventana del comedor está justo enfrente de la lámpara encendida en la esquina de la calle del Pozo: cuando empujo la puerta hay un cuadrilátero de luz recortado sobre las baldosas, y se escucha el mecanismo del reloj de pared al que mi abuelo le dio cuerda antes de acostarse. La claridad que entra por la ventana es la de la bombilla de la esquina y también la de la Luna en la que ya se ha posado la nave Eagle. Sin dar la luz enciendo el televisor: hay primero una nebulosa de puntos grises, negros, blancos, cruzando la pantalla, como sucede a veces cuando se corta la emisión, un crepitar como de lija, de rumores estáticos. Quizás se ha perdido la imagen, o no han funcionado las cámaras del módulo lunar, o ha ocurrido alguna de las desgracias que imaginaban los científicos y los proveedores de augurios: una radiación solar cegadora ha fulminado a los astronautas nada más asomarse a la intemperie de la Luna, una lluvia de meteoritos ha acabado con ellos. Entonces el granizado de puntos grises, blancos y negros empieza a disiparse, o más bien parece que se condensa en imágenes muy borrosas, en sombras o espectros blancos que acaban cobrando la forma extraña y reconocible del módulo lunar: las patas metálicas, la escalera, la plataforma sobre la que se levanta el poliedro confuso con ángulos irregulares y brillos como de papel de plata en cuyo interior los astronautas quizás aguardan el momento preciso de abrir la escotilla, la orden de salida que ha de llegar desde la Tierra. Es un aparato no menos extraño que la esfera antigravitatoria de Wells o que la bala hueca y gigante de cañón de los viajeros de Julio Verne. Parece hecho de cualquier manera, con materiales demasiado livianos, para reducir el peso al máximo, una yuxtaposición de partes que no acaban de encajar entre sí, las patas largas de crustáceo o de arácnido, tan frágiles que parece que un aterrizaje brusco podría romperlas, el cuerpo poliédrico forrado de una lámina dorada de aluminio, la escalera metálica, las ventanillas triangulares. ¿Por qué triangulares, y no redondas, como ojos de buey? Voces nasales dicen excitadamente en inglés algo que no entiendo: voces metálicas de transmisiones de radio medio ahogadas por sonidos estáticos, por un fragor de lejanía que desciende luego a un murmullo y por fin se desvanece en silencio. No escucho nada ahora, y aunque giro la rueda del volumen las vagas imágenes y fulguraciones grises se deslizan en la pantalla acompañadas por ningún sonido. Un brazo metálico se extendió automáticamente cuando el módulo lunar se posó sobre el polvo y en su extremo estaba la cámara de televisión que transmite ahora mismo estas imágenes. Formas vagas, difíciles de discernir, las patas del módulo, la escalera, de un aire tan inseguro como el del propio vehículo espacial, con sus paredes de aluminio tan delgadas que un meteorito del tamaño de una almendra podría atravesarlas. Mientras aguardaban, antes de vestirse los trajes espaciales y las escafandras, Armstrong y Aldrin oían un repiqueteo tenue de algo que chocaba contra el exterior del módulo, como arañazos, como gotas de llovizna: eran las partículas infinitesimales, llegadas del espacio, los granos de asteroides que puntean el polvo de la Luna como las patas de los insectos y de los pájaros la arena fina de una playa en la Tierra. Algo se mueve ahora, gris más claro y casi blanco en medio de la grisura, sobre la línea nítida que separa la superficie de la Luna de la oscuridad del fondo. Algo se mueve, alguien, flota, como en un acuario, una joroba grande que parece no pesar, una escafandra, unas piernas torpes que tantean los peldaños de la escalera metálica. Como alguien que baja cautelosamente por la escalerilla de una piscina y tantea el agua, no se atreve a arrojarse a ella, pero es impulsado de nuevo hacia arriba, sin peso, como si el traje estuviera hinchado por un gas más ligero que el aire. Un peldaño tras otro, despacio, y por fin el último, un salto ligero, y la figura salta y se eleva, se queda instantáneamente suspendida, ingrávida, más bien torpe, las botas tan gruesas, los brazos extendidos, el cuerpo entero oscilando, de un lado a otro, como en una danza pueril. La luz gris que llega a través del televisor desde la Luna ilumina mi cara en la habitación en penumbra. Siento como si todavía no hubiera despertado del todo, como si soñara que me he despertado en mi cuarto del último piso, que he bajado con cautela los peldaños para no despertar a mis padres o a mis abuelos, que caen cada noche en el sueño como piedras al fondo de un pozo. Con una mano enguantada y torpe he abierto la escotilla, he mirado hacia el exterior y me ha sobrecogido la desnudez mineral de un paisaje en el que la luz solar resalta con la misma precisión inflexible las cosas más cercanas y la línea del horizonte. Pero mis ojos no saben distinguir lo que está cerca de lo que está lejos: las pupilas humanas están adiestradas para mirar las cosas a través del velo del aire, no en esta cruda amplitud en la que no hay una atmósfera que mitigue perfiles, que atenúe distancias. Me he dado la vuelta para que las piernas salgan primero, sujetándome tan fuerte como puedo a las barras que hay a los lados de la escotilla, he extendido una pierna en el vacío, notando la falta de peso, he tanteado con el pie hasta encontrar el metal del primer peldaño, y al apoyarme en él mi cuerpo entero ha sido impulsado hacia arriba. El otro, mi compañero, el que bajará después que yo, me está mirando, de pie en el interior del módulo, en la penumbra amarillenta y verdosa: por un momento nuestros ojos se encuentran, y de golpe distingo en los suyos, cuando ya tanteo con el otro pie para descender un peldaño más, una expresión rara, que me inquieta, como si ese hombre junto al que estoy solo sobre la superficie de la Luna fuera, durante unos segundos al menos, mi peor enemigo. Tardo en darme cuenta de que lo que hay en sus ojos es una envidia del todo terrenal, un aire de ansiedad y de decepción. Quizás el oxígeno demasiado puro que estoy respirando me da un exceso de lucidez que roza casi el delirio, igual que acelera los latidos de mi corazón, pero durante un segundo lo que siento no es que voy a pisar la Luna dentro de un instante y que para pisarla he tenido que viajar casi cuatrocientos mil kilómetros desde la Tierra: lo que siento, lo único que veo, es esa expresión en los ojos de mi compañero, detrás de la escafandra, la mirada que se detiene en mí como si mi sola existencia fuera una afrenta mientras la conciencia que hay oculta tras ella y que relumbra en las pupilas está preguntándose *por qué él y no yo, por qué yo no soy el primer hombre que pisa la Luna*. Los sensores adheridos con esparadrapos a la piel registran los latidos del corazón, la presión sanguínea, el grado en el que se dilatan y se contraen los pulmones, pero no esa mirada, ni tampoco el vértigo ligero del descenso gradual en cada peldaño, ni la sensación de que no soy yo quien está viendo lo que ven mis ojos, de que no estoy del todo despierto aunque esté menos dormido que nunca en mi vida. Ahora el pie derecho baja y no encuentra nada, se mueve en el vacío, en la distancia que separa el último peldaño de la superficie de la Luna. Ese último impulso para saltar hacia abajo da casi tanto miedo como el primer salto en un paracaídas, como esos segundos de pánico y caída libre en los que el paracaídas no se ha abierto y no parece que exista ninguna posibilidad de que vaya a abrirse. Cierra los ojos, respira hondo el oxígeno puro con olor a plástico que te embriaga ligeramente el cerebro, que dispara a una velocidad inusitada las conexiones neuronales. Salta como un buzo en el fondo del mar, sobre la arena removida, como un simio, muévete ingrávido y acompañado por el retumbar de un latido próximo como un feto flotando en el líquido amniótico. Esas pisadas que descubres en un instante de aturdimiento sobre el polvo lunar son las que tú has dejado ahora mismo: esa luz de cine en blanco y negro y ese silencio de película muda son los que has visto en los sueños. Al cabo de unos segundos, cuando la pupila se ajusta a la claridad excesiva, la superficie de la Luna adquiere un tono casi rosa pálido, casi pardo, que se acentúa según el sol está más alto. Ni en la memoria consciente ni en los sueños rescatarás nunca los matices exactos de la luz sobre las rocas lunares, y cada fotografía que mires será una decepción. Pero tal vez estás viviendo un principio de alucinación, como el principio de vértigo que provoca cada paso, porque el cuerpo entero sale propulsado hacia delante al emplear los músculos instintivamente la misma fuerza necesaria para caminar sobre la Tierra: aquí tu peso es seis veces menor, pero la masa de tu cuerpo es la misma, de modo que si no calculas bien el impulso de un salto puedes caer hacia delante. A cada paso sientes las suelas de las botas hundiéndose ligeramente en el polvo, debajo del cual se perciben las rugosidades y las aristas de las rocas. El horizonte demasiado cercano y el cielo tan oscuro alteran el sentido de la orientación al confundir las distancias. Y en la intensa negrura la Tierra es un globo de cristal velado a medias por la sombra, resplandeciendo con una luminosidad azulada, con irisaciones de diamante, una esfera remota y a la vez tan nítida en los pormenores de los continentes y los océanos y las espirales de las nubes que te da la impresión de que podrías cogerla si dieras uno de esos saltos que permite tu nueva ligereza y extendieras las manos.

En el silencio tan profundo me han sobresaltado los golpes lentos del reloj que daba las cuatro de la madrugada. La vibración pesada del metal permanece en el aire. Las campanadas de la hora me devuelven la conciencia del lugar donde estoy, sentado sobre un duro canapé en una habitación casi a oscuras, junto a una ventana por la que entra la luz turbia de la bombilla de la esquina y también la que reflejan los océanos de rocas y polvo de la Luna, en una casa sumergida en la quietud silenciosa de la noche de julio, la quietud poblada de rumores, de cantos de grillos, de aleteos de gallinas que se agitan en sueño, de mordeduras de carcoma en el interior de las vigas demasiado viejas y de ratones que merodean por los graneros donde se almacena el trigo y los desvanes en los que están guardados los muebles viejos y las herramientas oxidadas, los baúles cerrados como ataúdes en los que las polillas se alimentan de las ropas de los muertos. Dentro de no más de quince años habrá vuelos tripulados a Marte. Antes de finales de siglo se habrán construido bases permanentes en la Luna, laboratorios, ciudades enteras bajo inmensas cúpulas de vidrio. Ahora es Buzz Aldrin quien baja por la escalerilla del módulo lunar, quien da un salto desde el último peldaño y flota como un muñeco en el vacío. Qué será de mí cuando el verano termine y tenga que volver al colegio, cuando el padre Peter se me acerque y me pregunte si no me apetece confesarme, cuando esté sentado en una banca y el Padre Director golpee la mesa con el resorte del bolígrafo invertido. Dónde estaré yo y cómo seré cuando la primera nave tripulada se pose sobre una llanura rojiza de Marte, después de un viaje de dos años a través del espacio. Los dos hombres saltan, como a cámara lenta, con un aire pueril de diversión, como niños que chapotearan en un charco. Las huellas muy rehundidas se marcan sobre el polvo de la Luna, esculpidas por las sombras oblicuas, como impresas en arcilla. El viento infinitesimal de los micrometeoritos tardará varios millones de años en borrarlas. Despliegan algo, una bandera, las barras y las estrellas muy borrosas en el granulado de la imagen, pero parece que no logran hincar el mástil, y cuando se separan de ella para hacer un saludo inmediatamente tienen que volver a clavarla. Cuántos minutos quedan, cuántas pisadas, cuánto oxígeno en los depósitos, cuántas tareas por cumplir. Algo más de dos horas caminando sobre la Luna y luego una vida entera para recordar, para ir olvidando, para vivir con una añoranza permanente, una íntima sensación de disgusto y de fraude. Pero aún no ha terminado el viaje ni ha desaparecido el peligro. Se quitarán las escafandras, las botas, los trajes como corazas, se tumbarán a dormir en el suelo, porque en el vehículo Eagle no hay sillones anatómicos ni literas, para aprovechar al máximo el espacio, para aligerar lo más posible el peso. A pesar del agotamiento les costará dormirse y tendrán que tomar un somnífero, y cuando los despierten desde el centro de operaciones en la Tierra volverán a asomarse con la misma incredulidad y tal vez con una anticipación de nostalgia al paisaje muerto que ya no van a pisar nunca más en sus vidas. Oigo un ruido ahora, unos pasos que hacen crujir el techo sobre mi cabeza. Falta todavía mucho para el amanecer pero mi padre ya está levantándose para ir al mercado. Le gusta mucho levantarse cuando aún es de noche, sobre todo en verano, dice que le parece que las calles están recién abiertas y el aire más fresco y más saludable porque todavía no lo ha respirado nadie. Se mueve con cuidado por el dormitorio, para no despertar a mi madre, buscando la ropa que él llama de ir a vender, la de presentarse impecable y limpio ante sus parroquianas, el pantalón que dejó bien doblado sobre los barrotes a los pies de la cama, la camisa blanca sobre la que se pondrá al llegar al mercado su chaqueta todavía más blanca de vendedor. No quiero que me encuentre despierto, no porque tema que se enfade conmigo, sino por una mezcla rara de incomodidad y timidez, porque me da vergüenza que baje y me vea sentado a oscuras frente al televisor, a esta hora de la madrugada, un indicio más de la rareza que él no quisiera ver en mí pero de la que sin duda otros le advierten. Cuando oigo sus pasos en la escalera apago el televisor, me tiendo en el sofá, con los ojos cerrados, para hacerme el dormido. Pero no va a entrar en el comedor: irá primero al corral, a examinar el cielo y a mear sonoramente. Sacará un cubo de agua del pozo, lo volcará sobre la palangana y se lavará a grandes manotadas la cara y el torso, disfrutando del frescor del agua y de la tibieza del aire, fragante con los olores de la parra y de las macetas de geranio y jazmín. Se afeitará luego en la cocina, delante del espejo roto que cuelga de un clavo en la pared. Lo oigo pasar cerca de mí, por el portal, al otro lado de la puerta cerrada del comedor, y aprieto los párpados, como si no ser visto por él dependiera de lo bien cerrados que tengo los ojos. Sobre el empedrado del portal resuenan los tacones de sus zapatos de ir a vender, que cambiará escrupulosamente por unas alpargatas de lona cuando vuelva del mercado a mediodía y se disponga a ir a la huerta. Me parece que murmura algo, que suspira, un hombre solo que se dice algo a sí mismo en voz baja en la casa donde no imagina que haya alguien despierto. Cómo serán los sueños que recuerda mi padre, sus imaginaciones sobre el porvenir. Qué lugar ocuparé yo en su conciencia, ahora que él se va difuminando en la mía, igual que se debilita el sonido de sus pasos cuando se aleja por la esquina de la plaza de San Lorenzo, camino del mercado. Los párpados que apreté con un esfuerzo de la voluntad ahora me pesan sobre los globos oculares. Los mantendré cerrados un momento, y cuando esté bien seguro de que ya no suenan los pasos de mi padre me levantaré del duro canapé para encender de nuevo el televisor. Un instante después me sobresalta el roce de una mano que se ha posado en mi hombro. Abro los ojos, y el comedor que hace un momento permanecía en penumbra está inundado por el sol de la mañana de verano, y mi abuela me mira desde arriba con aire de guasa.

—Hijo mío, lo último que nos faltaba era que te volvieras sonámbulo.

18

Está empezando a amanecer cuando doblo la esquina y llego a la plaza, dejando a mi espalda la Casa de las Torres. En el cielo liso, azul marino, todavía no tocado por la primera claridad que se insinúa como una línea de niebla violeta al fondo del callejón que da al este, hacia los campanarios de Santa María, la única estrella bien visible todavía es Venus, muy cerca de la luna llena. Pero Venus no es una estrella, sino un planeta, dice mi voz impertinente, quizás oscurecida por el frío ligeramente húmedo del amanecer, mi voz que quiere explicarlo todo y está adiestrada no para hablar con nadie sino para actuar como mi compañía solitaria, la voz de mi conciencia. La Luna ha perdido consistencia y volumen y ahora es un disco plano y translúcido como una oblea a punto de disolverse en el azul más claro del día. Pero todavía no, todavía parece que ha acabado la noche y no comienza la mañana, que el tiempo se ha inmovilizado en esta perfección de silencio, de claridad indecisa entre el gris y el azul. En los callejones empedrados y desiertos por los que he venido la noche perduraba densa en el interior de las casas, en los zaguanes y las bodegas, en los dormitorios donde postigos y cortinas mantienen una oscuridad estancada de respiraciones, de sábanas recalentadas y de cuerpos sumergidos todavía en lo más profundo del sueño. Detrás de los balcones tan herméticamente cerrados parece que no viviera nadie: que los últimos habitantes aseguraron postigos y cerrojos antes de irse para siempre. Es tan temprano que ni siquiera se han levantado todavía los hombres más madrugadores, los que se ponen en la oscuridad los pantalones de pana, las camisas blancas y las alpargatas y bajan a las cuadras para aparejar los mulos antes de salir hacia el campo, de modo que se adelanten a la luz del día y al calor y cuando el sol empiece a estar alto ellos ya hayan terminado con sus tareas más agotadoras. La hora de la fresca, la de regar en las huertas, la de recoger los frutos más tiernos, para que el calor no los reblandezca y se dañen fácilmente. Pero no hay nadie levantado todavía, no hay en ninguna ventana esa turbia luz eléctrica que ilumina a los madrugadores extremos o a los que se han levantado en medio de la noche para preparar la medicina de un enfermo o calentar el biberón de un niño. Habré venido caminando por la calle de la Luna y del Sol, que parece más larga porque tiene una curvatura medieval de ballesta y no se ve su final sino cuando uno ya ha llegado a la última esquina. En una enciclopedia de la biblioteca pública he leído que en las ciudades medievales las calles se trazaban estrechas y en curva para evitar las rachas directas del viento y como precaución contra el avance de un posible invasor, que no podría saber lo que iba a encontrarse unos pasos más allá. De la biblioteca pública, que está en la plaza que llaman de los Caídos, donde hay un ángel de mármol que levanta del suelo a un héroe muerto o moribundo, vuelvo en invierno cuando ya es noche cerrada, y en verano cuando el cielo está claro todavía pero ya apuntan las primeras estrellas y los vencejos y los murciélagos cruzan el aire rosado en sus cacerías de insectos. Vuelvo de la biblioteca con uno o dos libros bajo el brazo, que leeré y devolveré en unos pocos días, agradecido siempre del don inexplicable de que los libros no se acaben nunca y no me cuesten nada, siempre disponibles para el capricho de mi curiosidad y para mi gula de palabras impresas. Hasta hace poco sólo retiraba novelas. Julio Verne, Conan Doyle, Salgari, Mark Twain, H. G. Wells. Era el Hombre Invisible y el Viajero en el Tiempo, el capitán Nemo en el Nautilus y Robinson Crusoe en su isla desierta y el ingeniero Barbicane en la bala de cañón disparada hacia la Luna. Era Tom Sawyer y me desleía en la emoción sentimental y erótica de haber conquistado a la rubia Becky Thatcher. Era Tom Sawyer y me escapaba con mis amigos a jugar a piratas y a náufragos en una isla en el centro de un gran río y encontraba un tesoro. Era Jim Hawkins y espiaba escondido en un barril de manzanas las maquinaciones de

John Silver y era Huck Finn y me daban por muerto mientras yo me dejaba llevar en una balsa por la corriente inmensa del Mississippi como un joven proscrito que presta ayuda a un esclavo fugitivo. Era Espartaco en una novela de un autor desconocido para mí que se llamaba Howard Fast y me encontraba una noche abrazado a una mujer desnuda junto al resplandor de una hoguera. Al recordar con la viveza de una alucinación esa escena una noche agobiante de calor e insomnio del mes de julio noté por primera vez que de la cosa endurecida e hinchada que yo frotaba, sacudía, estrujaba con una mano sudada y muy torpe, brotaba de golpe un chorro cálido de algo que despedía un olor tan intenso, tan escandaloso, como el relámpago de gusto en el que me pareció que me desvanecía. Temí que la ira de Dios me hubiera fulminado con un rayo invisible en la oscuridad de mi cuarto. No sabía si aquel instantáneo desvanecimiento que me traspasaba las ingles era la flecha del paraíso supremo o el rayo del castigo de Dios, si me iba a morir mientras me derramaba como un joven libertino destinado al Infierno o si estaba encontrando en lo más secreto y lo más desconocido de mí mismo el gran secreto de mi vida futura. «A Dios no se le oculta nada», decía el Padre Director, «ni en las tinieblas más profundas, ni en lo más cerrado del pensamiento». A partir de esa noche los libros castos de Verne y Wells perdieron parte de su lustre. Veía en el cine de verano a las esclavas que mostraban los muslos por una hendidura de la túnica en las películas de gladiadores y me excitaba tanto que temía que iba a eyacular y que la gente de los asientos cercanos iba a percibir el olor denso del semen. Me corría por la noche en mi cuarto del último piso y cuando despertaba por la mañana tenía la sensación de que el olor duraba todavía y se había extendido por toda la casa. Innumerables veces fui Sinuhé y me volví enfermo de deseo acariciando el vientre y los pechos desnudos tras una túnica de gasa y la cabeza afeitada de la ramera o sacerdotisa egipcia Nefernefer. Igual que los grillos producen su canto rozándose los élitros yo aprendí a administrarme un placer siempre renovado y siempre disponible rozando con mi mano la parte de mi cuerpo que desde que era muy niño se había hinchado sin explicación ni consecuencias cada vez que veía de cerca el escote de una mujer, sus piernas desnudas. Como un grillo inexperto en la jaula de mi cuarto o en la del retrete me consagraba al aprendizaje del roce de mis élitros, como un niño que repite una y otra vez la misma frase escolar en el teclado de un piano. En los sueños puntuales de cada noche un cuerpo femenino era durante unos segundos tan cálido y tangible como el semen que brotaba sin la intervención de mi mano ni de mi voluntad. No había cara joven de mujer en la que yo no buscara el instante de una emoción que tenía algo de reconocimiento. Veía una cara que me gustaba mucho y quería atesorarla intacta en la memoria y hacerla visible a voluntad en mi imaginación, pero la olvidaba siempre. En el cine, o durante la lectura de un pasaje erótico de un libro, la imaginación enfebrecida, el organismo inundado de hormonas masculinas, envolvían la realidad en una luz turbia y aceitosa de sueño. Como en esos cuadros de harenes orientales que venían en las láminas de algunos libros de arte de la biblioteca, mujeres desnudas, carnosas y ofrecidas me rodeaban entre nubes de vapor en el espacio mísero del retrete, protegido por un trozo de cuerda atado a una alcayata de la irrupción acusadora de los adultos, o de la de mi hermana, que andaba siempre espiando por la periferia de mis actividades solitarias.

Poco a poco, sin embargo, he dejado de leer novelas. Quizás se me ha indigestado su abundancia o he leído demasiadas veces las que más me gustaban. He dejado casi de leer novelas al mismo tiempo que dejaba de ir a misa todos los domingos, de confesar mis pecados y de escuchar los consejos del padre Peter. Los viajes que busco en los libros ya no son inventados. Leo el relato del viaje de Darwin en el Beagle y no el de los hijos del capitán Grant, las exploraciones africanas de Stanley y las de Burton y Speke y no las de los aeronautas de Julio Verne en *Cinco semanas en globo*. Devoro libros sobre la llegada de Amundsen al Polo Sur y del almirante Peary al Polo Norte, y ya no puedo releer sin una cierta sensación de embarazo o ridículo *De la Tierra a la Luna* o *Los primeros hombres en la Luna* desde que leo en las revistas de la biblioteca o en las que encuentro en casa de mi tía Lola las informaciones que tratan sobre el proyecto Apolo. Las precisiones limpias de la ciencia, las fotografías y los dibujos en los libros de Astronomía, de Zoología o de Botánica, actúan sobre mi conciencia como un aire puro y helado que limpia los pulmones y disipa los vapores sombríos y las áridas abstracciones de la religión que nos inculcan los curas del colegio. No hay monstruo del espacio exterior que sea más fantástico ni más aterrador que una simple mosca casera o una hormiga miradas con una lupa de unos pocos aumentos. La explosión innumerable de la vida atestiguada por los fósiles del período cámbrico, hace quinientos millones de años, es una historia mucho más alucinante que la creación del mundo en seis días por un Dios al que uno se imagina tan inescrutable y tan iracundo como el Padre Director o como el generalísimo Franco. Me desvelo por las noches leyendo sobre las vidas de las hormigas y de las abejas y en dos o tres días estoy de vuelta en la biblioteca buscando otro libro, quizás de Astronomía, y vuelvo a casa al anochecer por la calle de la Luna y del Sol impaciente por empezar la lectura, intentando avariciosamente adelantarla bajo las pobres bombillas de las esquinas. La calle se llama así porque hay en ella una casa antigua que tiene una luna en cuarto menguante y un sol esculpidos en piedra arenisca a los dos lados del dintel. La Luna está de perfil, con las puntas tan afiladas como los cuernos de un toro, con la nariz puntiaguda y el ceño fruncido. El Sol, de frente, tiene mofletes redondos y una sonrisa benévola, y una corona de rayos que son como los rizos de una melena y de una barba que circundan su cara de pan. Al Sol le llaman Lorenzo, y a la Luna Catalina. Pero la media luz que hay ahora no es de crepúsculo, sino de amanecer. Mis pasos habrán resonado sin que yo reparase en ellos. He avanzado sin esfuerzo, sin sentir que pesaba, casi con la ligereza de un astronauta. Mis pasos no se habrían oído si hubiera caminado sobre la superficie de la Luna: a diferencia del empedrado de la calle de la Luna y del Sol y de la plaza de San Lorenzo, mis huellas habrían quedado impresas en el polvo lunar, talladas en él como las tenues pisadas de un pájaro de hace cien millones de años o como las nervaduras de una hoja en un suelo pantanoso que se fue fosilizando a lo largo de milenios. Camino sin esfuerzo, pesando apenas, pero noto dentro de mí un cansancio muy grande, que tiene algo de abatimiento moral. No vuelvo de la biblioteca pública: no llevo ningún libro bajo el brazo. Tampoco llevo una bolsa de viaje, y en cualquier caso este no es el camino desde la estación de autobuses. Doblo la última esquina y la plaza de San Lorenzo aparece delante de mí, mi casa al fondo, azulada en los primeros minutos del amanecer. No hará mucho rato que mi padre ha salido camino del mercado. Si yo hubiera venido un poco antes, cuando todavía duraba la noche indudable, habría podido encontrarme con él. Habría aparecido viniendo hacia mí, con su pelo blanco relumbrando en la primera claridad, con su chaqueta blanca de vender pulcramente doblada bajo el brazo. De dónde vienes, me preguntaría, en un tono de censura pero sobre todo de alarma, siempre temiendo que me ocurra algo, que me falte coraje físico y me sobre pereza para enfrentarme al mundo.

Es un alivio saber que no voy a encontrarme con él, que no tendré que discernir en su mirada esa mezcla de ternura y desengaño con la que me ha visto convertirme en un adolescente inexplicable. Ya no soy el que él conocía. A quien está esperando ver cuando se fija en mí es al niño que ya no existe y no al borrador torpe de adulto que se irá alejando más de él cuanto mayor se haga. La plaza de San Lorenzo está tan silenciosa como la calle de la Luna y del Sol, como todo el barrio. Qué raro que a esta hora no haya hombres madrugadores que salgan hacia el campo tirando cansinamente de las riendas de los mulos, lecheros que lleven en las cántaras de latón la leche tibia y recién ordeñada. Ni siquiera hay luz en la ventana de la habitación donde agoniza Baltasar, que ahora tiene todos los postigos cerrados, como las demás ventanas y los balcones de la plaza. En el centro hay un bulto enorme de sombra, un amontonamiento de cosas dispares que todavía no distingo en la luz tan escasa. Armarios, sillas, maletas, espejos, cómodas, cabeceros de camas de hierro, grandes platos de cobre, baúles, arados, un televisor grande y viejo, una radio enorme, una hornilla de gas, trébedes, fotografías enmarcadas, perchas con ropa, esteras enrolladas de esparto, jáquimas, albardas, pieles de oveja, estampas del Sagrado Corazón, vírgenes de yeso pintado, cuadernos viejos llenos de polvo, libros descabalados, tirados de cualquier manera. Quizás sacaron todas estas cosas a la calle preparando una mudanza y se hizo muy tarde, y se pospuso la llegada del camión hasta la mañana. Pero se trata sin duda de una imprudencia, noto con una irritación ecuánime, impersonal, como un inspector que observa un comportamiento indebido, una negligencia que a él personalmente no le afecta, pero que va contra el orden legítimo de las cosas. Alguien podría haber venido a robar a lo largo de la noche, y también es posible que la lluvia súbita de una tormenta de verano hubiera causado un daño muy grave, o que el viento arrastrara objetos menudos y valiosos, desperdigara las hojas sueltas de los cuadernos y los libros.

Ya más de cerca y en la claridad gradual voy distinguiendo más detalles con cierto asombro, con una punzada de alarma y luego de pavor: la letra de uno de esos cuadernos es la mía. La recia cartulina azul de una carpeta sujeta con gomas elásticas está tan cubierta de polvo que parece casi blanca. Esa letra rara y como aplastada en un cuaderno de caligrafía es la que le enseñaban a mi hermana en el colegio de las monjas. Al libro de Matemáticas de tercero de Bachiller le falta la portada, pero la firma que hay en la primera página es una de las que yo ensayaba asiduamente en aquel principio de curso en el colegio salesiano, junto a una fecha exacta: octubre, 1968. Los muebles, los objetos, las cosas que voy reconociendo una por una, son los de mi casa, tan familiares como caras en las fotografías, más precisos y tangibles que los recuerdos. Los zapatones negros que mi abuelo se ponía para ir a los entierros, ahora abarquillados después de muchos años sin uso, la maquinilla eléctrica de afeitar que se compró mi padre por la insistencia de mi tío Carlos y que no volvió a usar después de dos o tres veces, porque decía que le quemaba la cara, y que tenía miedo de que le diera calambre. La palangana de porcelana escarchada donde nos lavábamos en el corral cuando no teníamos grifo ni cuarto de baño, el televisor Vanguard en el que vi la llegada de los astronautas a la Luna, un cuaderno de dibujo de anchas hojas apaisadas en el que pegué las fotografías recortadas de las revistas en color donde se publicaban reportajes sobre el proyecto Apolo, un ejemplar entero y amarillo del diario *Singladura* con una fotografía borrosa, casi negra, Neil Armstrong bajando por la escalerilla del módulo Eagle en la madrugada del lunes 21 de julio de 1969. Sin tocar el periódico viejo siento su tacto áspero y ligeramente arenoso, que me dejaría manchada de polvo las yemas de los dedos.

Mis huellas dactilares estarán impresas en el polvo tenue que lo ha ido cubriendo todo. El polvo blanco y gris de la Luna, pardo, incluso rosado, según el ángulo del Sol. En el polvo de la Luna no hay ni una molécula de agua, ni un resto de materia orgánica, no hay fragmentos infinitesimales de conchas molidas por el roce de otras conchas y por el agua y el viento y tostadas por el sol a lo largo de cientos de millones de años como en cualquier playa de la Tierra, o como en esos acantilados donde se encuentran los yacimientos de tiza. Las nubes del polvo de la Luna levantadas por el chorro de la combustión del motor en el momento del aterrizaje del módulo Eagle envolvieron en niebla las ventanillas y descendieron luego casi verticalmente, al no haber aire que las sostuviera. El polvo no se tragó la nave: las bases redondas de las patas se rehundieron en él sólo unos centímetros, encontrando enseguida un suelo de roca firme y de guijarros. Así se hundieron luego las primeras pisadas, más inseguras, primero la gruesa punta redondeada de goma y luego la planta entera, justo antes de que el cuerpo se sintiera propulsado hacia arriba, como el de quien ha pisado un fondo arenoso y es alzado casi ingrávidamente por la densidad del agua. Dos horas más tarde, cuando se acerca el momento de concluir el paseo, el suelo está lleno de pisadas, óvalos casi exactos con profundas estrías a las que la luz y la sombra sin matices intermedios dan una nitidez como de líneas talladas en pedernal. Una última mirada tras el plástico transparente de la escafandra y habrá llegado la hora de subir de nuevo por la escalerilla y no volver nunca más a pisar este paisaje mineral que termina en un horizonte curvado y demasiado próximo más allá del cual no hay nada más que una negrura absoluta. Queda en el suelo una bandera rígida, sostenida por una barra metálica perpendicular al mástil, porque en la Luna no hay viento que pueda hacerla ondear heroicamente. Queda un espejo, que reflejará un rayo láser enviado desde la Tierra, un receptor de partículas solares, un sismógrafo que ya ha registrado cada uno de nuestros pasos. Cada una de nuestras pisadas sobre la Luna ha dejado una huella indeleble que permanecerá idéntica mientras nosotros envejecemos en la Tierra y cuando hayamos muerto y cuando no quede en ninguna parte ni el más lejano recuerdo de nuestras caras ni tampoco el rastro de ninguno de los millones de pasos que daremos sobre nuestro planeta después del regreso. En la Luna no hay un viento que desdibuje las huellas y que acabe borrándolas como el viento que sopla en una playa a la caída de la tarde y borra las huellas de los bañistas que ya la han abandonado. Nos sacudimos torpemente el polvo gris que mancha los trajes espaciales antes de subir la escalerilla y regresar a la atmósfera del módulo lunar. Alguien ha vaticinado que ese polvo se incendiará como fósforo al entrar en contacto con el oxígeno del aire. Pero tampoco esa profecía se cumple. Cerramos las escotillas, abrimos las espitas que llenarán de aire el interior del módulo, nos vamos quitando poco a poco los trajes espaciales, después de guardar en el sitio estipulado las cajas herméticas donde guardamos las muestras de rocas y de polvo que serán analizadas en los laboratorios. Ahora sí que notamos un cierto olor a quemado, como a ceniza húmeda o a pólvora. Sólo ahora nos damos cuenta del cansancio que actúa sobre nosotros con un peso de plomo más poderoso que la gravedad de la Luna. Hay que dormir ahora, por primera vez en no se sabe cuántas horas, porque hace ya cinco días que salimos de la Tierra y nuestro sentido del tiempo está completamente trastornado. En la penumbra fosforecen los indicadores de los aparatos y las columnas silenciosas de cifras de la pantalla de la computadora, y por las ventanillas manchadas de polvo entra la claridad de cal y ceniza del exterior. Nos tendemos incómodamente apretando los párpados y esperando el efecto de los somníferos y los sensores adheridos a nuestra piel transmiten a una distancia de cuatrocientos mil kilómetros los pormenores íntimos de nuestra respiración y nuestro pulso apaciguado. Qué sueña alguien que se ha dormido en un módulo espacial posado sobre la Luna. Cierras los ojos queriendo dormir y escuchas el zumbido de los motores que mantienen la circulación del aire y el tintineo como de mínimos cristales de granizo de las partículas de meteoritos que golpean la superficie exterior del módulo. Te preguntas si funcionará el motor de despegue, que no ha sido puesto a prueba nunca, y que lanzará verticalmente hacia el espacio la parte superior de la nave Eagle, dejando atrás la plataforma ya inútil del aterrizaje, sostenida por las cuatro patas metálicas, articuladas como las de un cangrejo o un insecto. El extraño cuerpo poliédrico ascenderá hasta una altura de cien kilómetros para encontrarse en su órbita solitaria al módulo de mando, al que deberá de nuevo ajustarse en una maniobra exacta, después de un cortejo silencioso que no deberá durar más de unos pocos minutos. Imaginas la cara pálida y sin afeitar, la mirada del compañero que ha permanecido solo durante una eternidad de veintiuna horas, dando vueltas alrededor de la Luna, hundiéndose cada setenta y dos minutos en el abismo de oscuridad de la cara oculta. Pero lo que imaginas o sueñas más vívidamente es el despegue, asomado a una de las ventanillas, el polvo que al disiparse revela lo que se va quedando muy abajo y muy lejos, la llanura en el Mar de la Tranquilidad, la plataforma metálica herida por la luz solar, las pisadas, la bandera rígida, los instrumentos, todo inmovilizado para siempre, o al menos para las amplitudes mediocres de tiempo que puede concebir la imaginación humana, los cráteres que pierden precisión en la distancia, el horizonte negro y curvado hacia el que hubieras querido caminar en línea recta, imantado por él como por la cercanía de un abismo. Hace unos minutos, unas horas, caminabas por ese lugar y ya no volverás a pisarlo nunca. En el número creciente de todas las cosas que no harás de nuevo antes de morir esta es la primera. Alta y remota en el cielo negro la esfera luminosa de la Tierra está tan lejos que tampoco parece verosímil que la computadora de a bordo pueda ayudarte a encontrar el camino de regreso hacia ella.

Apilados de cualquier manera en medio de la plaza de San Lorenzo al amanecer, los muebles y los objetos de mi casa tienen un aire de abandono que sugiere no una mudanza, sino un desahucio, o uno de esos montones de cosas viejas que se quemaban en las hogueras de San Juan. He de avisar cuanto antes para que alguien venga a rescatarlos, antes de que se haga por completo de día y empiece a pasar la gente. Si se levantara el viento dispersaría por la plaza mis cuadernos y mis papeles, acabaría de arrancar las hojas medio desprendidas de mis libros. Voy hacia mi casa, dispuesto a golpear muy fuerte el llamador para despertar a mi familia. De espaldas a mí un hombre de pelo blanco está cerrando la puerta con una llave grande. Qué raro que mi padre se haya quedado dormido esta mañana y salga hacia el mercado cuando está empezando a hacerse de día. Voy hacia él y se vuelve, con la llave en la mano, pero no encuentro su mirada, porque ha apartado la cara de mí. Mira hacia un lado con la cabeza baja. Cómo es posible que haya pasado tanto tiempo, que mi padre sea casi un anciano y no me reconozca. Aparta la cara con un aire de mansedumbre en el que parece que hay escondida una decisión de mantener la distancia, un fondo resignado de agravio. ¿De dónde vengo, que he tardado tanto en llegar? Con una pavorosa claridad se va revelando a mi conciencia aturdida la duración del tiempo en que he estado ausente. He visto de lejos, desde arriba, mi barrio y mi plaza y cada una de las casas como si formaran parte de una maqueta, una maqueta detallada con tejados que se levantan y puertas practicables, y dentro de cada habitación los muebles a escala y las figuras ocupadas en sus tareas, como en las maquetas egipcias de barro cocido y pintado en las que hay animales en los establos, comiendo en los pesebres, y hombres que muelen el grano o fabrican cerveza, y mujeres que tejen o que lavan la ropa o llevan sobre la cabeza una bandeja de madera con panes recién hechos. He visto a mi padre abriendo los ojos en la oscuridad antes de que sonara el despertador y mirando la hora en sus números iluminados de fósforo verdoso. He visto a mi abuela alisando el embozo de su cama y a mi madre inclinada sobre la pila de lavar en el cobertizo del corral, y a mi abuelo sacando un cubo de agua del pozo. He visto a mi hermana, con trenzas y flequillo recto, que prepara sus cuadernos antes de salir hacia la escuela. El mulo de mi padre y la burra de mi abuelo hunden las cabezas en sus pesebres contiguos buscando el grano que mi padre ha mezclado con la paja del pienso, una gallina acaba de poner un huevo rubio y caliente sobre el estiércol blando en el que durmió toda la noche. Esa figura tendida sobre el canapé del comedor, delante de la televisión apagada, soy yo mismo, que me quedé dormido casi al mismo tiempo que Neil Armstrong y Buzz Aldrin regresaban al módulo lunar después de su paseo de dos horas. Cada cosa intacta permanecía en su sitio, tersa en el presente, tan singular como las voces que me llaman muchas veces y como los pasos identificables de cada uno en la escalera que sube hasta el último piso, donde a mí me gusta encerrarme a solas tantas veces, donde guardo mis cuadernos y mis libros, mis fotografías recortadas del cohete Saturno V o de Faye Dunaway con una boina ladeada sobre la melena rubia.

Pero ahora, sin mediación, en la luz sucia del alba, los muebles de mi casa están abandonados como un montón de cosas viejas e inútiles en medio de la plaza y mi padre es un hombre ya cargado de hombros que cierra con llave antes de marcharse, el eco de la puerta y del pestillo resonando en las habitaciones vacías, que puedo ver de pronto aunque no haya entrado en la casa: las baldosas están levantadas, la cal de las paredes parece haber sido arrancada por picos de albañiles, el suelo está lleno de cascotes, no hay postigos en los huecos de las ventanas, por los que entra la claridad fría del alba.

Voy a decirle algo a mi padre pero mi boca no se abre y la lengua permanece inerte dentro de ella. La luz gris y azulada que encuentro en la ventana al abrir los ojos es la misma que había hace un instante en la plaza de San Lorenzo, tan inaccesible desde este lugar como la esfera luminosa de un planeta que los astronautas miran en la negrura, alejándose tras las ventanillas de la nave. Si vuelven alguna vez después de un larguísimo viaje a la velocidad de la luz descubrirán que en la Tierra han pasado muchos más años y de que ya no vive ninguna de las personas que conocieron. Para encontrarme de pronto extraviado al amanecer en un dormitorio que al principio no reconozco, en otra ciudad de otro mundo y en un siglo futuro no he necesitado una de aquellas máquinas del Tiempo que imaginaba en el verano de 1969. De qué viaje larguísimo vuelvo yo ahora cuando despierto cada amanecer, viendo por la ventana un bosque de torres oscuras en las que ya empieza a haber luces encendidas. Hasta qué profundidades del olvido y del sueño me he tenido que sumergir para encontrarme de regreso en la plaza de San Lorenzo, con la que sueño ahora casi todas las noches, ahora que estoy tan lejos y hace tanto tiempo que no he vuelto a pisarla. Sueño que estoy en ella justo en los minutos anteriores al despertar, cuando mi dormitorio empieza a ser invadido muy lentamente por una claridad que no perciben todavía mis ojos cerrados, pero que de algún modo se filtra a mi inconsciencia. Hace unos pocos minutos tenía trece años y regresaba de la biblioteca pública de Mágina con un libro de Astronomía bajo el brazo y ahora, en el espejo del cuarto de baño, soy un hombre de pelo gris extraviado de pronto en un porvenir más lejano que el de la mayor parte de las historias futuristas que leía entonces. El ahora mismo es tan ajeno y tan hostil a mí como el rumor poderoso cruzado de sirenas de la ciudad que despierta al otro lado de la ventana, reclamándome para una jornada angustiosa en la que vivo tan desgajado de las edades anteriores de mi vida como el que despierta amnésico de un accidente y no reconoce ni el sonido de su nombre.

Pero en los sueños de cada amanecer vuelven los que se fueron yendo uno por uno a lo largo de los años, y en sus presencias regresadas hay algo, un punto de rareza, de absorta melancolía, que me avisa sin que yo sepa comprenderlo de que aunque los vea y les hable y me parezca que permanecen idénticos a mi recuerdo ya no están en este mundo de los vivos. Abro los ojos, veo en esta habitación del despertar la misma claridad que había hace un segundo en la plaza, veo aún a mi padre, que ladea la cara como si le diera pudor o vergüenza. Tardo un poco en darme cuenta de que me ha despertado un sollozo y de que mi padre está muerto, sepultado desde hace más de un año en el cementerio de Mágina, tan lejos de mí como esos difuntos nepalíes que se refugiaban en la Luna. Así me desperté una noche en la oscuridad cuando aún faltaba mucho para que amaneciera porque estaba sonando el timbre del teléfono y una voz que yo no acertaba todavía a reconocer me dijo que mi padre acababa de morir. Se había acostado pronto, como si aún tuviera que madrugar mucho para ir al mercado, que seguía añorando casi diez años después de jubilarse, igual que añoraba la huerta vendida mucho tiempo atrás, cuando ya no tuvo fuerzas para trabajar solo en ella. Abrió los ojos alarmado, como temiendo haberse quedado dormido, sintiendo una cuchillada de dolor en el corazón, lúcido y solo en el silencio de un despertar que se parecía tanto al de sus madrugones laborales, cuando abría los ojos despejado, impaciente por disfrutar de la quietud y del aire fresco de la plaza, de las calles estrechas por las que caminaba hacia el mercado, de las veredas por las que bajaba hacia la huerta respirando una brisa de tierra roturada y agua en las acequias. Abrió los ojos en la misma oscuridad en la que se había despertado tantas veces y quizás comprendió en un fogonazo de miedo y lucidez que estaba muriéndose. Se murió casi tan sigilosamente como se había levantado tantas veces en mitad de la noche, procurando no despertar a nadie. Ahora, en los sueños que yo recuerdo cada vez que abro los ojos, la sombra frágil y esquiva de mi padre se aparta de mí cuando quiero aproximarme a ella. Así me huyen y me rondan los otros fantasmas alojados en las habitaciones desiertas, en los armarios cerrados, en las casas vacías de la plaza, cada uno con su cara y su nombre, con una voz que me llama.

Aunque estaba tan lejos han sabido encontrarme.